诺贝尔文学奖得主
奥尔加·托卡尔丘克 作品

Olga Tokarczuk

E.E.

爱尔娜

[波兰]
奥尔加·托卡尔丘克

张振辉 译 著

E.E.

这是不合理的

将精神世界和物质世界完全割裂……

只有人是真切存在的。

贝克莱

目 录

爱尔娜·爱尔茨内尔_____001

爱尔茨内尔夫人_____008

瓦尔特·弗罗梅尔_____016

泰蕾莎和瓦尔特_____023

瓦尔特·弗罗梅尔和爱尔茨内尔夫人_____031

爱尔娜·爱尔茨内尔_____039

洛韦医生_____042

爱尔娜·爱尔茨内尔_____045

莎茨曼夫人_____049

阿尔杜尔·莎茨曼_____057

洛韦医生_____064

爱尔娜·爱尔茨内尔_____067

阿尔杜尔·莎茨曼_____072

阿尔杜尔·莎茨曼_____079

泰蕾莎·弗罗梅尔_____090

瓦尔特·弗罗梅尔_____092

格列塔_____100

沃盖尔教授_____110

阿尔杜尔·莎茨曼的笔记_____119

双胞胎姐妹_____124

泰蕾莎·弗罗梅尔_____135

瓦尔特·弗罗梅尔_____139

爱尔茨内尔夫人_____145

瓦尔特·弗罗梅尔_____150

爱尔茨内尔夫人_____153

爱尔娜·爱尔茨内尔_____155

阿尔杜尔·莎茨曼和沃盖尔教授_____158

阿尔杜尔·莎茨曼_____166

阿尔杜尔·莎茨曼的笔记_____172

爱尔娜·爱尔茨内尔_____ 177

瓦尔特·弗罗梅尔_____ 181

爱尔茨内尔夫人_____ 187

双胞胎姐妹_____ 190

爱尔茨内尔夫人_____ 194

爱尔娜·爱尔茨内尔_____ 196

阿尔杜尔·莎茨曼的笔记_____ 202

泰蕾莎·弗罗梅尔_____ 205

爱尔娜·爱尔茨内尔_____ 211

爱尔茨内尔夫人_____ 220

阿尔杜尔·莎茨曼的笔记_____ 225

爱尔茨内尔夫人_____ 231

爱尔娜·爱尔茨内尔_____ 238

爱尔茨内尔夫人_____ 245

瓦尔特·弗罗梅尔_____ 249

双胞胎姐妹_____ 252

阿尔杜尔·莎茨曼_____ 256

瓦尔特·弗罗梅尔_____ 261

阿尔杜尔·莎茨曼的笔记_____ 272

阿尔杜尔·莎茨曼_____ 279

洛韦医生_____ 282

阿尔杜尔·莎茨曼_____ 285

译后记_____ 290

爱尔娜·爱尔茨内尔

爱尔娜·爱尔茨内尔的身影从一片模糊的云雾中显现出来了，在一个多子女的家庭中，她一般都是那些岁数处在中间的女儿中的一个，在她第十五个生日之后的几天里，有一次在吃午饭的时候，她突然晕倒了。

家里的人马上把医生洛韦叫来，他认为她是脑子里缺氧，全身的机能衰退，对什么都过于敏感。于是他们让她躺在母亲凉爽的床铺上，因为医生要让她保持安静。爱尔茨内尔夫人在她的身旁待得久些，她把女儿那只冰凉的小手握在自己温暖和柔软的手掌中，想要看到女儿一动也不动的脸面上有什么表现。

在她全家的生活中，爱尔娜的昏迷不醒就像小克拉多斯不久前患麻疹，或者接受了家里最大的女儿贝尔塔的声明那样，都是令人震惊的大事。吃了午饭后，爱尔娜在的那间房的门就再没有关上。爱尔娜有五个姐妹，最小的是抱在父亲手里的莉娜，最大的是已经十八岁的漂亮的贝尔塔，此外还有两个兄弟。大家每时每刻都要来守护着病人，给她拿来热水袋、草药、毯子和洋娃娃,一直看着她那不很自然的,泛着灰色的脸,陷进去了的眼睛,蜡黄的手掌和苍白的手指头。

爱尔茨内尔一家有一套非常宽阔、房间很多的住宅,晚上这里散发着氨水和花露水的香味。现在到处都可听到小心踩着的脚步声、轻柔的交谈声和责备的声音。

爱尔茨内尔夫人要大女儿贝尔塔帮着虽然仍很虚弱,但已完全清醒过来的爱尔娜脱了衣服,让她躺在自己的床上。这天晚上,她首次一个人睡在那里,没有姐妹在她的身边。

母亲住的那间房只有外面街上一点微弱的灯光照在里面,显得很暗,看起来,就像里面撒了许多扑粉。房中间有一张又宽又大的床铺,躺在床中间的爱尔娜看见房顶上的天花板有很多裂开和破损的痕迹。她睡在那里一动也不动,听到厅里钟摆的响声——把房里的静寂也很均匀地分成了一块又一块的独立存在。爱尔娜想起了面包师的那些架子上,总是摆满了小圆面包,很整齐地一个挨着一个地摆放着。

后来她又稍微掉过头来,很仔细地看着妈妈的这间房。她看见了一个很大的衣柜,还有一个块状的东西,好几次隐隐约约地显现在厕所里的一面三棱镜上,它很大,但爱尔娜感到陌生,猜不出这是什么东西。她觉得好像看见有什么东西动了动,有个影子在一块玻璃光滑的表面上移动。她感到很不安,想从床上坐起来,但马上又觉得这样不好。她这时又好像听到了有几个人在很兴奋地聊天,但是这些话声是从远处传来的,听不清楚,不知道他们在讲些什么。开始她以为这声音是从饭厅里来的,但是已经很晚了。她很注意地听着这些话声,但她越是注意地听,这些声音就越是到另一边去了,变成了一片喧哗和嘈杂的响声。经过几次尝试,她想要听懂这些话中说出的每一个字,她听到的这些词虽都明白,但话里的这些词根本不是它本来的意思。爱尔娜轻而易举地就想明白了,知道自己还没有从昏迷中醒来,或者可能是又睡着了。她知道,那些像大合唱一样的声音不是从饭厅里,也不是从这个住宅里的任何地方传过来的,它们就在她自己的身边。虽然它们来自某些广阔的空间,但她是在喝鱼汤的时候,看见在饭桌的另一边,有个男人在使劲地盯着她的时候听到的。

她现在仍躺在妈妈的床上。她对这间房已经可以进行描绘,可能做不到涵盖它的每一个细小之处,但是其中最重要的部分是不会放过的,比如那非常明亮的窗眼,还有别的一些无法说得很清楚的地方。这就好像从一本书中撕下的一个插图,把它放在另一本书中,它的色彩、它的架构都变了,变成了另一幅画,她感到很陌生,难以认清。谁也没有注意到在这幅画上一个看得很清楚的地方站着一个人,格列塔捧着满满的一盘天门冬从他身边走过。爱尔娜这时明白了,她见到的是一个鬼魂。

但这当然是一个人,在他身后的墙纸上有一个图形,让她感到很可怕。那个花盘的边上画了一些长出了枝芽的苹果树,她还看见墙壁上有她的弟弟马克斯的画像,他正在瞅着她,在他的眼中可以看出他有很多想法,有很多话要说,有很多画面要展示,这就是爱尔娜所见到的东西。

爱尔娜本来不用害怕什么鬼魂,但晚上在客厅里总是有人要搬动那张玩牌的圆桌,也莫名其妙地要孩子们把门关上。如果来了那位了不得的弗罗梅尔先生,他就会说起一些东西是怎么挪动的,打开客厅的门会发出咿呀声响,还有房子里到处都会发出响声。爱尔娜这时还看见她的妈妈向姨妈躬下了身子,并且听到了妈妈对姨妈很亲切地小声问道:"爸爸又到我这里来过吗……"鬼魂毫无疑问是有的,就像美国一样,那里有伟大的爱,也有罪恶,但是那里离我们太远了,这些是我们每天的生活经验所体会不到的,它们在另一个空间里,吃午饭的时候不要去想这些。

但是现在,这个没有写下的约定被打破了,爱尔娜马上懂得了,这个出现在家庭午餐上模糊不清的,但是跟谁都不像的陌生身影,是一个鬼魂。她睡在一张有热水袋热着的很安稳的床上,得出了一个结论,那就是她得了一种病,使她看见了鬼魂。不,看见了鬼魂并不是病,弗罗梅尔先生和她的母亲都见到过鬼魂(虽然她认为,弗罗梅尔先生见到了鬼魂更加可信)。这在她和她的一对双胞胎姐妹从母亲藏书里偷偷拿出来的一些小说作品中,就有这样的记述,她们长大后,也偷偷地看过。父亲在家的时候,总是看着她们,以免这些姑娘做出一些"荒诞的事"。爱尔娜知道,父亲最怕母亲精神病发作、抽筋、头痛和受到刺激。大家都一定要保持安静,医生洛韦也不能离开她的房间。难道这也是一种病吗?由于这种状况,爱尔娜的母亲又问她的妹妹:"爸爸还在我这里吗?"

可能是同一种病吧。因为有了这些想法,爱尔娜觉得她睡的那张床就像是放在一道鸿沟的边上,这道鸿沟就是今天形成的,它改变了整个世界的面貌。"明天"这个词在她脑子里出现,使她感到轻松了点。她快要睡着的时候,看见了父亲的面孔,他吻了一下她的额头,就不声不响地走出去了。然后,她在梦中见到房间的另一边长起了一株大树,上面有各种事件、话语和承诺。它们不断地涌现、生长,最后甚至长到天上去了。还有一个理所当然的真实情况,但是爱尔娜不知该怎么形容它,但她发现,她自己就是那株因为热水袋提供的热量而生长起来的大树,它现在还在生长,将要透过房间的天花板,长到屋顶上去,然后再往上,再往上长。

第二天早晨,爱尔娜在床上胃口不错地吃着煮软的鸡蛋的时候,把这些都告诉了她的母亲。她还用眼角余光关注着爱尔茨内尔夫人脸上的表情,以为母亲会对这有很强烈的反应。但是母亲没有说话,直到她开始给爱尔娜那稀少的头发编织灰色

小辫的时候,她才以表面上很无所谓但使女儿感到无穷乐趣的口气问道:

"你认识他吗?"

"谁?"爱尔娜毫无恶意地问道。

"就是在吃午饭时我们见到的那位先生……"

"我不认识。"爱尔娜回答说,但是她们的谈话到这里并没有完。

爱尔茨内尔夫人为了克制被女儿引起的兴奋和好奇,她自己在孩子跟前一定要保持冷静的状态,她又采取了几个必须的行动,以便最后能够问女儿:

"那个……那个人是什么样子?你还记得他吗?告诉妈妈!"

爱尔娜现在正站在镜子前面,母亲替她扣上了她那件并不怎么好看的驼色连衣裙的扣子。在她的记忆中出现了一个很奇怪的情况,她好像见到了一个男人,但她记不起那个男人的脸是个什么样子了,她只记得在他身后的一张壁纸上有一个图形,浅米色背景下粉橘色的三瓣百合花摆成了莲花状的样式。她还记得在一个小碟子的边上也放着一些花,碟子里面还有橄榄色的鱼汤和一些煎炸过的面包。她记得马克斯那先是奇怪后是感到害怕的眼神,在他的背后,又有一个身上涂上了什么不太显眼的色彩的人的形体。她觉得她又听到了和昨天晚上类似的声音,但她愈是想要回忆起那个人的脸面,就愈是想不起来了。那个脸面藏在马克斯的身后,离开了她的视线,逸散开来,爱尔娜的两眼也见不着他了。她没有说话,现在除了自己在镜子里的样子,别的什么她都看不见了。

"他是不是有一副眼镜? 或者一副单片的眼镜①? 你想想……"母亲提醒她说。

是的,他大概有一副眼镜,爱尔娜记得他的一双明亮的眼睛上戴了眼镜,是金丝边的,金丝边的眼镜。

"是的,他戴了一副眼镜。"

"还有呢?"

爱尔娜开始更加努力地去回想他的这张脸,也可能是她重新捏造了一个新的模样:鼻子又长又直,嘴唇很薄,脑门很高,有皱纹。母亲的手里长时间地拿着她的那件连衣裙的扣钩,就好像要把它解开,重新扣一下似的。

"你以前见过他吗?"

爱尔娜摇了摇头,表示没有见过。她穿着这件扣在脖子下面的连衣裙,看起来对什么都毫无办法,也很悲伤。爱尔茨内尔夫人把她拥在她那丰满但不可逆转地衰老了的胸前,爱尔娜感觉到这里很凉,也很柔软,散发着堇菜的香味。

---

① 只有一个镜片而不是两个镜片的眼镜。在十九世纪西方的一些国家,人们认为戴这种眼镜很时髦。本书注释如无特殊说明,均为译注。

爱尔茨内尔夫人

第二天，在弗雷德里克·爱尔茨内尔这位军需服装工厂的厂长的家里，也没有发生什么特殊的事。大一点的孩子一大早就上学去了，两个小的和格列塔一起去散了步。中午，因为洛韦医生要给病人看病，爱尔茨内尔夫人在等着他的时候，对厨娘下达了指令，并亲自把家里人冬天穿的大衣、帽子和围巾都从柜子里搬了出来。她把前厅里那只几乎深不见底的柜子一打开，整个住宅便都散发着一种像冰冷的大理石一样的樟脑的气味。爱尔茨内尔夫人想到了睡在她床上的爱尔娜，她既想到了爱尔娜，也想到了自己，可能首先想到了自己。在她的女儿中，她只在爱尔娜的身上看到了她自己，在爱尔娜这个年纪或者还要年轻一点的时候，她胆小怕事，长得丑，性情又孤僻，感觉对这个世界感到陌生，好像自己不属于它。不过如果她能更像既健康又很严肃的贝尔塔，或者像爱撒娇的玛莉耶，娇生惯养还任性的莉娜，或者那对自信的双胞胎女儿，那倒更好些。一直到昨天她都是这样想的，但就在昨天，她开始以另一种眼光去看待爱尔娜,现在,她站在打开了的柜子对面,突然发现爱尔娜的举手投足,她的口味,如她爱喝西红柿汤,爱吃米饭和煎鱼,都和她一模一样。她短暂地回想起了记忆里一幅模糊的图画,上面画的是一把专门用来切鱼的刀,这在每个普通的家庭里都有,和波兰人一直以来讲究的一种不很方便的规矩和礼节有密切联系。但她并没有在意她记起的这张画,切鱼的刀的图像在她眼前马上就消失了。

爱尔茨内尔夫人现在转过身来,对着那面挂着的大镜子,看见镜中的那个女人好像是自己创造的,她保养得不错,但体态丰腴。浅色的皮肤,淡黄的头发,充满了女性韵味,即便经历了八次分娩和一次流产都没有使她失去这种色彩。她伸出手掌去抚摸自己的脸庞、颈项,一直到连衣裙的立领。当她生一个又一个的孩子的时候,每次都要考虑自己对他们有没有足够的爱,因为她深知爱是一种能量的储藏,它可以作为礼品赠送给别人。但是这种储藏是有限的,要把它分成越来越小的一些部分,还要留点给自己。她看着镜子里的自己,不时把她那烦恐不安的视线转向厨房的那张门,怕在这种默默地自我欣赏中突然撞到来找她的女仆。她看见了用一根紧身带提起的自己宽大的乳房,柔美的腰身和丰满的臀部,看起来她还不到四十岁。现在,她开始寻找爱尔娜和她的体形的相似之处,爱尔娜大概就是她的影子,那么小巧玲珑和柔弱,最像她的是爱尔娜那双明亮的眼睛,还有她的嘴形、牙齿、手掌和脚步,太多的相似之处让她心神激荡,她感到在爱尔娜的身上,看到了自己具体的不可复制的存在。她马上感到有一种不可抗拒的强烈愿望,要到女儿那里去,把她紧紧地抱在自己的怀里。

爱尔娜坐在床上,背靠着枕头,在看《百科全书》。她抬眼看着妈妈,眼睛的颜色就像抛在水中用来洗染衣服的靛蓝粉。爱尔茨内尔夫人摆正了她的枕头,坐在床边,可是爱尔娜却毫不在意,她也没再看书,只是翻着书页。

"女儿,你爱我吗?"

"爱你,妈妈!"爱尔娜回答说。

爱尔茨内尔夫人让女儿靠在自己的胸上,闻到了女儿头发的气味,她想,女儿的头发一定和她的一样,香气扑鼻。

洛韦医生来了后,爱尔茨内尔夫人和他一起待在关着门的客厅里,她以肯定的语气条理清晰地告诉他,昨天吃午饭的时候爱尔娜到底看见了什么,实际上她是看见了一个人。她说,爱尔娜大概有招魂的能力,这种招魂术爱尔茨内尔夫人全家人都会。

"既然是这样,我在这里没有什么事要做的了,你们还是去找一个神父吧!"洛韦说着便站了起来。

爱尔茨内尔夫人并不服输,她也突然站立起来,紧拽着桌布,同时抓住了医生的一只手,说:"先生您不要走,您去看看她,她那么纤弱。"

"正因为这样,我要告诫夫人,不要对她这么胡言乱语。爱尔娜的神经系统还没有发育健全,在她这样的年纪很容易昏迷和痉挛,如果让她听到一些鬼故事,会使她精神失常,无法保持正常的状态。"

爱尔茨内尔夫人没有放开他的手。

"医生,如果你听见了她说的话……她从来没有见到过自己的外祖父,但是她却描述得那么生动。是他选中了她,她是这个家里最随和,肯让步的人,也最像我……我是他最爱的女儿……"

洛韦医生考虑了一阵……

"我们商量一下,敬爱的夫人,您说的这些事就留在心底,不要对孩子说了,让她多休息休息,多吃一点,等她觉得有力气了,就让她做平常做的事儿就行了!我不认为这样的事儿还会再发生一次。不管之前有过什么,我们就当什么也没发生。"

"就当什么也没发生。"爱尔茨内尔夫人重复了一遍。

午饭后,弗雷德里克·爱尔茨内尔躺在客厅里的沙发上打瞌睡,把一张报纸盖在自己的脸上。妻子把薄荷汤给他送来时,院子里已经黑了。

"这是草药,我亲爱的!"

她坐在一张靠椅上,看他是怎么喝薄荷汤的,等到合适的时候，她要把自己最深刻的体验向他述说。她常这样，她让她的听众做好准备，此刻的沉默正是她马上要讲大段话语的前奏。

从前，当爱尔茨内尔先生刚认识自己这个未来的妻子的时候，她已经离开了自己的家，也离开了自己的国家，她试着在柏林当一名演员。她跟一个身份可疑的朋友，一个女画家，住在一起，并总去上戏剧表演课。现在有人能相信这一切吗？等到她家里的人来柏林找到她之前，他就疯狂地爱上了她，他称她娘家的人为"外来人"，而且改变不了这个称呼。他认为自己是上天赐予她的，是天命。要不是他，这个有点疯疯癫癫的年轻姑娘在柏林不知道会怎么样。举办完婚礼后，夫妻俩搬来了弗罗茨瓦夫，她的娘家人也放心多了。爱尔茨内尔先生在这里接管了他父亲的一个破了产的作坊，结婚一年后，他们的贝尔塔诞生了，然后一个接着一个的子女出生，有时候，爱尔茨内尔先生连这些孩子来到这个世界上的先后次序都弄错了。他只清楚地记得那一对双胞胎女儿是如何出生的，为此他的妻子几乎丢了性命，那些年，她从一个单薄瘦弱、有点神经质的姑娘变成了一个既健康又美丽的女人。

爱尔茨内尔先生现在并不催促他的妻子，他想让她自己挑选合适的时刻。她要说的话对他来说，肯定是一点也不重要，孩子们他太不关心了，他只是一般地喜欢他们，一视同仁，都是他的"孩子"，他的后代。

每天吃午饭的时候见到他们就够了,然后他就开始思考他的织布机。

爱尔茨内尔夫人一定要想办法解决这个信不信鬼魂的问题,她的丈夫对这种事完全不感兴趣,但她觉得,丈夫认真地听着,他把脚从沙发上放下来,一边摆来摆去,一边看着脚板。后来,她不说话了,他便站了起来,走向窗边,窗外的路灯在潮湿的马路上亮闪闪的。

"那不是我的父亲吗?"爱尔茨内尔夫人很紧张地问道,"那副眼镜,还有高高的脑门上的皱纹……"

爱尔茨内尔先生早就把那个之前装薄荷汤、现在空了的玻璃杯拿开了。

"你的父亲的脑门上从来没有皱纹。"他心平气和地说。

"唉,有过,长过皱纹,我记得很清楚!"

两个人眼对眼地比试了一阵,爱尔茨内尔先生最后说:

"我不愿再听这样的事,我不喜欢这些,因为这是一个最简单的办法,这会使你成为一个疯女人。"

爱尔茨内尔夫人很急躁地把身子转向了房门,她生平又一次感到失望和受骗。她和一个完全不理解她的人囚禁在一栋房子里,他们好像来自不同世界,说着完全不同的语言。她的眼睛盯着那片被橡木预制板盖着的墙面,她感到很窒息,她要马上出去,从这间房里出去,从这栋房子里出去。有一种强烈的厌恶感憋在她的胸口,使她喘不过气来。她往房门那边走去,抓住自己的脖子。她听到了自己身体深处掀起了一股哗啦啦响的巨浪,她的耳朵被这种响声震聋了,身子开始摇晃起来。她想使劲大口呼吸,但因为领口系得太紧,只听见一丝丝喘哮的声音,可是这声音惊动了转身望着窗子的爱尔茨内尔先生,他马上向房门口跑去,闪过了妻子,对走廊的远处大叫了一声:

"盐水!"

到最后一刻,他终于扶住了要倒在地上的爱尔茨内尔夫人,她的眼半闭着,可以看见里面的眼白,她的手掌僵硬得像一对爪子,指甲变得苍白。他轻轻地拍着她那灰色的脸颊,很快格列塔就拿着一瓶有助于恢复意识的食盐水过来,把它放在爱尔茨内尔夫人的鼻子下面,她闻到气味后呛了一下,面部抽动了几下,瞳孔也恢复正常了。

一刻钟后,爱尔茨内尔夫人躺在丈夫房间里的一张小沙发床上,他递给了她一杯清汤,抓住了她纤弱但圆润的手,这只手的无名指上还戴着她心爱的一枚戒指。

"我对你态度太生硬……对不起!"他说,"你为孩子们操心,为这个家操劳,脑子里要想那么多的事,可我是这么不小心,这么轻易地就伤害了你……原谅我,太太!"

"不,亲爱的,这是我的错,你要挣钱养家,我给你添麻烦了。"妻子以微弱的声音回答说。

晚上,吃过晚饭后,她写了封信给家里的一个友人瓦尔特·弗罗梅尔,他是一个神秘主义者,懂得很多神秘的理论。她邀请他来喝杯茶,并称有要事要和他商量,当她把这封信装到信封里去的时候,她又犹豫了一阵,最后以她美丽而坚定的字迹附上了一句:"很紧急!"

瓦尔特·弗罗梅尔

瓦尔特·弗罗梅尔是谁？市政局的一个职员，每天都要上班。在市行政中心的一栋楼房二层的许多房间中，有一间是他的办公室，办公室青铜色的大门很重，门上除了有门牌号外，还标明了这里是"死亡登记处"。

弗罗梅尔每天早晨都要走一大段路，爬两层楼梯到自己的办公室。在两层楼梯之间的楼梯井处有一个旋转洞口，这里的栅栏是用精致的镂空金属栏杆做成的，它将每一层楼梯隔开了。弗罗梅尔有恐高症，开始爬楼时，他的喉咙就有种窒息感，膝盖也不停地颤抖，上去的时候，他要扶着墙壁，用尽全力不去看那些可怕的东西。每天在这里，他都要爬两次楼梯，已经爬了十五年，每次他都要小心地看着那不牢固的栅栏，难以克制使他变得软弱无力的恐惧心理，觉得自己马上就会左右摇晃，掉到下面，这两层楼高的烟囱一样的旋转楼梯的缝隙中去。它就像水面上的漩涡，把他吸进去了。

十五年了，要改变这种状况，他什么办法也没有。他不能抛弃他的这项工作,对它是又爱又恨,这两种感情的出现也许可以作这样一种解释:弗罗梅尔对他喜爱这种工作的想法是很痛恨的。可以肯定,如果不是缺钱花、他的姐姐有病,他可以做任何想做的事儿。他很讨厌这样墨守成规地盯着办公桌上表格、纸张和证明文件,间或还要和一些哭得脸都肿起来了的寡妇沟通,她们的手中总是抓着哭湿了的纸巾。弗罗梅尔为自己的工作感到羞耻,如果有人问起,他就支吾搪塞,遮遮掩掩。一般来说,这就够了。他从来不仔细地谈他在机关做了什么。恐怕只有洛韦医生,当然还有他的姐姐泰蕾莎知道,他干的就是清查死人数量的工作。

当他克服痛苦的恐惧感,完成每日任务,成功爬上了两层楼梯后,他就坐在办公室靠栅栏的一面,在那里接待来访者,并且马上从办公桌的抽屉里拿出一盒削尖了的铅笔、备用的钢笔尖、一堆没有用过的纸和一把木尺,把所有这些东西都放在固定的位置上,还要看一会儿,这些是不是都摆好了。然后他就闭上眼睛,把撑着的胳膊上的手掌合拢,看起来好像在做祷告。实际上,弗罗梅尔这是在工作前闭目养神,他在沉思,让自己得以平静下来,这样工作起来才会更有效率。过了一会儿,他睁开眼睛,打开一个小公文包,从里面取出了一些死亡证明的复印件,要给来访者展示。现在他开始执行起了他的这项本职工作:把信息都记在他想出的,准备好的一个统计簿上,他这么做还获得过表扬和奖金。

弗罗梅尔把死者的具体情况分得很细（死者的年龄、职业、性别、出身、社会地位、子女数量、住址、年收入、住房数、既往病史），还有死时的情形，死亡日期和时间，死前清醒不清醒，在家里还是在医院里死的，是突然地和没有煎熬地死去，还是有过长时间的痛苦折磨。每一条信息都被写在单独的框格中。每个星期六，弗罗梅尔都要将这个星期出现的各种情况进行汇总，在每个月底也要整理统计当月的各种情况。此外，他还要写上这些时候月相和土星在星象中的宫位状况，这当然是供他自己研究的需要。

十几年来，通过自己的努力工作，弗罗梅尔得出了很多有趣的结论，有时候，他见到了爱尔茨内尔夫妇，或者去了别人家里，就把这些都告诉他们。他们听到后，都很客气地表示对这很感兴趣，有时甚至还就某个问题和他进行讨论，但因为弗罗梅尔说的都是他在哪里听到或者读到的一些众所周知的事实，他们很快就把它们忘了，并且要求讨论别的。弗罗梅尔不好意思地承认，这是他根据得到的信息进行科学和统计学的研究后做出的假设。但为此他决定以后要写一本书，就写他以什么方法收集到了这些信息，说明这些信息他是怎么发现的，分享他对在大城市生活中的死亡之地的思考。在这本书的书名上要印上他的名字，还要登记在图书馆的书目上。

另一方面，弗罗梅尔还热衷于研究唯灵论，虽然他没有向别人透露过，但是他对这个研究得更深，也可能这是他对死亡的研究的继续，但事实上它已超越了死亡。就像计算死者的人数和他办公的那座威严的市政局大楼有密不可分的联系一样，他对鬼魂世界的兴趣也和桑定瑟尔街上的那栋大楼有密切关系，他的姐姐就在这栋楼的第三层有一套三间房的住宅。晚上，他与来访者的会面均已结束，晚饭也吃过了，每天都要看的信函也看过了，便坐在一张小桌子旁，尝试各种不同的办法和鬼魂沟通。有时候他随便写一封信，有时候则会用可以通灵的小乩板，板上的半圆处画着字母或使用其他一些卡片。按照顺序做下来，他有了一些发现，然后他把这些排列成只有他自己明白的布置，小声地自言自语，叹了口气。不过，不管是卡片还是乩板都没有给出太多信息，也可能是他的想象力不够丰富。一直到弗罗梅尔的那个沉默寡言、身体残疾的姐姐织着手工坐到他身旁时，这才有了一些动静。卡片移动的响声和他的嘟囔声让她感到全身乏力，不能动弹，过了一会儿，她就闭上眼睛，睡着了。弗罗梅尔现在觉得，不管是铅笔盒上写的那些字母还是那些卡片，都有某种含意。他的脑子里又突然出现了他自己都没有料到的一些联想，一些不知从哪里来的想法和一些充满生活气息的令人信服的画面。它们都游荡在他的脑海中，就像一个人感到烦闷的时候，因为白得了一张演出的门票而感到高兴。

他用文字记录下了它们中的一部分,并记在心上。有时候他有这样一个印象,好像他知道发生了什么,或者他更理解现在的情况到底是怎么样的。但有时候他又感到出现了让他很害怕的情况,就像他爬楼梯时那样,或者见到一只凶猛的野兽,莫名其妙向他扑了过来。这时候,他的姐姐醒了,她眨了眨眼睛。

"怎么回事?"她半梦半醒地问道。

"什么也没有,什么也没有!"他在桌子旁边站起来说。

弗罗梅尔知道,所有真实的和有某种含意的情况的出现都与她的梦有关。他相信,她有一种本领,能和死人的世界打交道,但令他感到痛苦的是,这种本领是因为她的身体残废和缺乏理智才有的。泰蕾莎·弗罗梅尔比她的弟弟大五岁,看着像一个因为年老而皮肤起了皱的孩子,童话里守护地下宝藏的驼着背的小矮人幽灵。她很艰难地学会了阅读,也很坚毅地担当了家里所有应负的职责。她言语不清,语言系统混乱,但是当她说到自己的梦时,好像比现实还要真实,她总是慢慢地收拾厨房,一个柜子要整理好几天,还有那些永远也做不完的织毛衣和缝补被褥的手工活。如果能让她讲她的梦,那他吃惊地发现她梦中大量出现的一些事件,曾在现实中发生过。有的事件很重要,如政治斗争、灾祸和冲突,有的很平常,如邻居生了病、一只猫死了,或者洛韦医生的来访。所有这一切都不一样,但都使人感到像做了一场噩梦。有时候,一些事件的发生只具有某种象征意义,它们出现的情况也不一样,有的只出现在某个时间,有的则变了形地反映在镜子里。弗罗梅尔知道,泰蕾莎的梦不是平常的梦,而已经超出了睡梦的领域,在他们的整个住宅里到处都散发着它的芬芳。他也懂得,他自己和他姐姐的梦也是有联系的。这怎么可能呢?但弗罗梅尔对这并不感到奇怪,因为所有这一切在别的人看来,可能很不一般,但对他来说,却很寻常。泰蕾莎的梦在某种程度上就是他的梦,反映了他的现状,也许还展现了这个世界的真实面貌。只要泰蕾莎还清醒、做饭、打扫房间,或者出去买东西,她就有权享受这里的一切,一直到他们死去,永远分离。泰蕾莎入睡后,世界在她弟弟的眼中也变了颜色,不仅是眼睛看见它变了颜色,而且在他的心中也变了颜色,突然变得充满意义。所有理所当然发生的事都好像是预先的约定,"这里"和"现在"已经不存在了,弗罗梅尔脑子里的画面变得具体,和泰蕾莎在睡梦中想的混在了一起。这一过程愈长,它所展现的画面就愈清晰,所有这一切到底是什么?是一片陆地,它从大海里显露出来了。这是一片全新的陆地,但它并不令人感到陌生,和那个称为现实的乱七八糟的图像完全不一样。两个世界互相争斗,新的世界取代了旧世界,弗罗梅尔觉得周围的一切都不现实,但是他不知道以后怎么办,到哪里去。他站在一条看不见的分界线上,就是从这里开始,他对招魂术的研究产生了兴趣,他想超越这条界线,却不想失去这种间隔的距离。如果彻底这样做了,弗罗梅尔可能会疯掉,或者永远不相信任何事,这种情况在他的研究中常常出现。对于招魂术可以有两种态度,即认为它"存在"或者"不存在"。所有"存在,但是"的情况都对他并不重要,毫无意义。

弗罗梅尔属于那种获得了祝福的人,这种人虽然没有看见,但是他们相信自己得到了祝福,他们对这有预感,也相信是这样的。他的姐姐做针线活的时候,也做梦遇见了鬼魂,她说,这些鬼魂就像从魔灯中出现的人物映照在了墙上。很早以前,当她是通灵术士时,曾和鬼魂对话过,现在这个天赋已经被剥夺了。

弗罗梅尔知道,要认识这些超凡的现象,首先要了解和认识自己见到过的那条从过去流到现在的溪流,但是弗罗梅尔并没有在他的生活中发现任何潜在的规律。

泰蕾莎和瓦尔特

泰蕾莎和瓦尔特的父亲弗罗梅尔是普鲁士的一名医生,母亲名叫安娜玛莉娅·温·霍亨布格,是西里西亚①的一个贵族小姐。他们的父亲除了是一名医生外,还是一个外交官和旅游者,很不一般。他和安娜玛莉娅·温·霍亨布格这一对虽然年龄相差很大,但是他们恋爱结了婚,婚后十几个月,在一次旅行中途,泰蕾莎出生了。因为安娜玛莉娅的分娩和产后休养,弗罗梅尔夫妇不得不在马罗克停留了一个星期,然后他们到美国和墨西哥去了。沿途由于火车轮的轰隆声响和海船边上的巨浪翻涌得厉害,过了一阵,他们发现小女儿有点不好。她病了,后来她又长了牙齿,但走不了路,有时候全身都会抽搐。这一切让年轻的母亲对这个孩子生厌,她曾带着小孩在纽约的一个专家那里就诊,而后又去看了催眠术士,但这个催眠术士没有给孩子治病,而是给她的母亲催眠。这段令人震惊的浪漫史传到了

---

① 地区名,在波兰西南部。

欧洲,安娜玛莉娅的丈夫对这本来可以谅解,但不久后,这位弗罗梅尔医生的夫人和他的一个秘书私奔了,不过,后来她就被丈夫找到了,她双膝跪下求丈夫原谅。弗罗梅尔医生暗自悔恨自己没有注意她可能将这事在外面夸大和胡说。看到她的这种不安分的性格,他觉得以后她会变得更加疯狂。他和安娜玛莉娅一家人来到墨西哥后,儿子瓦尔特也出生了,安娜玛莉娅在床上躺了两个月,没起过床,也没有跟任何人说过话。后来有一天,她突然起身,带着两个孩子又回到纽约去了,这次弗罗梅尔医生没有去找她。后来弗罗梅尔好像去了巴拿马,在那里失踪了。有传闻说,他可能是个美国间谍。

安娜玛莉娅有段时期是个很积极的妇女参政派,后来她开始对通灵和招魂术感兴趣,并加入了神智协会,在那里认识了海伦娜·布拉瓦特斯卡,成了她的弟子。一次,安娜玛莉娅的女儿泰蕾莎来到布拉瓦特斯卡跟前,这位著名的大师在女孩身边蹲下,仔细地看了一下她的眼睛。

"她的灵魂太大,压住了她的身体。"

过了不久,小泰蕾莎生了一场大病,差点要死了。不过,也许就是因为这个"巨大的灵魂",她能够不断忍受抽搐和损伤脏器的高烧的痛苦。给她治病和康复花了很多钱,安娜玛莉娅一家从此在欧洲沉寂。不管是那个著名的催眠术士,还是她的情人,她丈夫的秘书,还是其他一些神智学家都不愿提供帮助。在这样困难的时刻，只有安娜玛莉娅的一些妇女参政派的友人曾施以援手，可是当她们建议她去一家私人诊所给孩子治病的时候，她把他们都赶出了门外。她心里和脑子里一定有什么想法，因为她对人是那么冷淡，让人觉得就好像在什么情况下她都不在似的。她还常常大发雷霆，只要手里有了什么东西，就往墙上扔去，把它摔碎。她越来越不管孩子们了，几乎每天都要去参加一些招魂作法的活动，还不断地向熟人借钱，要买票坐船回到欧洲去。但也有过这种闪光时刻，瓦尔特还记得当太阳从云层里露出来的时候，她把儿子放在她的膝盖上，默默地紧紧地搂着他。不过，她从来没有理睬过泰蕾莎。

去欧洲的船票买好了，行李也打包好了，安娜玛莉娅却用丈夫的手枪往自己的嘴里开了一枪，她自杀了。那是在1879年，当时泰蕾莎十二岁，瓦尔特才七岁。

两个孩子这时辗转经多户人家照顾，最后由德国大使馆转圜，回到了欧洲，来到了西里西亚。他们由一个看似冷淡但很高贵的老妇人照顾，她马上安排孩子们上了寄宿学校。

姐弟俩只有在过节时才能够见面，这也是他们唯一快乐和幸福的时刻。他们充分利用了全部课余的时间，这样的时间很多，因为这个老妇人一看见他们就有一些不好的想法，所以只要可能，她就尽量不跟他们见面。

"上帝啊！生活是多么残酷！"他们听到她许多次地讲过这

样的话。

这个也叫玛莉娅·温·霍亨布格的老妇人的住宅在距离斯赫韦伊德尼哲尔不远的一个令人忧伤的地区,一栋两层的宫殿式楼房很醒目地坐落在一处平原与山脚的交界处,从朝西和朝南的窗子向外望去,可以看见高山,东边和北边的窗子外面则是一大片平地,像一块桌布一样,被分割开了。老妇人的一个弟弟也住在这儿,奇奇怪怪的,完全听从姐姐的一切安排。这里还住着老妇人的侄子拉伊内尔,他一点儿也不管这里的家务事,因为他好像在写一部哲学著作,也可能是一部长篇小说。

但是拉伊内尔在瓦尔特和泰蕾莎的生活中,就像他们不在眼前的父亲、他们的朋友、一个和他们亲近的人。他对他们很感兴趣,当他们从学校里出来后,他就和他们一起,去开阔的公园里散步,那里有很多古老的山毛榉树,就像一些太古的怪兽把爪子抓到地里面去了。他问起他们过去在纽约的生活,不过令他感到遗憾的是,他们记不起生长在墨西哥的仙人掌有哪些品种了。正是这个拉伊内尔告诉他们,他们的母亲是个疯女人,孩子们以为,疯女人都是那种胡作乱为,调皮捣蛋,在雨里乱跑,踩到水洼子里去,对保育员讲话很不客气的人。但是他们一次又一次地一起散步,每次跟拉伊内尔会面都使他们逐渐地认识到他们的这种看法是错误的。拉伊内尔满足地对他们讲了一种全新类型的童话,说明疯狂到底是什么。

"有的人认为,拿破仑是一个疯狂的人,还有人认为拜占庭的国王或者说皇帝也是疯子。这些人都对此深信不疑,如果要他们改变自己错误的看法,他们会抗拒,会攻击。另外还有一些人要慢慢地取下戴在他们身上的看不见的镣铐,抹去爬在他们身上的虫蚁。此外还有这样的人,他们哭得那么厉害,已经受不了……他们的灵魂很痛苦。"

"灵魂能够感到痛苦吗?它不是非物质的东西吗?"泰蕾莎断然问道。

"可以感受到的。"拉伊内尔很严肃地说,然后他领他们走出大门,来到了田野里。大门外显现的一切都是这个相对广阔的地理环境中的痛苦的真实写照:大地的颜色像湿漉漉的灰尘,它上面的天空看起来就像一块很脏的篷布;被广袤空间的颜色剥夺色彩的褪了色的植被中,叶子掉光了的山毛榉树看起来像一根根银色的血管,自天空汲取生命力,但这种力量是冰冷的,带来的是灵魂的苦痛。

如果天阴下雨,拉伊内尔就带孩子们来到屋顶下那个最高的房间里,每次都要给他们看一些有趣的东西,例如他在饲养室里养的蜘蛛(这个他叫他们不能透露给任何人),或者给他们看一些相册,还有照相机和一个小的相片洗印室。就是这个小相机,给泰蕾莎和瓦尔特留下了几张小时候的照片。小姑娘坐在一张小桌子上,手里抓着咖啡研磨器,在她那丝滑的小裙子下露出了一双系好鞋带的小软底鞋。她那高脑门下的一双眼睛很注意地看着什么,有点紧张。在她身旁站着一个男孩,男孩用一只手扶在一张椅子的把手上,他穿着一条短裤,可以看到他的双腿虽然很长,但是肌肉并不发达。他的脸上没有表情,嘴巴微闭。另外还有一张照片,两个孩子手拉手地站在一起,瓦尔特比大他五岁的姐姐泰蕾莎高一个头,在这张照片上,可以很明显地看出她的发育不正常,她的一双手瘦长得很不自然,肩膀是歪的,脑袋也很大,简直难以形容,她的身上穿着一件长到膝盖的连衣裙。

瓦尔特一直到好多年后,才知道拉伊内尔以某种方式被泰蕾莎迷住了。同样,泰蕾莎一般来说很少说话,但她善于思考,在拉伊内尔面前显示出了一种微妙的幽默感,但她的弟弟却并不能理解这种幽默。她告诉过拉伊内尔她曾做过的很多梦,还想要和他进行讨论。瓦尔特还记得他的姐姐从花园里跑过的样子,她的一双跛了的脚动起来并不协调,使他莫名其妙地动容。后来,泰蕾莎的病让她整个夏天都不得不躺在靠椅上,拉伊内尔每次和她打招呼都要开玩笑地问道:

"亲爱的泰蕾莎!你在干什么?"

"我在睡觉。"她微笑地回答了他的话。

拉伊内尔在这里教他们如何准备招魂要用的乩板和桌子,然后他又邀请泰蕾莎参加玛莉娅·温·霍亨布格的这栋住宅的管理人的妻子,汉卡夫人组织的招魂会。可以说,是拉伊内尔发现泰蕾莎·弗罗梅尔具有招魂的能力。他也产生了一个想法,就是在温·霍亨布格老太太死后,他要把泰蕾莎姐弟俩带到弗罗茨瓦夫去。他把曾经的房子卖掉,没用多少钱就在弗罗茨瓦夫买了一栋住宅,他把剩下的钱投入到股票市场,但他在那里很不走运。这时候,拉伊内尔想要发挥泰蕾莎很不一般的能够探索更广阔世界的招魂能力,他想做她的发现者和研究家,以此扬名立万。也许他还想成为第二个克鲁克斯①老师,也希望泰蕾莎成为弗洛伦斯·库克②的继承者。虽然他没有把自己的想法告诉泰蕾莎,不想吓到她(毕竟她是那么敏感),但现实却超乎意料,让他感到吃惊。拉伊内尔愈是经常到弗罗梅尔的家里去,想要接近泰蕾莎,完全得到她的信任,泰蕾莎在招魂会上,就愈是不善于说一些厉害的话,甚至会说出一些秘密。最后在不断的失望下,拉伊内尔实现梦想的举措无果,因为过急地想要和她接近,反而使得他和泰蕾莎的这段浪漫史很快就结束了。房间里的沙发上招来了鬼魂,他们之间的关系变了,他对通灵术再也不感兴趣了。拉伊内尔回到他居住的斯赫韦伊德

---

① 威廉·克鲁克斯(William Crookes, 1832—1919),英国物理学家、化学家。
② 弗洛伦斯·库克(Florence Cook, 1856—1904),英国女通灵术士。她说自己使一个叫"卡特皇帝"的幽灵复活,在1870年代中期引起争议,但她的能力得到威廉·克鲁克斯的认可。

尼哲尔地区那栋楼房里去了,养着他的那些蜘蛛,在那里度过余生。他和弗罗梅尔姐弟俩都断绝了往来。在1887年初时,人们听说他因菌血症去世了。没有人去给他送葬,也没有人再谈起他了。

从这个时候开始,瓦尔特和他的姐姐的生活状况就没有什么变化了。瓦尔特中学毕业后,开始在市政局里工作,泰蕾莎为他管家,与他在一起生活。她的健康水平已经恢复到能够收拾房子,干点家务活了,每天也能短暂地到外面去买一些生活必需品。她的癫痫病很少发作了,但她的梦又慢慢地多了起来。瓦尔特在自己的人生之路上前行时,回过头,对通灵术,这个对家里人有害的游戏感兴趣,着了迷。他让他的姐姐也参加爱尔茨内尔夫人的通灵会,但是泰蕾莎再也不像她年少时那样了。

瓦尔特·弗罗梅尔和爱尔茨内尔夫人

第二天,瓦尔特·弗罗梅尔接到一封简短的信后,马上就来到了爱尔茨内尔夫人的家里。他把他的大衣挂在衣架上后,心绪不宁地踩着僵硬的脚步走进了客厅里,坐在一张靠椅上,等着女主人的到来。爱尔茨内尔夫人的样子和他完全相反:他很清瘦,她却胖又不结实;他很呆板,从来不激动,而她却很机灵,行动敏捷;他不爱说话,对什么都很冷淡,可她却十分善谈,性情莽撞。当她开始前言不搭后语地说起了昨天吃午饭的时候发生的一件事时,弗罗梅尔既没有追问,也没有打断她的话,没有做出任何反应。

"你倒是说点什么吧!"爱尔茨内尔夫人最后说,她看到他的目光总有些困惑不解。

弗罗梅尔的心中有一种奇怪的感觉,他逐渐感到有些激动,但又不知道这是为什么。是因为发生了什么事感到高兴了?但他又感到不安,是不是又遇到了很危险的坏情况?弗罗梅尔对所有的一切本来都毫无反应,都能够对付,但他还是不能隐藏他的激动心情。他的两只手摸索着他的礼服上的扣子,但下一秒又好像不敢触碰它们,也不敢去摸那张靠椅的扶手。

"洛韦医生是怎么说的?"他问道。

"啊,医生认为,从医学的角度来看,爱尔娜是健康的,这种行动受限的境况也许跟她的年龄……已近迅速生长发育的年岁有关系,但是洛韦医生从来没有参加过他们施法的聚会,没有注意能否对通灵术的运用进行解释,如果能够解释的话,那我们也许又能聚会了……"

弗罗梅尔咳了几声,他知道,他的意见对爱尔茨内尔夫人来说,比洛韦的话更重要。当他试图弄清楚为什么会这样时,他的这种想法发展到一定的程度就消失了。对弗罗梅尔而言,这种情况的出现他无法解释。

他站了起来,来回踱步,不声不响。然后他提出要跟洛韦医生单独聊聊,但他知道,这也很难,因为他觉得要对洛韦医生表示尊重,有些话他不敢说。

"如果爱尔娜真的有通灵的能力,能够和死人沟通('呵!他讲得真好,当然是这样。'爱尔茨内尔夫人这么想),那在这个家里,带来好处的精神力在不断流动,她可真是一个宝贝。"

爱尔茨内尔夫人感到更加兴奋了,红晕爬上了她乳白色的面庞。她现在觉得,一切会变,都有某种含义。冬天那没有止境的长夜也有丰富的意义,家里又有许多人来,算账、买东西、孩子生病、第二天吃什么菜,这些都不重要了。爱尔茨内尔夫人每天都忙来忙去。

"不过从另一方面来说,"弗罗梅尔接着说,就好像重新组织通灵会是理所当然的,"这也是一件很严肃的事。我们为爱尔娜治病付出了那么大的努力。一种陌生的力量穿透了这个年幼纯洁的身躯,她的思想和理智还没有成熟,使得她不能保持自身平衡,这是毫无疑问的,也许就像洛韦医生说的那样,要把这一切都看得随便一点,要等待,一直到这种力量全都消失……但也可能不会消失,这个谁都不知道。不过,我可以肯定地说,愈是采取斗争的方式,就愈会造成冲突矛盾,促使这个年轻的姑娘变得疯狂。"

爱尔茨内尔夫人从沙发上站起来。

"我们不说这个了,请吧!"她马上说,"喝点巧克力吗?啊!你不喝巧克力,那要不来点小点心?女孩们烤的,都是她们自己做的。"

弗罗梅尔懂了,他说的这些都没有必要,但他没有想到会是这样的反应。他走到爱尔茨内尔夫人跟前,犹豫了一下,然后碰了一下她的肩膀。她把头抬起来,哭了。弗罗梅尔站在那里,把手举起来,不敢相信她流下了眼泪,但他并没有去看她的这些眼泪,他的性格也让他看不懂这突然变化的氛围。他有一种感觉,面前发生的这一切对他来说都很陌生,和他预想的恰恰相反。他和她的视线短暂地相汇,但又马上分开。

"我让爱尔娜把这些点心都给你拿来,你可以跟她谈谈!我自己现在不知道该怎么办了。"爱尔茨内尔夫人小声地说,然后马上走了。

过了一会儿,爱尔娜就站到了门口。弗罗梅尔觉得,在某种意义上,这是他第一次见到她。以前,他常来爱尔茨内尔夫人的家里,在他眼里,这些孩子是一个整体,单一的有机体;管理它,爱尔茨内尔夫人要花很多时间。这个有机体有好几个名字,也有好几张面孔,但区别不大。弗罗梅尔只记得有一个叫贝尔塔,她是年龄最大的,常参加大人们的下午茶聚会,甚至还去过一次招魂会。他也看见过爱尔娜,如果有人要他描述她,他会说出爱尔茨内尔夫人家所有孩子的整体特点,把他们看成是一样东西。

那时的爱尔娜在他眼里也并非独立的存在,她总是和孩子们,"小姑娘们"在一起,她们穿着浅色的连衣裙,在走廊里跑来跑去,大声地说话,以致女佣还不得不叫她们安静一点。爱尔娜在各方面都还不够成熟,不能和成年人一起在客厅里议事,也不能让她一个人出门,而且有问题她也回答不了。当弗罗梅尔和爱尔茨内尔夫人谈到她时,他装得好像知道说的是哪个女孩。实际上,对他来说,她并非是作为一个独立的个人存在的。现在,他必须要重新认识她了。

爱尔娜个子矮小,穿着一条淡绿色的连衣裙,腰身宽松,薄薄的衣料轻贴在她丰满的胸部。衣裙的颜色更显出她淡黄色的皮肤和眼下的几处暗斑。她的眼皮有点肿胀,微微泛红,头发被编成了细细的马尾辫,绑在脖子后面。她望着他,眼里带着笑意,并把一盘小点心放在了小桌子上。

弗罗梅尔本来应该和她打招呼,或者问点什么,但他却一直在盯着她,带着惊异和尊重,态度既严肃却又有点不耐烦。他看她既是一个很聪明的老妇人,又是一个幼稚的小姑娘。

"您要和我谈话,所以妈妈叫我来了。"

"坐吧!"弗罗梅尔说,"是的!我想和你谈谈昨天吃午饭的时候发生的事……"

"我见到了幽灵!"小姑娘很随便地打断了他的话,可他听到后全身都发抖了。

"你怎么知道那是幽灵?"

她现在看起来有点惊讶。

"妈妈说,它看上去有点像外祖父。"

"妈妈也看见了他?"

"没有,是我告诉了她那个人是什么样子。"

弗罗梅尔问了她很多细节,不是为了找到什么乱七八糟或者骗人的痕迹,而是试图弄清楚在那些津津有味地喝着鲜美的汤的人中,那个站着的怪异形象到底是个什么样子,这里到底出现了什么怪物。

"你以前见到过他吗?"

"以前没有。"

"后来呢?"

爱尔娜犹豫了一下。

"也没有,但我听到过各种各样说话的声音……"

"谁在说话?"

"我不知道,也许是别的幽灵在说话。"

"他们说了什么,你还记得吗?"

"有时候我听懂了,有时候没有,现在我不记得了。"

弗罗梅尔沉默了一会儿,他瞅着地板。

"告诉我,爱尔娜!这件事很重要……这一切你以后如果想看,还能看得到吗?还是必须要等……一直等到这种情况再次出现。你想想看,这究竟是怎么回事?"他最后这么说本来很犹豫,因为他怕这个问题,会让他发现太多秘密。

看到他这么惊异,爱尔娜马上回答说:

"我认为我已经知道门在哪里了。"

"门?"弗罗梅尔感到很奇怪。

"我是这么称呼的,因为我是走过走廊,然后看到了一扇门,从那里可以进到另一个房间。但现在我不想这样,为什么泰蕾莎夫人没有来?"

弗罗梅尔眯着眼睛。

"她来不了,她不舒服。"

爱尔娜不再说了,开始晃动着她那穿着白色长袜的双腿。

他不确定,在给她讲什么是通灵术的时候,她有没有注意听。他说,通灵术是"灵魂的本质"能通灵,而不是"灵魂"通灵。这种本质既是死者的灵魂,也可以是那些还没有出生的人的灵魂。人的躯体只是用来游过人生大河的木排,人的灵魂通过一生的流浪可以得到充实和净化,最终都要到上帝那里去。有洁净的灵魂、高度智慧的灵魂、近于上帝之灵光的灵魂,这些灵魂乐于帮助和教育别的灵魂;但是有的灵魂因为陷入了贪欲的泥塘,可能心地邪毒。他也很真心诚意地给她讲了有可能遇到的各种危险,如患精神病、疯癫、生理上的疾病、痛苦,这些可能会常伴一生。他这么说是把她看成是一个成年女性,但他感到奇怪的是,她对这毫无反应,她的脸色没有丝毫变化。

"爱尔娜,你懂吗?我说的这些,你懂吗?"

她点了点头,微微地笑了。

"这是一份礼物,能够得到这种礼物的人并不很多,你是其中的一个。但拥有它并不意味着生活会更轻松,你愿不愿接受这份礼物,现在做出决定,还为时不晚。如果你愿意接受这份意料之外的礼物,我和你的母亲都能沾到这种能力的光。你知道招魂会是干什么的吗?如果你不想接受这份礼物,那你也可以不管这些,关闭心门,一切都会像梦一样地过去,这一点我可以肯定。"

他突然很关心地望着她,就好像他自己所说的,这是一件很严肃的事。他看见爱尔娜一直在对他微笑,他的脑子里很快就产生了一种想法,认为爱尔娜是疯了。

他垂下眼,然后站起来。

"你可以走了,好好想想,我对你说了些什么。"

爱尔茨内尔夫人这时走进了客厅,她握着瓦尔特·弗罗梅尔的手,看着他的眼睛,她只有一个重要的问题,她问道:

"怎么样?你对她是怎么想的?"

"怎么样……"弗罗梅尔因为她握着手不放,感到很不自在,"初次见面,我能说些什么呢?但是她如果坚持说她见到了他,听见了声音……"

"听见了声音?"爱尔茨内尔夫人感到很奇怪,"这个我不知道。"

"没错,我也不很清楚这是怎么回事。"

爱尔娜·爱尔茨内尔

母亲给爱尔娜留下了一条白色的连衣裙,这是她第一条过膝长裙。她把它放在床上,在它旁边走来走去,犹豫不决。因为她有一条浅色的细麻布裙,完全是新的,是在商店里买的,而不是贝尔塔和玛莉耶穿过之后留给她的,她因为有这条新的裙子而感到自豪。她站在镜子前看了看,然后把那条布裙拉起来举高,着迷地看着自己赤裸的身体,特别是肚脐眼下面,那里有十几根黑色的毛发。

这时走廊里传来嗖嗖的响声,使爱尔娜害怕了,她马上去拿她的一条短裤,把它穿上后,便小心翼翼地拿起床上那条连衣裙,不知道该不该把它穿上。适合在重要场合穿的白色连衣裙好像并不适合她,谁穿白的,一定很爱自己,但爱尔娜不喜欢自己肚皮下的这些毛发、脑门上的红疹,不喜欢自己难看的头发和大鼻子。如果她像贝尔塔那样,也许她会喜欢自己。最后她把连衣裙从头往下套,这样可以少扣扣子。她往肺里吸气,可是有些东西压在她肿胀的乳头上,让她感到疼痛。她靠近那面镜子,看见的不是自己,而是裙子上乳白色的斑点。爱尔娜皮肤的颜色要深一些,和房间的昏暗融为一体。她摸了摸自己的脸,向前离镜子更近了,几乎贴上了镜面。和无瑕的白裙相比,她脸色泛灰,并不好看。她的鼻子很大,额头发亮,嘴唇薄,嘴角朝下,像是铅笔画出来的。爱尔娜的连衣裙比她自己好看,但它却是她的寄生物,它从她那里获得了色彩、光亮和生命。它紧套在她的身上,不让她好好呼吸,它那完美无瑕的纯洁反而使她感到难受。爱尔娜垂下双手,在爱尔茨内尔夫人没有回来之前,她一直一动也不动地站在镜子前。

"准备好了吗?你想去那里吗?你感觉还好吗?"母亲问道,在某种意义上来说,她已经给自己做出了回答。她轻轻地把女孩往门那边推去。

爱尔娜在阴暗的走廊里走着,保持领先母亲半步的距离。她感觉,这栋房子今天特别寂静,显得严肃。这种寂静是因为爱尔茨内尔夫人的姐姐把那些孩子都管住了,灯火都熄灭了,厨房的门也关了。所有这一切都说明,这栋住宅已经笼罩在节日的气氛里,还闻得到午餐的佳肴美酒和肥皂水的香味,因为格列塔今天在厨房里擦过地板,但是房门边的衣架上就像一串葡萄一样,挂满了外面来的人穿的大衣。母亲在通往客厅的大门前停留了一会儿,想要用手掌摸一下自己的脸,给自己点勇气,爱尔娜知道,这整座庄严而寂静的房子都在等着她。

来到了客厅里的人都两眼望着她。爱尔娜看见坐在靠椅上的弗罗梅尔先生穿了一套军官穿的深色军服，脖子下面的领口紧扣。他旁边坐着他的姐姐泰蕾莎，这个女人有点驼背，看不出具体年龄。她那发育不全的纤小身材给人的印象永远是那么年轻、不成熟，就像植物的幼芽一样。但是她的脑袋很大，和她的这个身材很不相称。她想要改变这种状况，把头往前伸，黑色蕾丝头帘都遮不住她的脑袋，好像要说："啊！我只是这一会儿被缝在这个躯体上，就这一会儿，只在今天，现在。"泰蕾莎对爱尔娜微微地笑了。

莎茨曼夫人坐在一个用青铜色的窗帘遮住了的窗子下面，穿了一身丧服，此外还有洛韦医生。洛韦医生的表情看来像是有什么事拿不准，尽管如此，他还是对爱尔娜使了个眼色。

洛韦医生

洛韦医生是第一次参加他们的聚会,因为这里有三个他的病人:莎茨曼夫人、爱尔茨内尔夫人和爱尔娜。

医生对幽灵的认识是自相矛盾的,而且他不完全知道,要怎么去考虑这些问题。他出生在克罗列维茨,是一个正统派犹太人,小时候脑子里想的是杜布克①、戈列姆②、天使以及上帝创造的这个世界上那些稀奇古怪的东西。在他这些童年时期的信仰上有一个沉重的顶盖,它将房屋中一些明亮和清洁的住房同阴暗潮湿的地下室分开了。他是在发明蒸汽机和使用铁器的那个时候开始学医的。在医学世界,这个真正的新科学世界里,没有幽灵的位置。一个科学名词"歇斯底里"可以用来解释许多精神疾病。洛韦医生就在给爱尔娜看病的这个晚上,脑海里回想起了这个词,坚称正是如此。另一方面,他老老实实地告

---

① 杜布克,犹太传说中一种会附身的鬼魂。据传说,如果死者生前有罪,那死后便会成为游魂,进入生者的体内,控制其行为。
② 戈列姆,犹太教律法集《塔木德书》中提到的被赋予生命的假人。

诉了爱尔茨内尔夫人参加这样的聚会将导致怎样的结果。但是在爱尔茨内尔夫人看来,洛韦说的这些是不可信的,她完全没有听信医生的警告。其实,洛韦医生的心中也不相信有什么歇斯底里,至少不完全相信它。他是一个人生经验丰富的老者,知道医学就像衣服和家具生产一样,盛行的东西熙来攘往。歇斯底里就像是一种突然袭击,但不知道以什么方式,有多大的攻击能力。他有时候还有一个印象,这个词并不是他,而是他的一个同事说出来的,他这样想是为了给自己遮羞。

　　因此洛韦医生也可能在一个很深的地方(在他那个有理智的阴暗潮湿的地下室里)见到了一个什么东西,相信它的存在,但他自己也不知道该如何称呼它。这不一定是幽灵,也不一定是什么鬼魂附身,它不在那盏名为知识的耀眼明灯能够照亮的范围之内。也许是一种对死亡的恐惧,让他任何时候都摆脱不了,也无法永远把所有的门都关上。亦或许他不知如何去除爱尔娜这个孩子给他留下的印象:害怕、迷信、幻想。可能爱尔娜·爱尔茨内尔真的见到了幽灵?他作为一个医生,同意到这里来,就是想要感受一下,到底可能会出现什么情况。他警告过爱尔茨内尔夫人,不要搞这种聚会,在他看来,如果这种聚会上发生了什么事,是会危及爱尔娜的健康的,所以他对爱尔娜使了个眼色,希望她能打起精神。

　　他看到爱尔娜的母亲又把她轻轻地推到桌子那边去了,爱尔娜坐了下来,把手放在她的白色连衣裙上。

"小姐,你觉得怎么样?"洛韦医生小声地问道,就在这时,房间里的灯灭了,有人把椅子搬到了桌子旁边。

"我没什么感觉。"她这么说,试着笑了一下。

爱尔娜·爱尔茨内尔

参加聚会的人都坐在桌子旁边了，拿着玻璃杯接咖啡。弗罗梅尔用他有力的手指抓着爱尔娜的右手，把它放在桌子上，让她的手指碰手指。她的两个大拇指合在了一起，苍白的手掌在绿色桌面的映衬下就像一只展开了翅膀的夜蝶。爱尔娜看见周围好像有很多这样的蝴蝶，有大的、小的、娇弱而瘦小的蝴蝶，形成了一个不完整的圆圈。她甚至没有注意到泰蕾莎就坐在她的左边，正用一个手指在碰她。爱尔茨内尔夫人对着弗罗梅尔的耳朵说了些什么，然后她伸直腰杆，抬起头来，闭上了眼睛。这时，有人叹了口气，还可听到椅子移动的吱吱响声，透过窗帘，从窗外传来了电车行驶的轰隆声响，过后又是一阵真切的冷寂。

坐在弗罗梅尔和他的姐姐泰蕾莎之间，爱尔娜觉得很挤，她不敢深呼吸，怕打破刚刚形成的寂静。她像她的母亲一样，也闭上了眼睛，并不是为了集中精神，而是不愿看到那个正在笑话她的洛韦医生，他虽然表现得很庄重，但很不自然。他的眼皮底下虽然没有什么令人不安的指示，但爱尔娜觉得，他闭着眼睛,好像不愿见到那种令人烦恼的等待。虽然她没有看任何一个人,但她一直觉得所有的人都在注视着她,这种注视就像裁缝给她做衣服要先给她量尺码或者让她试穿时那么认真:指头和指头之间如何连接,一个女裁缝冰冷的手先在她颈项上量一下,一厘米,然后沿着脊柱往下,女裁缝再用粉笔给要钉上扣子的地方做好记号。当女裁缝那只拿着粉笔的手在衣料上向下滑动时,会偶尔或者不经意地碰到爱尔娜的膝盖。当女裁缝给爱尔娜的母亲说明了哪里要缝些褶,哪里是裁下来的上衣的多余布料,爱尔娜的皮肤随着裁缝手指的指向起了一片鸡皮疙瘩。爱尔娜这时把眼皮合上,皮肤上的绒毛高兴得都炸了起来,她的身子不自觉地往深处,朝着梦境和黑暗迅速地移动。"爱尔娜,爱尔娜!"母亲捧着她的下巴颏摇了几下,注视着的她的眼睛说,"我都看得出神了。"

爱尔娜现在和她母亲的感受一样,虽然谁都没有碰她,她却感到非常温暖和舒服。她甚至屏住了呼吸,以免驱散这陡然的愉悦。她的身体放松了,全身肌肉都松弛了。这时,她又突然看见,在那个空无一人的走廊里,拐角处有一个人影闪了一下,又消失了。她往后退了一步,睁开眼睛看了一会儿。夜蝶样的双手已经不在桌子上了。周围一片昏暗,但有几双眼睛正瞄着她,有的睁得很大,有的表现出不怀好意,有的是对她感兴趣,但都表现出他们对她有所求,但她的身子太虚弱了,只能顾她自己,没法和他们交往。她虽闭上了眼睛,但依然看得见各种颜色的闪光。"是谁?"一个很急促的声音问道。马上许多声音如大合唱,杂乱地回答了他。她听不懂他们在说些什么,但她对这也并不很在意,她只知道自己在做一个美妙的梦。她的身子现在抬高了一点,不时发出了嘶嘶的响声,还可听到她好像松了口气,她的肚皮不知为何出现了波动,好像是为了防止恶心腹泻。爱尔娜想更深入地感受,但她不能动,她感到愤怒在增长。她从下往上看,一些大的蝴蝶抓住了她,她便说了声:"滚开!"但她没有听见自己的声音,她想要再说,这时蝴蝶放松了对她的抓力,放开了她。她听到有声音从走廊传来:"不要让它们走!"另外还有一个不知从哪里来的人又对她说:"把它们找回来!"她问道:"你是谁?"这时有人说出了一些颜色和数目,可爱尔娜马上就忘了。一个女人非常响亮的声音穿透了众多人的齐声:"我,我!"爱尔娜只说了一句:"这是一件紫红色的短上衣。"她没有张嘴,但她终于能听见自己的声音了。一个低沉但很响亮的声音要求她:"马上离开!"爱尔娜马上来到了前面的走廊里,她想,这条走廊没有尽头,走过去要花很多时间,于是她转过身来往后看,她看见有几个人坐在一张圆形的桌子旁,他们手拉着手。她看见了他们的头顶上都有一撮毛发,那个圆形的桌子变成了一个聪明伶俐的瞳孔。然后她又看见一个少女睡在一个长沙发上,她身上的那件连衣裙看着也很熟悉。"这是我的连衣裙。"爱尔娜想着,脱口而出。那个睡在沙发上的少女苍白的嘴紧闭,爱尔娜打了一个冷噤,她很害怕,她以为那少女已经死了或者正要死去。她想要靠近她,但是她看见有一块透明的厚玻璃把她们隔开了。沙发上的少女的嘴在动,她开始说话了,但奇怪的是,爱尔娜一点也听不懂她说的是什么,她感到不耐烦了,于是又来到了那个没有尽头的走廊里,在这里她又听到了有人在大声地喊话,这喊声穿过了她,就好像她根本不在似的。但它毕竟透过了她的躯体和神经,留下了一些有意义的痕迹,还展示了某些画面。但她对这却依然感到陌生,她听不懂也弄不明白,于是就把它们都当成是一闪而过的东西。但是这喊声冲刷了她的全部,甚至和她合为一体了,爱尔娜已经不是那种可以感觉、能够思考和观察的人,她被剥夺了界限。她不会死,因为她已经是超出了生命,超出了死亡,也超出了时间的存在。在这样超出的延伸中,有一处静谧之地,但在它的深处,某个像是在童话世界的被子里的地方,有一种意识使她感到痛苦。"这让人感到痛苦。"爱尔娜这么说,也这么想。一切到这里就结束了。

  爱尔娜突然醒来,但仍有些神志不清,她躺在沙发上,身上白色的连衣裙被汗水弄得湿透了。她看见了跪在母亲旁边的洛韦医生,他将一只手从青铜色的手套里伸出来,她也看见弗罗梅尔发亮的双眼和他姐姐专注的脸庞。她想,一定发生了什么,她突然心跳如鼓。

莎茨曼夫人

在爱尔茨内尔家里的聚会之后,莎茨曼夫人直到第二天早晨都没能合眼,她躺在丈夫死后的那张显得宽敞的双人床上,在冰凉的被子里辗转反侧。她睡不着,因为她老是回想起昨天晚上的景象,绿色的小桌子、一个驼背的女人、一个姑娘苍白的脸,还有当她和这个姑娘说话时听到的她的声音。

莎茨曼夫人从床上又坐了起来,点燃了一盏煤油灯,因为她不习惯于电灯照射的灯光。她弓着身子坐在床边上,双腿变得冰凉。然后她又仰面躺在床上,望着那块昏暗的天花板。这是她第二次见到那样的情形了。她在想,是不是做错了什么事,是自己做错了,还是别人做错了,她没有怀疑她在爱尔茨内尔家里见到的一切。对于她这个时代的女人,受过她这样的教育的女人,双眼所见便是世间一切最好的见证。莎茨曼夫人对这并不想有更多的了解,因为那需要进行很多形而上学的思考,她这个不很复杂的头脑是做不到的。她只感到有某种遗憾和失望,她爱恋了三十年的那个人并没有来到她的身边,甚至没有来到她这间房里。

他没有出现,但他需要另一个陌生的,像爱尔茨内尔的女儿这样尚未成年的人。她看这个少女的脸上有点像她的丈夫的样子,然后就是那些手势:在空中画圆圈、揪着鼻尖思考、把身子往前倾,谁都没有像她这样。有没有可能,古斯塔夫·莎茨曼,她的丈夫,她孩子的父亲,在那里的某个地方驻足停留,然后现在变成了一个十五岁少女的化身,这可能吗?"可能。"她期待地回答自己。那么他为什么不到她这里来呢?为什么没有进入到她的睡梦中,没有帮她熄灭灯火,没有敲门,也没有在这里挪动什么东西呢?为什么她一次也没有感觉到他的存在,连他抽烟的烟味都闻不到呢?他的躯体现在还在吗?她摇了摇她那白发苍苍的脑袋,他的制服和手掌上的烟草味已经没有了,她最爱用手指头插进去的他的那些苍白和硬邦邦的头发也没有了,那些多年来见证了他生活的眼下皱纹也没有了。他的躯体已经不在了,但是在她眼前,她却能看见它的每处细枝末节,就像活的、移动着的一样。她说"他不在了",可是她的想象,她看向内心的视线却否定她的这种说法,否定了她的理智,她感觉到了并不存在的东西。"他不在了"是什么意思?她想了想,感到奇怪又不安。她记得弗罗梅尔提到过一个她很喜欢的词叫"思想成形",思想的形状,思想所表现的形态,思想成就了什么——这怎么理解?古斯塔夫对她来说已不存在,那这是一样东西吗?也可能只是在她的记忆和想象中出现的东西吧?小爱尔娜说了什么?她是怎么模仿古斯塔夫·莎茨曼的动作的？

莎茨曼夫人从床上爬起来，她拿着这盏灯，要到她儿子的房里去。稀疏的白发散落在她的肩上，她穿着睡衣，像一个幽灵一样，来到了走廊里，到儿子的房门前她停住了脚步，她改变了主意。她来到了摆了古斯塔夫的家具的那间房里，手里捧着那盏灯，坐在古斯塔夫的办公桌旁。她一声不响地注意听着，想要看到有什么不一般的情况会出现。

"你在这里吗？"她小声地问道，她很快又因为这么问而感到不好意思。

什么也没有出现，毫无动静。

"我知道，你在这里。"她说起话来胆大了一点，声音也大了些，千言万语汇成了这一句话，"我们可以在这里会面，但是你一定要给我讲清楚，怎样才能做到？如果我有什么做不到，我就不一定听你的。如果你听见我说的话了，了解我曾经历过的那些痛苦，我希望你能够给我个信号。没有你，我是那么痛苦，古斯塔夫……"

她没有再说了，她觉得好像听见了嗖嗖的响声，但她什么也没有看见。她抚摸着那张陈旧的办公桌的边沿，泪水顺着她那满是皱纹的脸庞轻落，这时她想起了丈夫死的时候是个什么样子，他的脸上那被苦痛折磨的表情。谁都救不了他。他这么长时期想要戒掉吗啡的瘾，当他戒不掉的时候，便知道自己快要死了，他无声无息地死了,也不知道是什么时候死的,直到早晨,人们才发现他已停止了呼吸。莎茨曼夫人一想起这个就咬着她的嘴唇,古斯塔夫已经没了,这个想法就像一床无比沉重的被子,压在她的身上,使她喘不过气来。莎茨曼夫人这时又想起了爱尔娜·爱尔茨内尔躺在小沙发上,她是如何以古斯塔夫的声音说了一句:"我不知道,我是怎么回事,也不知道我在什么地方。"

"你并不是非得向我表示什么,"她突然说,"我知道,你一直和我在一起,虽然你死了,也和我在一起,我就是知道。"

莎茨曼夫人抚摸着写字台冰冷的桌面,她感到她好像已经做出了重要的决定,现在的一切都和半小时以前不一样了,她把门轻轻地关上,快步走进了厨房里,因为这时候天开始亮了。

捷克女仆伊瓦娜过来时,莎茨曼已经穿好了衣服,正在厨房里煮咖啡。伊瓦娜感到惊讶。

"我又睡不着了。"莎茨曼夫人说。

她捧着一盘早点来到了儿子的房间里。阿尔杜尔站在一面镜子前,系上了白衬衫的最后一粒扣子。

"怎么这么早,妈妈?"

"在你出门之前,我要跟你说说话。"

"出了什么事吗?"阿尔杜尔不安地问道。

莎茨曼夫人要他放心,并给他倒了咖啡,看着他一小口一小口但很快地喝着。她必须确定他不会走,才开始对他说。

"你认识爱尔娜·爱尔茨内尔吗?"她问道。

"我一定是什么时候见过她。"

"小个子,长得并不出众。"

"妈妈,你要说什么?"

莎茨曼夫人深深地吸了口气,开始说话。她详细地述说了爱尔娜在午饭时的奇怪表现,就好像是在努力试图让她的儿子,这个未来的医生对这种表现感兴趣。然后她又说到了聚会,强调说这只是要让洛韦医生亲眼见识的一次实验。

"所以那个医生也参加了。"阿尔杜尔说。

"爱尔娜在那里话说得不多,有时候,她说出来根本就文不对题。她的母亲说,爱尔娜听到了一些声音,那些声音想要借她之口言语。泰蕾莎·弗罗梅尔以从未有过的深邃眼光注视着爱尔娜的眼睛,这种深邃只有通过通灵术才做得到,而泰蕾莎对这也正好是很熟悉的,她发现爱尔娜的触觉有超凡的灵敏度。不过最重要的还是在那里,在那个聚会上发生了什么。"莎茨曼夫人的话在这里告一段落。

她的儿子没有一下子就听明白,她讲这些要说明什么,直到他看见她脸上泪水涟涟,这才想到了一定是和父亲有关,因为他的母亲一想到父亲就会落泪。

莎茨曼夫人擦了一下鼻子,又心平气和、慢条斯理地讲了聚会的经过。这是能让阿尔杜尔相信她所说的,能够分担她的悲伤与快乐的唯一一次机会。把她的话听完,不谈别的,虽然她并不知道她的儿子有这种想法。于是她从爱尔娜说起,说爱尔娜让人难以置信地迅速变得恍惚,就在下一刻,参加聚会的人都站在一起,围成了一个圆圈。这件事发生得那么突然,洛韦医生让暂停所有的活动。后来,爱尔娜又从椅子上摔了下来,被放到小沙发上去。莎茨曼夫人感到很失望,她当时已经准备好了玻璃杯和印上了字母的通灵板。她以为爱尔娜已经睡着了,但是当她躺在那张沙发上,不管是这边还是那边都没有人问她,而她却自己开始说起话来了。这时候,她的母亲也很不自然地小声说,她听到了自己的祖母的幽灵在说话,她认得出来。爱尔娜说话的声音真的带着有点奇怪的西里西亚方言的重音。爱尔茨内尔夫人的祖母和古斯塔夫一家有亲戚关系,因此莎茨曼夫人当时觉得自己也不害怕,反而有些胆大了,她请求爱尔娜让她丈夫的幽灵跟她说话,问爱尔娜如何能联系到他,他在哪里……现在感觉怎么样?

"我问了他感觉怎么样,上帝啊,他感觉怎么样?"莎茨曼夫人又神经质地不断重复地说,没有理睬她的儿子阿尔杜尔。

当时爱尔娜说了一句:"在有生命的一切中,我们已经死了。"①她的脸抽搐着,看起来很可怕,而且满脸苍白,然后她只

---

① 原文是拉丁文。

说了一个词:"松鼠"。莎茨曼夫人咽了咽口水,好不容易才忍住了没有流泪。阿尔杜尔对这感到莫名其妙。"是的,她是这么说的:'松鼠'!"莎茨曼夫人又说了一遍。

莎茨曼夫人当时坐在爱尔茨内尔家令人窒息的阴暗客厅里的一张小桌子旁边,当她听到爱尔娜说到这个"松鼠"的时候,她感到不妙,她不相信在这里,在这栋别人的住宅里,会有人说出"松鼠"这个词,但是爱尔娜把它又说了一遍。

参加聚会的人有些慌乱了,但当他们看到莎茨曼夫人脸上的表情时,他们就懂得了,这个词是冲她说的。后来,满脸苍白的爱尔娜闭着眼睛坐了下来,以嘶哑的嗓音又说了几句,像古斯塔夫那样,做了一些手势,洛韦医生和爱尔茨内尔夫人马上就认出来了这是什么手势。

"松鼠!"古斯塔夫的代言人爱尔娜叫了一声,说,"我一点也不感到疼痛,我不知道我在哪里。所有的东西都散开了,乱七八糟,我不知道我的烟袋在哪里?"

他说了这些后,爱尔娜苍白的脸上就再也看不出他的痕迹了,然后又有人说了一些话,但是莎茨曼夫人什么也听不懂。爱尔娜转过身来,看见泰蕾莎·弗罗梅尔脸上写满了恐惧,于是又说出了一些别人听不懂是什么意思的话,看来她大概都说完了。爱尔茨内尔夫人想要中止通灵会,弗罗梅尔和他的姐姐泰蕾莎用眼色沟通表示同意。于是圆桌会停止了,洛韦医生来到了爱尔娜的身边,要把她的脉,但是弗罗梅尔阻止了他,说在这里不能触碰通灵者。爱尔娜这时还讲了一些关于女儿们的事,如"你看见了我的女儿们吗?"这一类的话,还有一些话她呛在喉咙里没说出来。这些就是全部了。

"阿尔杜尔!她能联系上他,要不然她怎么知道古斯塔夫以前叫我松鼠呢?他没有死。"莎茨曼夫人又说。

"妈妈,他死了。"

"那这是怎么回事呢?"莎茨曼夫人喊道。

阿尔杜尔站了起来,双手背后,在房间里走来走去。

"妈妈!原谅我,我不相信有幽灵。这些聚会上发生的事都和幽灵没有关系,参加的人是因为唤醒了记忆和人生经历,在一些提示、自我暗示,或者在某种催眠术的影响下出现了这样的现象。他们以为这样可以表现某种思想,但这只是一种假设,一点也不可靠。你不要再去参加了,妈妈!"

莎茨曼夫人用手捂住了脸。

阿尔杜尔·莎茨曼

1908年,阿尔杜尔·莎茨曼几乎要辍学了,因为父亲死后,母子俩立即陷入了贫困。

首先,他们不得不从卡伊塞尔斯特拉斯近旁的那套大房子搬到奥得河另一边的一栋又小又差的房子里住。阿尔杜尔从这里去大学本来只要走几分钟就到了——走到桥边,过了桥就是,但现在的情况愈来愈表明,他不得不另想办法,找个工作来养活母亲和他自己。

可是阿尔杜尔·莎茨曼,这个圣马丁中学的德国文学教师古斯塔夫·莎茨曼的名副其实的儿子,却很顽固也很有毅力,他有他的打算,要为实现它而奋斗。因此他马上写了一份有几页纸的手稿,说明他将来有志从事科研的设想和计划,并且提出了许多金光闪闪却并不高明的假设,请求大学领导层可以给予他金钱资助。为了不触动教授们保守的想法,他把他的文章发刊出版,他打心底坚信,他会成为一个伟大的学者。

这种自信是他父亲灌输给他的,要以哈维①、巴斯德②、科赫③为榜样,当然最大的榜样还应属歌德。此外,年轻的莎茨曼这种研究科学的志向也是在母亲的照料下培养的,她很爱她的这个儿子,所有的母亲对独生子都是这样。阿尔杜尔认为自己和他的一些同龄人是不一样的。那些人在他看来都很肤浅,看问题没有深度,不懂反思,也不会提出一些使他们的父亲感到骄傲的、表现了强烈求知欲的问题。年仅二十五岁的阿尔杜尔却把别人都看成是孩子,是不懂对周围世界的选择、没有任何自主权的孩子。

所以尽管阿尔杜尔·莎茨曼对人的头脑进行过生理学的研究,但他并不懂如何与人打交道。他把人的脑袋看成是一台机器,一台内部结构完美无缺的机器,他也把它看成是一个乐器,一种挑战。

他在大学的学习是最后一年了,已经走在这条科学研究的大道上。他对他那篇天才的毕业论文已经有了构想,他想成为一个著名的生理学家,用手术刀进行解剖实验,研究人的生命存在和发展的规律。当他决心这么做的时候,他也成功做到了。

---

① 威廉·哈维(William Harvey, 1578—1657),英国医生,实验生理学的先驱。
② 路易·巴斯德(Louis Pasteur, 1822—1895),法国微生物学家、化学家,微生物学的奠基人之一,以"巴氏杀菌法"闻名。
③ 罗伯特·科赫(Robert Koch, 1843—1910),德国细菌学家,1905 年获诺贝尔奖。

在他看来,他已经是大名鼎鼎的阿尔杜尔·莎茨曼了,他不仅这样想,还这样自称。现在就是要使他的这些想法尽快地实现,要争取时间达成目标,但也要遵守时间和因果的发展变化。

他向大学校长提交申请书的时候,已经用心学习了六年医学、哲学、大自然的历史和化学这些领域的知识,他在莱比锡的一个精神病医院里当过两年助理,也参加了好几次实验性的开颅手术,但是直到现在,也没有人提到他可以在这个大学里工作。这之中有几个因素:首先是莎茨曼的科研活跃度有点乱七八糟,就像大学里的一位教授所说的那样,"歇斯底里";其次是阿尔杜尔大张旗鼓地表明他社会主义的思想观点;第三就是他的犹太出身。但是如果从一些大的方面来看,他这三个方面的表现却能使他在自己的科研领域中有重大的发现和转折。他的乱七八糟比韦伯①的粗心大意有过之而无不及,他的思想观点也没有达尔文那么有革命性,但他的同化观点却比弗洛伊德的还更深刻。

在这个世纪之交,在阿尔杜尔·莎茨曼的青年时代,科学研究就像浪涛一样滚滚向前,突破了到那时仍采用的旧方法,开始向前迈进,改变了人们已经习惯了的旧思想。阿尔杜尔·莎茨曼也随波逐流,从康德到精神病病原学,到自然选择学说,

---

① 威廉·爱德华·韦伯(Wilhelm Eduard Weber, 1804—1891),德国物理学家。

再到研究大脑的构造,他绕着这些圈子不断思考。当他为科研工作申请资助的时候,他也给学校办事处交了一份他研究人脑边缘系统里的下丘脑以及它的结构和功能的报告。他想完成这项研究工作,要永远让人们知道,人的所有的情感,包括仇恨和恐惧、对罪恶和失望、对爱和心醉神迷的感觉,最有可能就是这个神经系统掌控的。这种想法,因为它的单纯和理所当然,表现出了一种纯净的美,使他非常着迷,使他感到高兴,就像一个孩子有了发言权,现在他可以大胆地发言了。不久后,他和他的同学们在"烟卷下"酒馆里喝酒的时候,他的自满再一次爆发,他用演员的腔调跟他们讲着下丘脑在爱的情感中发挥的作用。这是他在父亲死后首次参加社交活动。

阿尔杜尔需要有他的听众,听众就像空气一样,对他来说不可缺少,在他的同学们中有一种舆论,认为他是他们的社交灵魂。女人们也很喜欢他,特别是格列塔和玛莉耶姊妹俩,她们经常在酒厂的附近一带绕着转。但是在这个爱热闹和社交的单身汉的家里,却没有人来。他有孝心,要照顾他的母亲,因为他的母亲在父亲死后真的受不了。在家里和学校的办事处,他都要看书,他也离不开古斯塔夫·莎茨曼留下的那些书。他成了一个书虫,一个思想家,在未来的科学研究上定会获得某种荣誉,他已经扮演起了父母早就为他定好的角色,而且他自己也打心底里接受。

他在边缘系统-下丘脑的研究中提出的观点使他获得了走向科学世界和个人飞黄腾达的通行证，使他更加深刻地认识到，我们的生活和我们生活的这个世界是什么。这一切对一个科学家来说，难道不是最重要的吗？

得到肯定就有了信心，信心在这个现实中是一定要有的。一切能够理解的东西、成为架构的东西，就像德国心理学家所说的那样，都被永远饥饿的智慧吞食了，都被用来建造以概念、系统和等级为底的高楼大厦。

但是阿尔杜尔并不经常有这样的信心，因为他过早地接受了怀疑主义，而当这种肯定到来时，他感受到了一种神魂超脱般的狂喜。他作为一个无神论者，这种肯定对他有双重价值。当他晚上看到费尔巴哈和马克思的著作时，他总是要高兴地大叫一声："是的！"这个时候，他就要把这些著作扣在桌上，书脊朝上，在房间里像患了精神病一样地走来走去。母亲看着他感到很不安，后来她也放纵了他这一举动，因为她的丈夫年轻时也是这样。

当古斯塔夫·莎茨曼还在世时，那个年纪的阿尔杜尔到他的办公室里去和他聊天。阿尔杜尔当时说话又急又乱，双手在空中胡乱飞舞，使得老莎茨曼很生气，觉得非给他上几堂简单的语法课不可。他总是想让儿子讲话的时候能够讲得既简单又明白，因为在他看来，这样无疑可以证明一个人的理智是非常清晰的。他们有时候要讨论一个小时，甚至两个小时，这时候，母亲总是把茶水给他们送来，她认为这样的两代人不频繁的会面是一种男人的游戏，就像打猎一样。阿尔杜尔这时摆出一种富有挑衅性的架势，他神气十足地大声说出了他以前在什么地方读到过的一句话："没有磷就没有思想。"或者"思想之于脑子就像尿之于肾脏"。这激怒了他的父亲，两个人开始争吵起来，很快他们就像在两个不同的讲经台对着对方发表意见，谁也不听谁的。阿尔杜尔后来觉得他根本不应该到父亲这里来。老莎茨曼要对每一种概念都"下定义"，他引用歌德和海涅的话，要弄清他不懂得的一些医学或者生理学的定义，为的是抵挡那已太老旧的浪漫主义智慧。这倒使得阿尔杜尔发热的头脑变得冷静了，他回到自己的房间后，就不再要求父亲相信他的那些关于这个世界秩序的新发现了。

虽然父亲曾多次听到过阿尔杜尔讲解大脑边缘系统和下丘脑，但他对儿子的那些假设的具体内容还是没有弄清楚，从五月到八月，他的意识中只有痛苦。

父亲的死在阿尔杜尔看来是很突然的，他一直无法释怀。随着父亲去世，他的童年到此也结束了，从此他也失去了在卡伊塞尔斯特拉斯的住宅。每天走廊里再也没有父亲的缎面制服闪耀过好几次的光彩，陷入了永恒的暮色中。父亲每天喝咖啡时也要抽烟，客厅里已经没有他留下的烟灰，办公室里再也听不到整理稿纸的声响，如今只留下了被遗弃的感觉，令人沮丧。在这种情况下，对他们俩，他和他的母亲来说，就不难离开这里，搬到奥得河另一边那栋较小的住宅里去了，重新开始他们的生活。从流放到此的房子的窗子向外望去，现在正可以看见大学里的建筑。

洛韦医生

家里的人决定让爱尔娜在圣诞节到来之前暂停上课,因为她最近看起来是那么瘦弱和憔悴。她在位于斯赫韦伊德尼哲尔·斯特拉斯街四十八号的那所工艺学校上过一年学,现在因为她不去学校,学校里还让她的四个女同学来看望她,她们给她送来了一盒做成心形的姜饼和一个缝制得很漂亮的小枕头,爱尔娜很活泼地和她们聊了天。爱尔茨内尔夫人听到她们交谈,感觉爱尔娜还是很想继续上学,但洛韦医生要对她负责,所以建议她再等一等,因为现在去上学对于她那已经十分劳累的脑神经来说,可能是个沉重的负担。目前可以暂且由一个年轻的女教师,每天给爱尔娜上两个小时的法语课和钢琴课,使她不至于和这个世界脱节。但这么做也有困难,因为爱尔娜有点与众不同,是不是因为她的病?

女教师安娜·马尔迪乌斯对医生说,爱尔娜很刻苦用心,这弥补了她对语言和音乐这种特殊天分的不足。但她又突然抱怨起爱尔娜有时会突然陷入沉思,陷入自己的世界,身在魂不在，如做梦一般。正是这种魂不附体的时刻使洛韦感到更加不安，简单点说，洛韦医生就是怕爱尔娜会慢慢地变得痴呆，因为他并不十分了解精神病理学，他决定找其他人咨询一下。他第一个想到的是约阿奇姆·沃盖尔，虽然年龄上他比洛韦医生晚了一辈，但他已经是教授了。当他很小的时候，可以说还是个孩子的时候，洛韦就认识他。洛韦敬佩他的是，他有关心理疾病的观点很新潮，敢于超越那些学院派规定的死教条。此外，沃盖尔和许多人都有密切的交往，完全可以把他看成是这方面的专家。

洛韦医生看重的第二个人就是阿尔杜尔·莎茨曼，但是莎茨曼夫人已经注意到了，阿尔杜尔的父亲只有通过爱尔娜之口才能说话。因此洛韦医生有些犹豫，阿尔杜尔在这种情况下，对于爱尔娜的情况，能够保持一个科学家的客观态度吗？

当爱尔茨内尔先生花了两个星期解决私人事项后，他的夫人又邀请医生举行第二次聚会，洛韦医生既没有同意，也没有拒绝。他懂得，作为一个医生，首先要小心谨慎，因此他不能同意这样的聚会。他知道，这样的聚会不管怎样，对爱尔娜尚未发育完全的人格都会有妨害。另外，在经历了上次的聚会后，他觉得在他几近七十年的智慧中，第一次出现了一块石头，虽然这个石头并不大，但将会对他的认知引发雪崩式的变化。如果说这是什么病态的幻想带来的后果的话，洛韦希望可以不断研究爱尔娜与世界的沟通能力,这个通灵的世界不久后将会成为他的世界。

因此,洛韦医生现在每天都要到住在乌尔苏利内翁斯特拉斯街的爱尔茨内尔一家那里去,他常常惦记这个脸色苍白的、不爱说话的女孩,他把她看成是自己的天使,如果发生了什么能预告给他的人。

"我们的爱尔娜今天感觉怎么样?"他一走进她的家门就问道。

她马上回答说:"医生!我们来玩多米诺牌好吗?"

他很喜欢在这样下午的时光,可以在这用来召唤过幽灵的同一张桌上,和她一起玩多米诺牌,或者把她的两个双胞胎姊妹一起叫来,一起玩卡片配对游戏。这时他会偷偷地注视着她,看她是不是有什么毛病或者特异能力,有没有突然对周遭漠不关心,或者又陷入了沉思,有没有幽灵或别的什么要通过她说些什么。但是除了她那瘦小的嘴衬托的苍白、明亮的眼睛的反光之外,他什么也没有看见。

鸡汤、甜菜、带血的猪肝、煎牛排,每天吃着洛韦医生给她规定的营养食物,这个脸色苍白的姑娘终于恢复了体力,洛韦医生想:"她可能是我的孙女。"并以悲伤的眼神看着她,发现她的连衣裙紧贴在她的小胸脯上。

爱尔娜·爱尔茨内尔

爱尔娜·爱尔茨内尔不愿再躺在床上,等别人拿吃的来了。她的兄弟姐妹都上学去了,医生不在的时候,她就在家里来回溜达,在父亲的书架上取出一本书,坐在他的靠椅上读起来。已经到了十一月中旬,下了第一场雪,镂空的雪花自天空撒满了整座城市,她请求医生和母亲让她每天都到外面去散步。在弗罗茨瓦夫,每一场雪都不会下得太久,但因为天气很冷,不仅雪不会融化,而且在几个小时内,奥得河就结冰了。

等到第二天,爱尔娜和安娜小姐一起在外面散步时,她看见韦尔德尔布罗克街上的煤气路灯都点亮了。虽然天色已晚,但在大桥下面到处都是踩雪橇的和滑冰的人,他们成群地出现在冰冻的河面上。

"姑娘,咱们走吧!"女教师催促她,但她好像没有听见,她靠在大桥的一个栏杆上,看着桥下面那些正在玩乐和叫喊的人。那些滑冰的人身上都裹着很长的围巾,手把着雪橇后面的扶手,推着雪橇向前滑;一些女人身穿毛皮大衣,裹着头巾,对他们开玩笑地细声叫着,如果有人滑倒在地,大家更是哄堂大笑。女教师想到了爱尔娜看见这些人都那么兴高采烈地玩乐,一定很羡慕,她为爱尔娜感到很遗憾,可是她想错了,爱尔娜并不喜欢消耗那么多的体力,也不喜欢吵闹的声音和大声地戏耍。但她还是很感兴趣地看着他们,因为她知道,这些人是在冰上玩耍,这并不是真实的地面,它是在几个小时内由普通波动的水面变成的,在它的下面,虽然看不见,但水流涌动,寒冷刺骨。从大桥上看,冰上的这些人看起来毫无防卫,也很脆弱。爱尔娜隐隐地感觉到,很快将有事情发生,但她不知道什么时候,只能等待。

"咱们走吧,天完全黑了,姑娘!"安娜拉着爱尔娜的连衣裙袖子说,而她自己也因为寒冷,开始不停地跺着她的脚后跟。

爱尔娜不乐意地转过身来,两人开始慢慢地朝斯赫梅德布罗茨克那边走去。

这个晚上,爱尔娜就做了个梦,梦见她走在一个结了冰的很大的池塘冰面上,她戴了一顶色彩鲜明的羊绒帽和一双手套。突然,她脚下的冰破裂了,冰层像植物生长那样,如旋花一般破碎的范围越来越大。她本来可以自救、逃跑,可是那往上升起的冰层让她着迷了,她小心但毫不害怕地沉入水中,冰块下面的水显示了它那强大的力量。可爱尔娜感到很奇怪,这里的水很温暖,呈现出一种美丽的蜜黄色,而且这里到处都是静悄悄、软绵绵的,她很喜欢。她缓慢地移动着身子,既不是游,也不是走。然后她看见在水塘绿色的塘底上有一栋花岗岩材质的六棱锥式建筑物,灰色的墙面上发光,照亮了被水冲洗过的整个空间。爱尔娜看到这个美丽的景象非常激动,她抬起头来,也看见了那因为水中的反射而显得破碎的阳光,它看起是那么遥远和微弱,对她没有危险性。她从未像今天这样,能在水下看到太阳是如此漂亮,她感到很幸福,想永远留在这里。

正是她的这种激动心情使她苏醒,她很不高兴地睁开了眼睛,看见了冰冷的月光透过窗帘的缝隙照在她的床上,也许这束光就是她在梦中见到的太阳光。

最近几个星期发生在爱尔娜身上的事非比寻常,但洛韦医生和她的姊妹和双亲,甚至家里的两个用人都没有注意到,而且这两个用人对她的害怕还胜于对她的兴趣和喜爱,只要有可能,她们就避开她。爱尔娜只专注于自己,对周围发生的一切她既不为所动,也毫不关心。每天早晨起来,她的胃口都很好,她要在女教师安娜小姐那里上一堂课,虽然她对这兴趣不大,但也没有特别的反感。然后,如果天气好,她就和格列塔或者女教师去散一个小时的步,她不会去参观什么地方,而是哪里都走走看看,就好像人生中第一次见到这座城市一样。她在家里的时候,能够好几个小时坐在窗台前,望着外面的小院子,那里总是能见到一些事情发生,如一个工匠来修那些破了的盆子,一个胡子拉碴的男人在磨刀,一群孩子在那里玩耍,还有用人们买好东西、带着装满的篮子回来。但如果在她的眼神和她看到的这些人之间画一条直线,就会发现爱尔娜看的是他们的侧面,看他们的影子,看视野的边缘、他们和背景的交接处,就好像她对她的视线之外的一切都不感兴趣。

但是在爱尔娜的身上,已经缓慢地出现了重大的改变,但她并不为此感到害怕,尽管她不知道该怎样称呼他们,但是在她看来,在她的意识之外的一切都不现实,这个城市,它的这条河、沟渠、桥和大街小巷,还有这个小院子和院子里充斥的人们的喧闹声,她家的这栋住宅,她的兄弟姊妹,她的母亲和父亲,客人和用人,都不现实。家里的人都认为,爱尔娜对什么都不关心,都很冷漠。洛韦医生开始读布罗伊尔①的书,认真地记下了这本书中所介绍的一些疾病的症状。

从爱尔娜梦见结冰开始,她的梦境真正崩塌了。夜晚被梦充填,她做的梦所表现的真实性就像可以触摸的现实。早晨的洗礼、吃早饭的规矩、铺床、和医生玩牌,还有两个小时的课,都让她重回现实,但是快到中午的时候,现实与梦幻的边界变得模糊,她坐在窗台上,或者在父亲的办公室看百科全书时,爱尔娜又有一种感觉,她要开始睡觉了,她看到的一切都是虚假的

---

① 约瑟夫·布罗伊尔(Josef Breuer, 1842—1925),奥地利心理医生,在 1880 年代与弗洛伊德一起工作。

梦。这时她的梦就开始了,她梦见自己很早就醒了,洗脸、梳头、吃早饭,然后和安娜小姐一起复习学校里的功课。有时候,她好像一定要知道,她现在是在哪里,什么才是真实的情况而不是梦中的。

在爱尔娜梦见河水结冰的几天后,她听到了厨娘路齐娜在给爱尔茨内尔夫人讲在奥得河上发生的一个事故:

"……他们脚下的冰块破了,三个人全都掉到水里去了。过了一会儿,人们救出了一个男人和一个女人,但是第二个女人沉到水底下去了。完了,夫人,他们肯定到明年春天才能找到她。"

厨娘说的话让爱尔娜记忆深刻。一是因为她很羡慕这个落水的女人,她在梦中来到了一个好的地方;二是爱尔娜懂得,不管发生了什么事,如果把它们联系起来,就会显得非常杂乱,都是这样,毫无例外。

阿尔杜尔·莎茨曼

　　阿尔杜尔·莎茨曼快步走过了去大学要经过的那个桥,往家里走去。空气潮湿,天色昏暗,令人心情压抑。弗罗茨瓦夫街道上的雪都被清扫干净了,人们感到高兴的是,圣诞节快到了。现在整个世界在雪的覆盖下变成一片灰色,到处都是泥泞。阿尔杜尔的脚冻坏了(他不愿穿厚棉袜子),他正要快步往前走去,这时,有一辆马车在他跟前停下,洛韦医生头发蓬松的脑袋从车里探了出来。阿尔杜尔很高兴,因为这样可以搭他的顺风车回家去了。

　　"好,先生可以到我们那里去。妈妈正想叫人来找您,她睡眠出了问题。"他坐在医生的旁边说,边使劲地活动着那藏在一双狭小皮鞋里的已经冻僵了的脚指头。

　　"在你们这条街上,我还有一个女病人,我现在要到她那里去,她患了肺结核病。"

　　阿尔杜尔有些弄不明白。

　　"先生您还是到我们那里去应急一下吧!您离我们是那么

近,不去看我们一下,妈妈是不能谅解的。"

"说真的,我很想喝一杯你妈妈总在冬天酿的潘趣酒。"洛韦说。

"这样,欢迎先生来喝潘趣酒。"阿尔杜尔笑道。

这时他们聊起了天气、疾病和能够治所有感冒的大蒜,但是阿尔杜尔能够感觉到,医生在想着别的事,一直心不在焉。他也许是倦了,阿尔杜尔亲切地对待这个坐在自己身边、有点无聊、认为所有的疾病都可以用灌肠和煮熟的蜜蜂花来医治的老人。但是阿尔杜尔不敢想洛韦医生要用这种方法治疗肺结核病,不过他还是很喜欢这个医生,因为他的母亲也崇拜他,他已经习惯于医生经常的来访;和他讨论医学问题,他们经常有不同的看法和争论。阿尔杜尔喜欢医生说话的节奏,感到在他高大的身躯中到处流淌的温暖的气质。

他还记得在他小时候,医生的药包里放了很多小的橡皮管、尖头针、小尖嘴瓶,还有一些怪模怪样弄弯了的小刀,散发着某种独特的气味,可以闻到石炭酸和酒精味儿。由于它们混在一起,医生只好把他的药包打开,周围的一切都染上了一种金属的气味。阿尔杜尔也许正因为闻到了这种气味,才开始梦想以后成为一个医生。

他还记得医生如何划破了他原来很好地藏在袖子里的前臂的脓肿,那种疼痛甚至攀上了他的心脏,让他一整晚痛苦不已。这个脓肿让阿尔杜尔第一次感觉自己也许快要死了,他也是个普通人,就像过节要烹杀的鲤鱼和鸡一样,他也避免不了一死。现在他把他对死的感觉和医生也联系起来,也许医生也活不了多久了,不过阿尔杜尔依然记得曾经有一双苍老的手拿着一个注射器,使他的父亲在面对死亡时保持了一种平和的状态。

阿尔杜尔知道,医生的葫芦里好像有点药,他以后可能自己会表现出来。他有一个熟人是不是家业破产了?克列因还是科沙茨克先生和一个女仆有过一段恋爱史?也可能还有一个赫尔曼夫人,她吸吗啡上了瘾;梅耶尔先生患的是不是癌症?在家门前一下马车,阿尔杜尔就想起了在爱尔茨内尔夫人家里的那次聚会,他本来还有一些问题,但现在要是问出来也太晚了。天上开始下起了雨夹雪,阿尔杜尔立起衣领,往家门走去。

在昏暗的前厅里,只有镜子前的一盏小灯亮着,阿尔杜尔脱衣服时,发现母亲在小客厅里正看着他。

"洛韦马上就来。"阿尔杜尔说着便走进了厨房。

"那好,我正打算跟他聊聊,你今天怎么样,儿子?"

阿尔杜尔在小声地埋怨什么。

莎茨曼夫人给儿子准备了吃的:蘑菇汤和肉丸蔬菜布丁。阿尔杜尔吃完饭后,把苹果派切成一块块的,摆成正方形,放在一个大瓷盘里。

"脑血栓、发烧、头晕、失眠……好几个晚上我都没有合眼了,我是不是很不好?"阿尔杜尔听到她的话后,把他从图书馆借来的一本书从衣兜里偷偷地拿出来看了一下,说:

"你只是压力太大,太计较一些微不足道的小事。"

"你不要嘴里塞满东西说话!"莎茨曼夫人感到委屈地小声说。

"我们应当雇一个女佣,你不能再这么累啦,妈妈!"

"我们的钱不够用。"

"够用的,我获得助学金了。"

莎茨曼夫人手里拿着盘子,转过身来,面对着儿子。

"阿尔杜尔,真的吗?为什么你不早说呢?你跟你父亲真是一模一样。"她说。

洛韦来了,看起来他的心情很好。莎茨曼夫人从一个铁罐子里拿出一些甜点心,放在一个小碟子里,嘴里说个不停。医生看到她这么活跃很高兴。他擦了擦手,坐在靠椅上,莎茨曼夫人把潘趣酒给他倒在一个玻璃杯里,他觉得温暖舒服得像在自己家里一样。

莎茨曼夫妇的生活本来是很富足的。但是在古斯塔夫死后,莎茨曼夫人发现可供家里生活的钱财不多了,她常常猜测,如果家里还有钱的话会变成什么样。

"我想过,会不会是古斯塔夫把这些钱藏起来了,然后没有告诉我。"她现在坦白。

她的儿子笑了。

"怪不得你要去爱尔茨内尔家里参加那些聚会,你去是有目的的,你想在那里打听到那些钱在哪里。"

"你不应该开这种玩笑。"莎茨曼夫人斥责了他,然后她站起来,点燃了第二盏灯,她对医生说,"你跟他说说吧,医生!"

洛韦医生用一个小勺舀潘趣酒喝。

"以医学的观点来说,是那里出现了很奇怪和不可理解的事,"他言辞很小心地说,"我不是心理学专家,也不懂招魂术,我学的是古典医学,那里没有谈到这样的事。"

"先生是在回避这一切。"阿尔杜尔说。

"我可以向你保证,聚会上发生的这种事绝对不属于我这治病救人的一生中遇到的那种我认为最平常和理所当然的事。年岁大的家庭医生是无法解释清楚这种现象的,只有像你这样的年轻人才明白。"

"你不认为这是骗人的吗?"

"骗人?不是。如果说那个世界根本不存在,灵魂不存在的话,歇斯底里、癫痫和发疯也都是骗人的吗?说到欺骗,那一定说的是有意识地通过假装,把某个人引入错误的深渊,一定在玩弄什么……这不是自发的,我们和你的母亲看见的那些是真实的,是未曾预料过的,你也一定看见了。"

"先生是不是要向阿尔杜尔说明，小爱尔娜是一个疯癫患者？"莎茨曼夫人不安地问道。

"啊，妈妈，不是。医生认为，你看到的这一切可以作三种解释：第一，这是一种有意的欺骗；第二，是一种疯癫、歇斯底里，一种病态；第三，这是和幽灵世界的交往。"阿尔杜尔抓住了他那举起的三个手指，望着医生，说："医生！你现在指着你的心，说你相信，爱尔娜·爱尔茨内尔和亡者的幽灵有交流。"

"我不能这么说，但我是这么相信的。"

莎茨曼夫人倒上了潘趣酒，把纸牌放在一张小桌上让他们玩。

这个晚上一直是在给莎茨曼夫人开药方和玩跳棋中度过的。阿尔杜尔慢慢地懂得了医生的意图，要对幽灵的出现，也就是唯灵论思想进行科学研究。不是把它看成一个有趣的东西，或者是对招灵会的说明，而是一种纯粹的心理学研究，真正的科学考察。他激动的想象力开始在脑海里绘出几幅图画，在装满测量血压和脉搏仪器的实验室里，一个疯癫的少女被强迫进行测试，这些图画里还有坐满了学生的大学课堂和黑板上画出的平面图。一个秘密，一个真正的难以发现的秘密就像藏在一个坚实的核桃壳里一样，一定要把这个核桃壳劈开，让它展现出来。写博士论文，开启一系列的研究和研究计划，这是一个完美的主题。但首先要做好准备，找到一些资料……美国人不再研究这个了吗？人的头脑起什么作用？大脑的边缘系统、下丘脑是如何工作的？脑子里有没有对一切感受最集中的地方？人的个性分裂和招灵之间有没有联系？阿尔杜尔·莎茨曼去了大学图书馆，在书架上找到了他需要的书。他看了所有还在运行中的部门，其中就有专门研究通灵术和招魂术的通灵与灵异现象研究部。最后，他觉得自己已经是个老人，很像过去的古斯塔夫·莎茨曼，有点驼背，胡子花白，爬着楼梯。老莎茨曼曾是这个部门的主管教授。

"阿尔杜尔是那么幼稚。"莎茨曼夫人看见她的儿子出了一张不应该出的牌，然后她又转过身来，对医生说，"先生你看！你对他说要跟他玩牌，他真是太高兴了。"

阿尔杜尔生气了，但是母亲说得对，他把那张他不该出的牌拿开了。

"我下次还要到那里去。"他说。

阿尔杜尔·莎茨曼

　　爱尔茨内尔夫人对他们的到来表示欢迎，她身穿一条简单的短裙和一件颜色很浅的短上衣，显得胸部很突出。她把他们带到了一个又长又暗的前厅里，一个女佣帮他们脱下了大衣。在一面镜子的旁边有一盏点燃了的小灯，闪着红色的光，不知为什么，莎茨曼夫人开始小声地说起话来。

　　虽然不是主动的，但阿尔杜尔也感受到了这种神秘的气氛，他很仔细地四处张望爱尔茨内尔夫人的这栋住宅。爱尔茨内尔夫人也很喜欢他，她散发的女性的温柔赢得了大家的信任。

　　当他们进到房间里后，一个又瘦又高的男人接待了他们，但阿尔杜尔这时注意的是坐在窗前一张靠椅上的一个残疾女人，她有一张很平整的苍白的脸，看起来很奇怪，此外也看不出她有多大的年纪，在她的脸上更看不出什么岁月经历的痕迹和感情的变化，仿佛无知无觉。阿尔杜尔和她的视线对上了，他低下了头，她则以令人几乎无法察觉的一个点头回应了他，就好像她做每一个动作都令她痛苦。

爱尔茨内尔夫人小声地对他们做了介绍，然后叫人送上咖啡。

"在聚会之前，我们不要喝咖啡。"弗罗梅尔说，他的声音是那么大，大家听到后都把头转向了他。爱尔茨内尔夫人制造了一种使人感到很神秘的戏剧性的气氛。

"这是为什么？"在场的人中有人问。

"咖啡是一种兴奋剂，会使得大家更紧张，这不利于实施招魂术。实施招魂术首先要保持平静，它需要的是我们的诚意。"

"你说得对。"爱尔茨内尔夫人马上说，要把咖啡拿走。

阿尔杜尔不敢放下他的小玻璃酒杯，这是他第一次拿这样的酒杯，他在等待有人使招魂术，但是大家都在没完没了地客套，说个没完。医生洛韦坐在一个驼背的女人身旁，冲着她的耳朵小声地说了点什么，她在闭着眼睛听着。爱尔茨内尔夫人尽量向阿尔杜尔的母亲表示和善，带着关切的表情，问她感觉怎么样。

阿尔杜尔偷偷地看着弗罗梅尔，他的面部表情看上去好像他就是主持这种仪式的大师，他最了解过一会儿会出现什么情况。他在桌子上放了一些小木板，上面有一些字母和数字。他望着那个小玻璃酒杯，就好像把它当成了一个很珍贵的东西，一样古老的梅森瓷器，或是一件由考古学家发掘出来的古代文物，然后他又把自己探究的眼光转向爱尔茨内尔夫人，向她点了点头。屋主人爱尔茨内尔夫人这时候对莎茨曼夫人表示抱歉，然后出去要接爱尔娜进来。室内一片寂静。

"这已经不止一次，如果有人对这里一些不寻常现象的出现表示怀疑，这会有碍于招魂术的实施。"弗罗梅尔突然大声地说，他的两只眼睛很明显地在盯着阿尔杜尔。

"我并不怀疑，相反……我对这还很感兴趣。"阿尔杜尔说，他并不想表现出来，弗罗梅尔的这个令人意外的注目让他多吃惊、多迷惑。

医生替他说话了。

"要说表示怀疑，也是因为阿尔杜尔还太年轻，"他开玩笑地说，"在他这个年纪，他对……"

爱尔茨内尔夫人带着爱尔娜进来了，小姑娘在门口行了个鞠躬礼，她平心静气地看着那个年轻的阿尔杜尔·莎茨曼，看了一会儿。

"爱尔娜！这位是新来的莎茨曼先生，我的一个女性好友的儿子。"爱尔娜的妈妈告诉她。

爱尔娜又行了个鞠躬礼，阿尔杜尔也很笨拙地回了个礼。

一个小型混乱局面形成了，人们在搬椅子、占座位，因为爱尔茨内尔夫人已经示意，要让客人们都坐下。

阿尔杜尔在观看这个招魂术到底如何实施，但他感到很失望，他原以为这里要出现的玩魔术的人是个女人，而不是少女，而且在他看来,爱尔娜并不像是跟鬼魂说话的人。爱尔娜看着有点贫血,仅此而已。她略微弓着身子,坐在自己的椅子上,感兴趣地看着那些也都坐在椅子上的人的脸。弗罗梅尔坐在她的一旁,他的姐姐泰蕾莎·弗罗梅尔坐在她的另一边。阿尔杜尔一下子就注意到了,这里一切活动的总指挥是弗罗梅尔,爱尔茨内尔夫人看起来是他最好的帮手,一个魔术师的助手。他们用眼神传递着他们之间的默契,就好像能相互理解对方的所思所想。然后弗罗梅尔示意,要大家抓住自己的手掌,闭上眼睛,在座的大部分人是这么做的,这时阿尔杜尔的目光望向医生,医生紧闭着的双眼让他觉得有趣极了。

很长时间里什么也没有发生,阿尔杜尔开始不耐烦了。他只略微合上了眼皮,实际观察着周围的一切,却没有发现爱尔娜已经在干什么了。他看见她很不自然地直起了背,她的脸色苍白,像打了马赛克一样看不清楚。他感觉到,在桌子周围出现了一种紧张的状态,周围一片寂静。在这种静寂中,弗罗梅尔在使他的招魂术,他将一个手掌突然盖在一个玻璃酒杯上,五指在玻璃酒杯表面合在一起了。阿尔杜尔这时惊奇地看见玻璃酒杯动起来了。它开始摇摇摆摆地活动,就在它所在的桌面上画出了一些小的圆圈,但它没有往前移动。后来它的这种活动越来越迅疾,又画出了一些棱角,就好像是玻璃杯在通灵乩板上画出复杂的几何图形一样,而这些图形就像一个个方格,里面画上了字母。泰蕾莎·弗罗梅尔开始小声地读着这些字母，这些字母合起来便成了一些简单的字句，但这些字句里有一些拼写和语法上的错误。弗罗梅尔先生问，这是为什么？阿尔杜尔也不知道这是怎么回事，他想一定是有人把这个玻璃酒杯不断地往前推去，但是他在另一边并没有感到有强劲的推力。出现的这些语句都是说要对亲近的人宽容，要有爱心。泰蕾莎·弗罗梅尔觉得这些道理都很普通，就好像是从一本粗浅的道德说教书中摘下来的。这时阿尔杜尔突然听到了母亲说话的声音，他马上就感觉到，她一定是被吓出汗了。

"灵魂的向导！你能不能把我的丈夫古斯塔夫带到这里来？"莎茨曼夫人问道。

"你必须要等待，他在很远的地方。"泰蕾莎·弗罗梅尔用平淡的语气读着这个玻璃杯移动时写下的这么一句话。

阿尔杜尔的视线在桌子旁边人们的脸上扫来扫去，大家都表现得很严肃，表情专注，双眼紧闭。玻璃酒杯开始更加急速甚至猛烈地移动起来。

"我在……我还在这里，我亲爱的……欢迎你，儿子！看见你们，我很激动……"

"你那边怎么样？"莎茨曼夫人以发抖的声调问道。

"不……我不知道……什么地方？……我在这里……没人说话……"泰蕾莎读着玻璃酒杯写的那些字。

"你有没有没来得及对我说的话……有没有什么重要的话……"莎茨曼夫人的话声断断续续。

玻璃酒杯的活动停了一会儿,然后又更快地动了起来,快得谁都抓不住它。

"离开通往目的地的道路是犯罪……你们,只要可能,要一直往前走去…你们要有爱心和同情心……"

阿尔杜尔听到这个后表示怀疑,也不爱听,他的父亲从来没有说过这种俗里俗气的话。但是他知道,他的母亲是能听进去的,他猜她想问点其他什么别的东西,问有没有钱。找鬼魂问钱合适吗?那此外,还要问问其他熟人吗?

"幽灵"现在讲的是真正的道德和每天做祈祷所给予的力量。在阿尔杜尔的腹中深处,他也感受到了一种快乐,他看着这幅场景就像戏剧演出里的一场戏一样。他咽了咽唾沫,免得笑得嘴角抽筋。如果不是母亲在这里,他肯定会站起来,马上离开这里。但是现在事情有了变化,玻璃酒杯写了半个字就停住了,爱尔娜把手放在桌子上,开始说话了,她的声音变了很多,变得粗声粗气了,就好像是从她身体的深处发出来的。现在有个人借用她的身体说话了,他自我介绍说叫科罗曼,阿尔杜尔捕捉到了在座的人脸上惊讶的表情。

"有时候,"爱尔娜说,"因为要保持平衡,而明的和暗的本来就势不两立,在这种情况下,就要对你们进行惩罚。你们活着就像野兽一样,并不关心灵魂。你们吃,你们喝,你们繁殖后代和死亡,你们白白浪费了时间。只有处在我的位置上,你们才会懂得……"

"你在什么地方?"弗罗梅尔问道。

"我的躯体死亡了,我的灵魂在天上,我现在虽然在这里,但我想要理解世间一切,我坚持死教条和公式的愿望都已经没有了。我要告诉你的是,马上会有地震,到时候,你们会看到你们是多么脆弱。"

"什么时候,在什么地方会有地震?"爱尔茨内尔夫人不确信地问道。

"在意大利,马上就有了。"

爱尔娜不说话了,但是她脸上那特有的表情并没有消失,看起来就像科罗曼在等着什么。这时,阿尔杜尔对洛韦医生示意,医生便马上站了起来,测了一下爱尔娜的脉搏。爱尔娜一点也没有动,她好像完全没有注意到这一切。

"她已经累了,"科罗曼的声音突然响起来说了一句,"让她安静一下。"

一直站在那儿看招魂术演示的医生意味深长地看了一下弗罗梅尔。

"走吧!你们所有借助招魂术说了话的人都离开吧!"弗罗梅尔说,他就像一个魔术师要实施宗教涂油仪式似的,他在爱尔娜的面前做了几个柔和的动作,爱尔娜马上就醒了,她睁开了眼睛,阿尔杜尔注意到她的眼里没有任何异常的状况,那双眼看起来,就像是画出来的。

有人点亮了台灯,移开椅子,发出了摩擦地面的响声。爱尔茨内尔夫人走到女儿身边,扶着她站了起来。爱尔娜两条腿摇摇晃晃的,虽然房间里并不热,她还是出汗了,她那汗透了的连衣裙贴在了身上。母亲将自己的羊绒披肩披在了她肩上。爱尔娜站在房门前四面张望了一下,然后她很清醒地直直望着阿尔杜尔。阿尔杜尔不知道该怎么办,就向她点了点头,好像是跟她告别,但她并没有什么回应,被她的母亲轻轻一推,就走出了房间。

先生们现在开始对这次聚会竞相讨论了,莎茨曼夫人在靠椅上呜咽地哭着,泰蕾莎·弗罗梅尔握着她的手。爱尔茨内尔夫人回来后,也加入了他们的对话中,他们提到了第一次在聚会上出现的科罗曼,问这个预言灾祸的人是谁,他为什么出现,是什么东西把他吸引到了这里,他是不是这里谁的亲戚、祖辈。弗罗梅尔首先提出了一个看法,认为在聚会上出现全新的人会使聚会更有刺激性,带来更多的紧张气氛,他们的议论在继续。

"莎茨曼先生,你作为一个年轻的科学研究者,对这是怎么看的?"弗罗梅尔问道。

"先生你知道,如果没有经过研究,我也很难提出一个明确的观点,这种现象毫无疑问是很有意思的,这对科学是一种挑战。"

"先生你一定听说过美国很著名的对于招魂术的研究。虽然许多研究家最初对这都表示怀疑,但是其中大部分后来都信服了。几年前,他们中有个叫哈德格圣的人死了,你听说过这个名字吗?他就是那些对招魂术起先怀疑、后来相信了的人中的一个,那后来都发生了什么呢?他曾以一个幽灵的身份参加过许多次这样的聚会,作为一个幽灵,他对招魂术很有条理地做了科学的说明,有一个叫皮佩尔的女士就是他通灵的媒介。我有这方面的材料。"

"我很想利用你的材料。"阿尔杜尔高兴地说,虽然他对弗罗梅尔并没有好感,他有种感觉,弗罗梅尔在阻止他,他决定以后不让弗罗梅尔参加到他的研究中。

"你是一个心理学家吗?"弗罗梅尔问他。

"很遗憾,我不是,我研究的是人脑生理学。"

"啊,这是你的专长,也是你的专业……我问这个是因为,有一个著名的心理学家,威廉·杰姆斯,他是美国超心理学研究协会的创始人之一……"

"我听说过,所以他是一个心理学家,而不是我们常说的生理学家,他采用的研究方法是特定的。"

弗罗梅尔好像对这很感兴趣,但这个时候,爱尔茨内尔夫人走到了他们身边,请大家去吃晚饭。

"啊,不,敬爱的夫人,我们要走了。"弗罗梅尔说,"莎茨曼先生,和你认识我很高兴,我希望我们以后还能再见面,有更多的机会进行讨论。只有实事求是的讨论才能促进事物发展。"

弗罗梅尔扶着他的姐姐站了起来,在门口他们还和爱尔茨内尔夫人聊了一阵,阿尔杜尔听见他们在讨论下一次聚会。

只有阿尔杜尔和他的母亲,还有医生洛韦留下来吃晚饭。

当弗罗梅尔和他的姐姐坐马车走后,医生向阿尔杜尔提起了一个叫沃盖尔的教授。

"阿尔杜尔,我们都是门外汉,不过这个沃盖尔教授是这方面的专家,我们可以和他谈谈,我以爱尔娜医生的身份,你呢,可以作为研究她那不寻常表现的人。"

"医生,这是个好的想法!但我觉得我的脑子里很乱。"

"啊,我的上帝……"莎茨曼夫人叹了口气。

阿尔杜尔没有什么入睡困难症,但是这个晚上,很长一段时间,他在被子里翻来覆去,他很兴奋,在他的眼前出现了爱尔茨内尔家里那个一片黑暗的客厅、爱尔娜苍白的脸和她那睁着的眼睛,她正看着周围的一片空地。然后他又见到了她那汗湿了的连衣裙,贴在她的小胸脯上。此外还有弗罗梅尔单瘦的身影,爱尔茨内尔夫人表现出的一种戏剧性的严肃姿态和阿尔杜尔母亲那充满期盼的表情。阿尔杜尔想,他应该把所有这些都记下来,要从母亲和医生那里了解到爱尔娜更多的情况。研究题目可以定为《对一个和幽灵谈话的患有歇斯底里病的十几岁女孩的研究》。

他点亮了床边的那盏灯,找来了一张纸和铅笔,在纸的上端写了:"第一次聚会。"然后他闭上眼睛,回想起几个小时前那一个又一个的场面,开始写了起来。

泰蕾莎·弗罗梅尔

冬天伴着第一场雪突然来了,就像浆洗后发硬的衬衣一样,在星期日的清晨落下。人们可以清晰地感受到雪触碰皮肤时那粗糙的磨砂感,但身体最后都要习惯于这样的触碰。到了星期一,发硬的衬衣变成了大地的第二张皮,这里生长不了任何的东西,没有气味,也没有颜色。直到太阳初落,昏暗的天际为大地罩上了一层保暖层。

这一年十二月,弗罗梅尔去爱尔茨内尔家的次数比以往更频繁,他对泰蕾莎说,要帮助小爱尔娜发挥她那天赐的禀赋,首先要让她把眼中的世界图像展现出来,让她发现自己看到的世界和别人不一样,否则的话,在这种精神重压下,她会失去理智。泰蕾莎坐在自己的靠椅上看着他,没有说话。弗罗梅尔本来就不愿待在自己家里,也不想去整理他的那些图表;他即便待在家里,思绪也飘向远处。泰蕾莎在弟弟每次外出之后,总是等着他回来,她一个星期有两天或者三天,整个晚上都一个人躺在正对着窗户的靠椅上,在那里可以看见外面的奥得河、大桥和教堂。她甚至没有点灯,阴暗就像抽鸦片的烟雾一样潜入到她的房里,泰蕾莎也被这种烟雾笼罩了。最后,她的母亲也来了,坐在她近旁的一张靠椅上,心平气和地以接受的眼光看着这个身残的女儿,泰蕾莎也是这么望着她,有时候想跟她说话。不,她没有向她抱怨,只是和母亲说说她和瓦尔特现在怎么样,说说他们的生活。可是她的母亲听了也没有做出回答,更没有问她,就好像她是在另一个现实世界、另一个时间维度听到了这些话,没有任何意义。

瓦尔特·弗罗梅尔

瓦尔特·弗罗梅尔出去的时候，轻轻地关上了门，不想把姐姐惊醒。

他在街上尽力地呼吸着寒冷的空气，向右转，经过皮亚斯科维桥后，来到了利特尔普拉茨街，从这里再到乌尔苏利内翁斯特拉斯街的爱尔茨内尔夫人家里去。这条路他走了不过十几分钟，所以有时候他急着走过去的话，就继续向前，过了奥得河，来到大学附近。

他认为，他要对爱尔娜负责，也可能是她母亲的关系，因为她让他想到了年轻时的泰蕾莎，爱尔娜实现了他那深深的愿望，也见证了他的一生。弗罗梅尔并没有明确地意识到这一点，但他开始把她看成是他的女儿，替代了长期不在的爱尔茨内尔先生的位置，是的，他一定要关心她，她应当是他的学生。他向爱尔茨内尔夫人提议，每个星期和爱尔娜见面三个小时，给她上课，爱尔茨内尔夫人当然表示同意。

但是爱尔娜看起来对这并不感兴趣，她只是按母亲的要求,对他表示客气和礼貌。她坐在一个长沙发上,两只手规规矩矩地交叠在一起,放在膝盖上。如果在上课时感到轻松了一点,她会开始晃动双腿。她的视线一直盯着弗罗梅尔那张张合合的嘴唇,他自己称他的嘴唇为"猫嘴",因为他话总是说得不多。他甚至拿不准,她到底能不能听见他说话,因此每次讲完一个比较难懂的问题后,他都要问她:

"你听懂了吗?"

爱尔娜总是表示赞同地点了头。

弗罗梅尔的课是在他自己的家里准备的,他不能毫无准备地讲课,必须要记得清清楚楚,但是他有时候讲课要离题发挥,介绍各种不同学派和传统的观点,表示自己的看法,他一定要用最简单的说法把那些复杂的、几乎到哲学高度的问题向爱尔娜讲清楚,让她这个年纪的人能听得懂。他还将通灵术和唯灵论的内容用表格和图表形象地展示出来,然后再用"猫嘴"给爱尔娜讲明白。

他在其中一幅图像上画了三个圆圈,一个套着一个,套在中间的这个最小的圆圈象征物质世界,中间这个大一点的象征想象和体验的世界,外面这个最大的代表思想世界。在这些圆圈之外的空间,也就是这张纸上的剩余部分则代表一个巨大的精神世界,它不仅占有这个圆圈外的所有空间,而且还远远地超出了它的范围。弗罗梅尔看了看他画的这些圆圈,觉得他用这么简单的图像就说明了这么复杂的问题而非常自豪,但是他很快就意识到,爱尔娜只是把它看成是和她的手镯一样好玩的东西,但并没有理解它表示了世界的范围和次序。此外,弗罗梅尔还要对这个孩子说明感觉和想象、想象和思想有什么不同,这又是另一个问题了。于是他画了一个楼梯,先是把楼梯上的梯子分为三层,最下面的一层是用黑墨水画的,它代表躯体;中间一层是用绿色墨水画的,代表灵魂;最上面的一层是用蓝色墨水画的,代表精神。"但这是不是太简单了?"他这么想,然后他又很笨拙地在楼梯下面画了一个小人儿,但他又马上把它涂黑了。他认为这些楼梯说明了一个人的外表和内里,他用一个具有抽象概念的小圆圈来代表这个人。弗罗梅尔在圆圈的边上写上"单子"①,在用黑墨水画的梯子旁边写上"生理计划",绿色墨水的梯子旁写上"乙醚计划",在蓝色墨水的梯子旁写上"星光体计划",而在所有的台阶上方写上了"思想计划"。然后他犹豫了,因为他想不出来对这些做更多说明的词语了。

"精神世界是什么,任何时候都没有对它的定论。"然后他对爱尔娜说,"你懂吗?"

她的视线离开了那些画了图像的卡片,转而望着他。

"要试一试从这样的视角出发,去张望我们周围的一切,你

---

① 单子,古希腊毕达哥拉斯派哲学家提出的作为存在的诸原则之一;十七世纪德国莱布尼茨唯心主义哲学术语。

会看见许多房屋、石头,也就是许多没有生命的客体。它们只在物质层面上存在,就是一种生理物质,借助以太的力量得以构建出一种形体。此外还有植物,所有的树木、小草和花朵……它们也是物质,也有形状,也是构筑在以太的力量基础之上,但它们和没有生命的岩石不一样。那么树木和石头有什么不同?你对这是怎么想的?"

爱尔娜的视线又转向窗子,过一阵回过头来了。

"树木是活的?"她拿不准,便问道。

"是的,树木是活的。那么什么叫作活的呢?活的就是能够感觉和体验,活的东西会生长和发展,这就是星光体独有的的特性,星光体计划就是生命计划。星光体是以我们感受的漂浮的物质存在为基础构成的,它没有物质那么密固,而是非常稀松,比水、空气还稀松……你现在想想,野兽有它的形状、感觉和本能,它就是一种物质。所以它既是物理的、以太的物质,也是非物质的,就像星光体一样。但野兽在某种意思上也是有思考性的,它虽然不是人,但有它自己的聪明和智慧,它能够事先知道会要发生的某些事,野兽除了肉体之外,也有心灵和思想,它最终也是人,和你我一样。"

"我?"爱尔娜感到很奇怪,思绪也中断了。

弗罗梅尔不再在桌子和橱柜之间来回地走了,他冷眼看着她。

"请认真听…你要注意,从物质到精神这四个层面,都会面临死亡,迟早都要解体。但人是发展的第一个阶段,人除了有一个物质的形体,还有他的本能、感觉、感情的冲动、具体和抽象的思维……怎么说呢,人能够以自己的理智认识这个世界产生的原因和意义,这种原因和意义大致地说,就是思想,因此人懂得将思想运用到自己的智慧中去,在此基础上创造了伦理学,这样就有了善和恶的概念。不知道善和恶,人就只有动物的智识水平,因为动物也能学会用工具,或者做出某种行为,但是动物不知道什么是善,什么是恶。"

爱尔娜对她不止一次听到过的"什么是善,什么是恶"的话马上做出了反应。她说:"就像《圣经》中的知善恶树。"

"不错,我很高兴,你能这样想……从现在开始我来讲一下精神层面。这个精神,很难把它说清楚,我们的语言不够丰富,不够有水平,因为我们来自更低级的层面……"弗罗梅尔缄默了一会儿,像要想一想他所掌握的词汇为什么不够。

"在人的头上有天使,有灵,它们并非是物质的东西,但却比人更完美。它们并非由生理物质构成,却有形体和相貌,这个很难说清楚……我的意思是,你对不同的世界要有等级意识,就是说,它们就像通往天上的阶梯。当然还有更高级的存在,但很难理解明白,也说不清楚,因为它既没有形体,也不见相貌,它们只有星光体,这种气场。"

"那它们是不是灵魂？"

"大体而言，是的。"弗罗梅尔想了一下，说，"但并不总是你经常与之对话的那种东西。我现在简要地告诉你，这个世界是怎么建起来的。我可以讲得简单一点，让你更容易理解。现在我要对你讲的是死亡，因为你一开始就问到了什么是死，死亡在哪儿。死就是一个物体的灭亡，而不是别的，所以它对谁都不可怕，是不是这样？"

爱尔娜虽然点了点头，但她对这并没有信服。弗罗梅尔继续说：

"一个人死后，他的不死的灵魂离开了生理的躯体，但它有一段时期，还留在另一些非物质体中，例如留在以太或星光体中。生理上死后不久，以太的力量就会消失，也就是没有形体了，但它会成为一个灵体，这个状态会持续一段时间，还会表现出它的感情冲动，表现出它的愿望和依恋。这个时期有长有短，要看死去的人是谁，他生前做了什么，是怎么想的，怎么生活的。我们把这称为星光体的'净化时间'。一个人的星光体也消失后，他就只有精神体还存在，它再经过漫长的一段时间，重新变成一个有物质的生命。"

弗罗梅尔叹了口气，就好像他现在要说的东西很沉重一样。

"一个人死后，他的灵魂总是要找到能够获得更多的新生活经验的最佳生存环境。当他找到了自己未来母亲的时候，他就要进入到她的体内,然后出生,来到这个世界上,成为一个新的人。过去的那个他已经不存在,只留下精神,但现在的这个物质躯体、以太躯体和星光体则完全是新的,他对过去的记忆只留在他过去的星光体中,所以重新为人的他已经不记得他以前是谁了。爱尔娜,你懂吗?"

爱尔娜恰好第一次表现出她对这很感兴趣,弗罗梅尔看她这样也很满意。

"你现在一定想问,为什么会出现这一切?为什么要死,然后又重新出生?你一定会提出这样的问题:为什么要这样?这是为什么?它有什么意义?这是我们从下面到上面,从不那么完美到更加完美,从笨重到轻巧,从物质和黑暗到精神和光明要走的一条道路。我们要通过获得新的经验来完善自我。生活是我们的老师,我们要学习,知道什么是好,什么是坏,我们要学习如何作出正确的选择。我们自己也会变得越来越完美,接近绝对的完美,就像上帝一样。如果我们能够做到这一点,我们将从物质层面解脱,也不需要一次又一次重新出生……你听见我的话了吗,爱尔娜?你懂吗?"

爱尔娜点了点头,但是弗罗梅尔从她的眼里看得出她并没有听懂,这让他突然就不耐烦了。他以冷漠和僵硬的眼神望着坐在他面前的这个姑娘,然后默不作声地从桌子这边往那个橡木橱柜走去,最后他的眼神对准了那个立在窗户之间的钟表。

几乎过了一个小时,他才重新回过神来,他感到疲惫不已。

"今天的课讲完了,爱尔娜!"他宣告道。

姑娘站了起来,对他鞠了一躬,就往门那边走去,使劲地拉了一会儿那个很重的门把手。弗罗梅尔站在窗子旁边,窗外一些马车在行驶,踩脏了夜里那撒落在地上的洁白的雪花。

格列塔

下一次聚会要到十二月才举行,但现在要准备过圣诞节了。此外,爱尔茨内尔先生现在也病了,很多时候他都在家里,妻子每次要他招待客人,他总是瘪着嘴,一副不情愿的样子。

爱尔茨内尔夫人简直是购物狂附身,她带着贝尔塔进城,然后买了大包小包的东西回家,并且把家里上上下下都打扫一遍:洗窗帘,把地毯上的雪块敲掉,清洁靠椅,还亲自清点瓶子和银器。在房子里可以闻到地板蜡的气味。爱尔茨内尔先生埋怨室内那一阵阵的过堂风,还有那一直不停的闹哄哄的声音和喊叫声,让他白天打个盹都不行。

这些都弄完了,大家便开始做烘焙。首先是按照爱尔茨内尔夫人家里的波兰菜谱烤姜饼。格列塔拿来了一些金属模具,要小莉娜剪出一些小爱心、小狗和小鸟的形状。爱尔茨内尔夫人自己则给一些天使图案的姜饼涂上了各种颜色,这些姜饼要在过节的时候,挂在圣诞树上。除了姜饼,她们还把糖霜饼干放在金属盒里,留到过节的时候再打开,此外还要准备马卡龙、杏仁饼干、核桃饼干和奶油蛋糕塔。终于到了烤饼干的时候了,爱尔茨内尔夫人的烹饪手艺施展到了最高水平。此外,还有用大量鸡蛋烤出的蛋糕胚、酥皮果馅卷和水果馅的奶油蛋糕,最后还有酥皮泡芙,在过节的时候要在里面挤上奶油馅。剩下的则还有:各种果酱、糕点的装饰配料、肉冻和果冻。当然也少不了爱尔茨内尔先生最爱吃的点心,用他的话说,这是"被蜜蜂咬过的东西"。

在这连续几天的美好日子里,爱尔茨内尔夫人为准备过节,出了很大的力,也表现了很大的热情。现在厨房里由厨娘阿达来管,要准备肉食,但爱尔茨内尔夫人和弗罗梅尔交上朋友后,就不吃肉了,所以她也叫厨房不要准备肉食。不过说真的,这对她来说,也不怎么好受,因为她本来是个做肉食的高手,阿达虽然是个很好的德国女厨师,但这方面可没有大师的手艺,毕竟德国人不善于做肉食。这样爱尔茨内尔夫人就得到厨房里,去看在肉冻里是不是加上了适当数量的蔬菜,以及阿达是不是把所有的事都做好了。但她总是会犯偏头痛,整夜都离不开房间半步,也许是因为弗罗梅尔来了,在最近这些日子,他是经常来的。

当那个也常常昏昏欲睡、注意力不集中的格列塔打开房门,见到弗罗梅尔时,她总是弄不清他是谁。

"先生你找谁?"她一开始就这么问。

然后她在厨房里解释说：

"我不知道为什么会这样，我总是认不出来，把他当成不认识的人。"

阿达正用一把大菜刀切白菜，她要格列塔别着急，也许是走廊里太暗，也有可能是弗罗梅尔先生的脸不够有特点。格列塔望着那些捆白菜的带子，想到这个样子像一把伞的人很奇怪地来到了他们家里，友人们也开始私下里称瓦尔特·弗罗梅尔为"伞"。

格列塔真的是很不情愿地把弗罗梅尔那件深色大衣拿过来，挂在最后一个衣架上，让它远离一些别的衣服；然后又把他的棉手套放在他的帽子里，和他的手杖一起放在一个小桌子上，暗示这都是用来进行凶恶的犯罪活动的工具。弗罗梅尔的这些东西和他自己一样，都散发着一种薰衣草和樟脑混杂的气味，令格列塔感到厌恶。

"姑娘在不在客厅里？"弗罗梅尔问道，他没有等到回答，就迈着僵硬的步伐往走廊里走去。

格列塔非得走在他的前面去开门。她从一个窗户的角落里看见，小姑娘爱尔娜很害怕地从长沙发上爬起来了。她的房门对弗罗梅尔是关着的，格列塔有种感觉，好像有一种罪恶势力、一种冷酷和黑暗的势力已进入了这个毫无防卫的姑娘的房里，而她对此毫不知情。格列塔犹豫了一阵，有时候，她把耳朵贴到门缝上,听见椅子移动的声音和纸张翻动窸窸窣窣的声音,此外还有人提问和不确信地回答,但声音被压低了,很小。她猜,这是算术或者美术老师来了,要教给爱尔娜一些有用的东西。但是格列塔也知道,弗洛梅尔不是老师,他更像是以一个医生或者警察的身份到这里来的,他要对这个患病的小姑娘进行观察和监视,为了不让她休息,对她施压,对她不停地追问,叫她读一些莫名其妙的看不懂的书。

"他想从她那里得到什么?"格列塔问厨娘。

"他在对她进行考察,想知道一切:她梦见了什么?她在想什么?她有什么愿望……"

"他要把她掌握在自己的手中,肯定是这样。"格列塔急忙说,她向厨娘伸出紧握的拳头。

大约一个小时后,爱尔娜从客厅里出来,她的母亲一会儿也会来这儿。格列塔当时拿着一碟饼干和一杯咖啡,把窗帘拉上了。爱尔茨内尔夫人如果没生病的话,这时就会坐在靠椅上,用丝线在一张餐巾上绣一朵玫瑰花,这朵玫瑰花她已经绣了三年了,因为她不怎么会刺绣。如果她感觉不舒服,她就躺在长沙发上,两只脚轻轻地放在脚凳上。弗罗梅尔坐在放着咖啡的桌子旁边的靠椅上,起初是这样的。过了十几分钟后,爱尔茨内尔夫人按铃,叫格列塔把客人领出去。格列塔看到这里很乱,夫人站在窗子边,而弗罗梅尔则在房间里走来走去,觉得留在这里没有很多的意思，格列塔后来看见他下定决心要走，"明天见！"他好像全身都在说话。他不吭声地穿上了衣服，在沉思，又小声地说了点什么，不很清楚，便在楼梯回廊里不见了。格列塔还在等着，直到听见楼下关门的声音，她才松了口气。

爱尔茨内尔夫人在弗罗梅尔走后便叫开晚饭，自己走到丈夫的那间办公室里去找他。爱尔茨内尔先生在屋里穿着一件闪亮的黑色制服，看起来比礼服更雅致，不过身后却散发着一种樟脑油的气味，这是他用来擦他那疼痛的关节的。格列塔行动迅速，干起活来很有章法，孩子们都听她的，她有时候表现得很严肃，但外表举止端庄。不过爱尔茨内尔先生一点也不害怕，他自尊心很强，也很幽默。他不要求围绕在他身边的一切运行得都像钟表那样准确，如果他的视线从一个孩子瞟向另一个孩子，表现得严厉了一点，那只要见到了妻子，他就会马上表现得和蔼可亲。他对那个很小的克拉多斯也是这样，所以爱尔茨内尔夫人和小克拉多斯享有着更多的自由。格列塔注意到，爱尔茨内尔先生不知道他的女儿现在读几年级了，因此爱尔茨内尔夫人在他面对这些孩子的时候，需要一个个地说出他们的名字。这里实际上指的是女儿，因为两个男孩很明显受到了爱尔茨内尔先生的宠爱，马克斯以后会接管他的纺织厂，而克拉多斯也是每天无忧无虑的。

爱尔茨内尔一家人一起吃晚饭，餐桌上铺着淡黄色的桌布。爱尔茨内尔夫妇面对面地坐着,孩子们则分坐在旁边。格列塔负责上菜,有时候,爱尔茨内尔夫人也会让女儿玛莉耶去帮这个女佣干活,这是一种训练她掌管家务的家庭教育,贝尔塔过去也是这样,但现在她已经有了未婚夫,是个成年的妇人,是继爱尔茨内尔夫人之后家里第二个成年的妇人,不用再去帮家里的用人干活了。

格列塔本来和贝尔塔同年,因此她见到贝尔塔总有点妒忌。贝尔塔身材高大,比她的妈妈高了一个头,但她一点也不像妈妈,她有着深色的头发和长了雀斑的白皙脸庞。她的身材匀称优美,也不像她的妹妹那么瘦弱。妹妹玛莉耶总是坐在她的旁边,更精致一点,玛莉耶的肤色像她的母亲,很好看,但是她的小卷发像她的父亲,面部轮廓像只小鸟。当格列塔为这一桌人服务的时候,她看着爱尔娜,总是为这个姑娘感到悲哀,因为她和她的姐姐们都不一样,她那瘦小病弱的身躯,连衣裙下几乎看不见胸脯的曲线,让人怜惜。她那浅灰色的稀疏的头发更显现出她的苍白又灰暗的面庞。她身上那像纸一样单薄的皮肤因为使劲拉开了,才勉强遮住了那些蓝色的血管网,这是唯一证据,说明不管什么都是从血液和骨头中来的。按照格列塔这个女佣的审美标准,爱尔娜并不漂亮。爱尔娜的胃口也一直不好,她是最后一个离开饭桌的,因为她很难把自己的那一份吃完。如果要格列塔说什么的话,她就会说,爱尔娜的肚子里一定长了虫,得治治这个病。

比爱尔娜还小的就是马克斯,他又高又瘦,还认为自己是一棵新苗,但他却总能惹恼格列塔,因为他总是想要搂抱她,或者最少也要咬一口。他很像他的父亲,满脸雀斑,一头红色的卷发,牙齿就像爱尔娜那样不整齐,但是他最引人注目的是,他的嘴任何时候都没有闭上过。马克斯经常胡作乱为,他不整理自己的衣服,吃剩的东西和弄得很脏的皮鞋到处乱扔,他还总弄丢自己的东西,必须要人看着他洗手。不过,格列塔和厨娘阿达却很喜欢这个有时候蛮不讲理的男孩,因此他常常到厨房里去找她们,这时候,阿达就要给他挖出白菜心,或者给他一块抹上厚厚一层黄油的面包。马克斯就会坐在一张桌子上,她们说笑起来,虽然嗓子说着说着就会破音。他对什么都有自己的说法,哪怕聊的都是女佣抛给他的话题。在他看来,爱尔娜精神萎靡不振、脑子缺氧,而弗罗梅尔则有点爱慕他的母亲。

"如果贝尔塔明年还不出嫁,那她就是个老处女了。"他一面说,一面咬着一块抹了黄油、夹了香肠的四四方方的大面包片,"爸爸和政府机关签了大衣面料的合同,这些大衣将会给我们的士兵穿。他会赚很多钱,我们放假就到意大利去,把你也带去,格列塔!"

"那我呢? 我怎么办?"厨娘阿达装作很悲哀的样子问道。

"你,我亲爱的,你去那里没有用,那里只吃通心粉,你做的通心粉像绳子一样硬,没法吃。"

爱尔茨内尔夫妇的孩子按序排列,在马克斯之后,是一对双胞胎姊妹——卡塔利内和赫利斯迪内,她们都十岁了,两个人很相像。两个人的脸长得匀称漂亮,颧骨高,嘴唇丰满,这一定遗传自她们的斯拉夫祖先,还有她们的发式和连衣裙都是一样的,姊妹俩也总是在一处。她们从来不掺和家里这么多乱七八糟的事,她们走的路和其他家庭成员的是不一样的,她们平日只管她们自己。如果她们病了,总是一起病,虽然她们的母亲怀疑,这其中肯定只有一个人病了,但她分不清是哪一个在装病。实际上,她们之间的联系是这么密切,不管谁先发烧了,都会使另一个没有病的同样发烧。她们只管自己的事,只在乎她们自己能否独立,而这还常常使小莉娜感到很不好受。

莉娜实际上名叫马格达列娜,但这个名字她认为太长了,很快就把它改短了。莉娜——爱尔茨内尔夫人亲爱的女儿,莉娜——她的护身符和最偏爱的人。"我的小乖乖。"妈妈这么对她说,把她抱上膝盖,抚摸着她明亮的头发。莉娜受到父母极度的宠爱,有父母在,她可以比别的孩子更加放肆,但她对兄弟姊妹,特别是那一对双胞胎姐姐,却表现得很谦和顺从。她只有五岁,有一个圆圆的小胖嘴,但最近几个月她看起来变瘦了,开始掉牙了。爱尔茨内尔夫人认为,莉娜有音乐天赋,这在她的孩子中是唯一一个,所以给她买了一架全新的钢琴。

最后还有克拉多斯。克拉多斯直到不久前,才开始上桌吃饭,虽然他已经三岁了,但母亲仍把他看成一个婴儿。去年春天他大病了一场,使他成了这个家庭脑袋上的一个小眼睛。大一点的孩子都以妒忌的眼光看着克拉多斯,因为他什么也不用干就受到宠爱,不管是弄湿了地毯、打碎了陶瓷人偶,还是把巧克力糖抹在了客厅门上,所有这一切都可以被原谅。以前他有过一个奶妈,但是爱尔茨内尔夫人认为,克拉多斯正因为她才得了重病,除了她自己,任何别的女人都不能照顾好他、当他的保姆。

晚饭后,对小一点的孩子们来说,这一天就结束了。爱尔茨内尔夫人让莉娜和克拉多斯睡下了,双胞胎姐妹则要自己照顾自己,大一点的孩子可以在自己的房间里读书,只有贝尔塔有一个特权,晚上可以待在客厅里,因为她以前总是负责清扫桌子或者哄小一点的孩子睡觉。

等到家里完全静下来了,爱尔茨内尔夫人就来到丈夫的办公室里,夫妇俩谈起了孩子和家里的开支。有时候,爱尔茨内尔夫人坐在丈夫的膝盖上,诉怨她身体不好,要负的责任太多,爱尔茨内尔先生这时就会叫一声对她的爱称:"小蝴蝶!"

有时候在夜里,小克拉多斯来到他们的双人床边上,爱尔茨内尔夫人睡意蒙眬地拿着自己的枕头,把这个小孩带到那就在他们卧室近旁的小房间里,躺在儿子的身边,和他一起睡到天亮，并在梦中自我辩护，说克拉多斯还这么小，要照顾他。

格列塔睡在走廊尽头那间用人房里，她在睡之前，总要检查一下她平日省下的一些钱是不是好好地和皮鞋一起放在抽屉里，这些以后都是她的嫁妆。

沃盖尔教授

过了节后,在1909年1月初,洛韦医生来到了莎茨曼的家里,要把阿尔杜尔带去见沃盖尔医生。沃盖尔和他们约好了在一个下午的早些时候见面,并在斯赫韦伊德尼哲尔·斯特拉斯街上,他的那间办公室里接待了他们。

阿尔杜尔有点不相信,这么一个并不起眼的人,虽然是个男人,但外表看起来像个未成年的小伙子,能够诊治一个人的疯病。沃盖尔个子瘦小,他那平滑的脸庞像是完全没有胡子可刮。他完全花白的头发反使他看起来很年轻,让人感觉就像小鹿。此外,沃盖尔说话的声音很低,只能听到声带有些振动,但听不懂他在说什么。

他这个办公室的摆设很简单,中间有一个深色的办公桌,上面有一些办公用具和一个沙漏计时器,在写字台的后面有一架子书。他们坐在一张小桌子旁的椅子上,椅子很软和,年老的女秘书拿来了一些玻璃杯和一壶咖啡。窗子外面可以看见街对面的砖瓦房,窗户旁边还有一个小折叠床。阿尔杜尔没有看到任何摆设能显示出这是一个医生的办公室,这里没有任何医疗器械、听诊器、放药品的玻璃架子,甚至连白大褂都没有。

沃盖尔向阿尔杜尔伸出了不大的、冰冷的手,对他表示欢迎,这就像医生洛韦对爱尔娜一样,是一种很好的迎接方式。

他把一杯热咖啡放在阿尔杜尔的手里。

"我要马上问你一下,你个人跟这件事有什么关系?"

阿尔杜尔不知道他这是说什么。

沃盖尔便具体地说了起来,一面搅拌着玻璃杯里的咖啡:"请你告诉我,你相信死后还有生命,能够和死者的灵魂接触等等这样的事吗?"

阿尔杜尔感到很奇怪,他以带着疑问的眼光望着洛韦医生。

"我是问你,朋友!因为我知道,一个研究家的世界观对一项研究的结果是有影响的,实际上,他的研究就是要证实他所相信的东西。一个研究家要走遍他所认识的这个世界。"沃盖尔解释说。

"我是一个理性主义者,可以这样认为。我研究的是人脑生理学。最近这些年我见到过很多脑损伤的病人,主要是中枢神经受到损伤。遗憾的是,这么多年里,人脑生理学一直等待着可以开展研究的机会,但病人必须先死。"阿尔杜尔笑了,他感觉自己已经集聚了平日里的勇气,他说我们的知识是根据经验得来的知识,我们对此持有高度的信心。他想到了一点考古学的内容,"直到病人死了,我们才知道他是怎么死的,我们的专业知识水平还停留在只知道做出假设,尽量收集材料上……但是我不希望先生你认为我只是局限在以生理学的观点看问题,我一点也不否认精神失常和病态心理也会对家庭生活和社会秩序产生不良的影响。"

沃盖尔感到惊奇地皱起了眉头,不确定他是不是在开玩笑。

"你读过这本书吗?"他说着便从书架上拿了一本书。

阿尔杜尔见到是弗洛伊德的《歇斯底里研究》①。

"我承认,我没有读过。"

"我非常推荐你读这本书,虽然我知道,有人说它是一个有危险的新东西。你知道,我是一个心理分析学家,我认为,不论研究什么问题,都要有具体的理论和对这个世界的看法作为支撑,如果这个理论不符合现实发展,那就要再进行研究,提出新的观点。心理分析据我所知,是精神医学里最常用的概念……我不认为任何生理学研究能够解释这个姑娘的心理状态。"沃盖尔开始在办公室里走来走去,"有些说法并没有什么根据,可能是基于猜测,我不会掩盖我对实验心理学的看法。我认为,我走的虽是一条边上的小道,但前方有远大的志向,可以采用所有可用的方法研究一切。每一种职能、每一个机体都要让它发

---

① 原文是德文。

挥自己的作用,向医生报告的是整个人,而不是疼痛的大脑或是疼痛的神经,我说的有没有道理,列奥?"

阿尔杜尔很奇怪地望着洛韦医生,到现在他才想起了医生的名字叫列奥。列奥·洛韦这时也点了点头。沃盖尔马上咳了一声,在空中做了两个不同的手势,把心理学分成了两个方向。

"实验心理学,这是一种化学和物理的思维,就像人们并不很确切地说过的那样,它研究的是一些并不很重要的问题,如神经冲动的传导速度、大脑中精神功能定位……这就是你要研究的东西,例如舔口水的动作……我不愿让人觉得,我讨厌或者说看不上这个,但我真的认为这些都不重要。心理分析在实验室中是没法进行的,那里对它有妨碍。"

沃盖尔不再说话了,洛韦医生便出声问道:

"那么这种心理分析到底是什么?"

"问得好,那它是什么呢?这是现代心理学和心理学家们遇到的一个很难说清楚的问题。说真的,我们也不知道。我们说'通灵者',但这个说法我们每个人有自己的理解。我们要弄清楚的是,我们要研究的是人的心灵,还是头脑活动的表现。也许这就是下一个阶段要研究的问题,因为这里有一个逻辑学上的二分法,现在要说的是其中的一个方面,过些时候再说另一个方面。你大概不知道,我关于理论的这些长篇大论是怎么来的……我想要让你相信的是,只有进行心理分析才能解释这个姑娘身上出现的状况,在这一点上,我对你会有帮助。"沃盖尔望着阿尔杜尔,脸上绽放出孩子气的笑容。

"我不知道该怎么回答,"过了一会儿,阿尔杜尔眼神惊恐地说,"我从来没有研究过心理分析,我甚至不愿当一个精神病医生,我认为,实验室……"

沃盖尔打断了他的话,说:"在这种情况下,采用心理分析法的又一个依据是,存在许多试图解释相似现象,至少是表面上相似的现象的作品。虽然写他们的人除了有研究灵魂的专家外,还有各种骗子。"

"我应该从头开始,从研究这些作品开始。"

天很快就黑了,沃盖尔点亮了灯。出现了短时间的静寂,好像是对他们热烈的谈话内容的总结。沃盖尔这时从口袋里拿出了他的烟斗,给它装满烟丝。沃盖尔吸了一口之后,阿尔杜尔觉得坐在他面前的,完全是另外一个人了。

"我真的不知道,为什么我这么希望先生能够研究心理分析,"教授轻声细语地说,"也可能我感觉到先生很有才能,或者我很喜欢你,想让你和我分担我职业中最重要的一项工作——和秘密打交道。"

"是的,"阿尔杜尔说,"这是秘密。我看到这个姑娘总有一种印象,她一直踩在两个世界的边界上。您肯定对这了解得更多,因为你见到过很多这样的病人……她首先是在所有人都在的地方,她在这里坐下、说话、欢笑,然后就是那样的时刻……嗯……她后退到内部世界,然后从那里进入到另一个地方去了……"

"到精神世界去了,到'另一个现实'中去了,这是马上就要去的,是不是?是的,是的,是的。"沃盖尔说,"人类既然抛弃了那些现实的东西,那些无法理解的事实,就只好寻求形而上学的解释。"

现在洛韦开始说话了,他此前一直在听着:

"是的,我也有这样一个印象,她在某种情感层面上消失了,不再和我们在一起,可她究竟在哪里呢?"

"在'那个世界',列奥!但问题来了,'那个世界'是什么?毫无疑问,在一些特殊的情况下,例如在失去理智的时候,我们可以感受到两个世界,一个是我们可以理解、控制和利用的这个寻常的世界,也就是在我们这里普遍存在的世界;另一个则是非理智的世界,它距离遥远,而且难以理解。它对我们的影响力虽然看不见,但很强大。我们的这个世界比它原始,但它是我们的摇篮,也是我们的未来。在这样的概念下,我们每天生活的这个世界,就是现实世界,就像一个不断变化的装饰品,一个候诊室。我说的对不对?"

"你讲到宗教、神学、形而上学和别的什么方面去了。"洛韦医生说。

"这是心理学,我们研究的不是这个世界,而是一个人怎么去看这个世界的,是心理的现实。"沃盖尔吐出一团香馥的烟雾,它就像一块灰色的尸布罩住了他的全身。"我想起来,"他说,"在八十年代,我在柏林学习的时候上过历史课。有一位当时很知名也已经很老的教授给我们讲课,我们都很崇拜他,他那装在一个不停地颤抖着的脑袋里的丰富知识给人留下了很深的印象。他两眼已经半瞎了,什么也读不了,听力也不行了。我记得他在一堂课上讲过苏格拉底时候的雅典,他照着自己的记忆在黑板上画了一张公元前5世纪这座城市的地图,指出了柏拉图和费德鲁斯在这里逛过哪几条街道,在哪个小树林里停了下来。他的不同凡响的记忆力和渊博的学识给我留下了很深的印象,我觉得这个人有着超乎常人的精确的智慧。他在大学生面前将一座这么遥远的过去的城市每一个细小的地方都讲得那么生动。听他的课,会让你觉得,他好像曾到过那里。"沃盖尔停了一下,就像他有了新的顿悟,"教授把这堂课讲完后,来了一个仆人,把他像孩子一样背在背上,让他舒服地趴着。有个学生对我说,教授自己没办法回到家。有的人能自由自在地在雅典的街道上散步,但现在雅典没有了,他在现在的柏林,却完全迷失了方向。这是不是可以说明,'那个'世界就在我们这里,而不是在我们这个世界的范围之外,不在我们这个天空之外。对这个教授来说,雅典这座古老城市是他的世界,他到过那里,而柏林对他来说只是一种幻觉……阿尔杜尔,我们还是回过来讲我们的女病人吧!她有什么表现?如果是一些心理或精神上的表现,那我们遇到的麻烦不会很大。因为在论述歇斯底里表现的著作中已经描述了一些生理表征,表现在声音、回声、闪光,还有一些客体的运动上。还有一些让人疑惑的,像物化、外质以及等等诸如此类的东西。"虽然办公室里很冷,沃盖尔还是用手绢擦着他那汗湿了的额头,"你一定要给我的全身检查一下,列奥,我们就这样约定了。"

"你怎么啦?"

"我大概感冒了。"

医生把着他的手,开始测量他的脉搏。

"既然医生已经对我有所了解,那么阿尔杜尔,你就到这个小图书馆去看看吧!我想,你一定会给自己找到点什么。"

阿尔杜尔往书架那边走去,看见那里都是一些心理学的教科书,但他觉得不同寻常的是,这里还有关于人类学的书,有弗雷泽的《金枝》和泰勒的《原始的文明》,还有许多神话书,都是关于古希腊、罗马和日耳曼的神话故事。但是阿尔杜尔对医学书更感兴趣,他拿了几本沙可①和珍妮特②的书。

---

① 让-马丁·沙可(Jean - Martin Charcot, 1825—1893),法国神经病学之父。
② 皮埃尔·珍妮特(Pierre Janet, 1859—1947),法国神经科医生、心理学家,研究记忆神经受伤和诊治的先驱。

"我们就从研究催眠术开始怎么样?"沃盖尔医生的声音中洋溢着一种出乎意料的快乐,洛韦先生现在正拿听诊器给他做检查。"你一定要把《歇斯底里研究》①这本书拿去,可以从这本书开始读起,你以此为题可以写一篇了不起的博士论文。"

---

① 原文是德文。

阿尔杜尔·莎茨曼的笔记

爱尔娜·爱尔茨内尔小姐在十五年前,就信仰奥格斯堡①福音派。她的父亲是个很实际的人,也可以说是一个接地气的人,但是没有资料说明她的父辈中有人精神失常或者发育不全。

爱尔娜的母亲,按出身是个波兰女人,心理结构脆弱,身材柔美,患有偏头痛和神经性疼痛。她的父亲也是一个很奇怪的人,充满想象力,有预知未来的能力。她的祖母像洛韦医生说的那样,一受刺激就昏睡嗜眠。爱尔娜·爱尔茨内尔小姐有五个姊妹和两个弟弟,但都是正常人。

爱尔娜·爱尔茨内尔小姐身材瘦小,颅顶高,脑门也又高又突出,但下巴小巧,一双眼睛又大又明亮。她小的时候没有患过大病,也没有受过委屈,但她也没有表现过特殊的才能,因为她的思想老不集中,看起来也是智力平平,也没有表现出有绘画或音乐的才能。爱尔娜·爱尔茨内尔小姐受到的教育也很

---

① 德国城市,有很多欧洲中世纪和文艺复兴时期的古迹和天主教神学院。

一般,她能背诵席勒和歌德的几首诗和福音书的一些片段,说话的词汇量并不大。

说到家庭关系,那么爱尔茨内尔先生和夫人对孩子的教育是有许多做得不好的地方,孩子这么多,父母却没有对他们多加看顾。不仅如此,母亲自私自利和幼稚的态度使孩子们深受其害。父亲又是一个生意人,很少有时间关心孩子,只有他最小的儿子受到他的偏宠。

在1908年10月以前,没有发现爱尔娜·爱尔茨内尔有任何不合常规的表现。

爱尔娜·爱尔茨内尔姑娘大概是在母亲和姐姐的影响下,对招魂术产生了兴趣。在爱尔茨内尔家里以前组织过施展招魂术的聚会,虽然爱尔娜·爱尔茨内尔没有参加,但是在她身边的不同寻常的氛围却依然催发了某些东西。十月时,爱尔娜·爱尔茨内尔的身上开始出现了夜游症的症状,第一次发病时,坐在桌旁的她脸色突然变得苍白,她的身子随后也慢慢地滑到了地板上,晕过去了。昏迷了一会儿,她又醒来了(当着家庭医生的面),还说她看见桌子边上有一个人站着。她一说起这人的模样就引起了家里人的惊慌,因为爱尔茨内尔夫人马上就认出那是她在十七年前就已死去的父亲。这样在爱尔娜·爱尔茨内尔姑娘的周围就造成了一种非同寻常的氛围,她的母亲认为她被唤醒了通灵的天赋,决定以后让她也参加家里的招魂聚会，这种聚会后来在十一月有过一次。根据在场人（家庭医生洛韦，还有一位女性）的描述，爱尔娜·爱尔茨内尔在这次聚会上，很快就失去了意识，当要把她抬到长沙发上时，她却反应强烈："不要碰我！"然后她又说出了一些和往常不一样的话，某个瞬间开始，她边说话边做手势，参加聚会的人认出来这些手势是他们去世的亲朋好友的习惯动作。当人们向她提问时，她也回答得有理有据。大概经过30分钟这样你来我往的提问和回答后，沉默的时间变得越来越久，甚至最后她什么也不说了，让人感觉她已睡着了（像是全身僵硬昏厥了）。她的脉搏非常微弱，但跳动的频率和平常一样；呼吸微弱，只浅浅地呼气吸气。

我是在1908年12月，由我的亲戚和一个家庭医生的介绍，作为一个对招魂术感兴趣的人，来到爱尔茨内尔家的。虽然他们一家都知道，我是研究医学的，但我和爱尔娜·爱尔茨内尔小姐之间不能是医生和患者的关系，我在这里不可能进行许多生理上的研究，而只能停留在对病人一般的察看上。

来到爱尔娜家里后，她的母亲爱尔茨内尔夫人接待了我们，把我们领到了客厅里，我们和其他也在等待这次聚会举行的客人们聊了一些时候。爱尔娜小姐由她的母亲带来后，虽然举止羞涩，但表现得很自然。我因为在这些人中是个新面孔，她显然对我很感兴趣。

第一次聚会

参加聚会的人都围坐在一张圆桌旁,桌上已经事先准备好了一块通灵乩板和一个玻璃酒杯,木板上写着一些字母和数字。这时聚会的人都伸出手掌,摆在桌子上,形成了一条链带。使用通灵术,让人们进入失魂落魄和昏睡的状态,这个过程大约持续一刻钟左右。这时,爱尔娜·爱尔茨内尔突然把身子往后躺,闭上眼睛,睡着了,透过上下眼皮之间的缝隙,可以看见她的眼球是向上翻的。她的呼吸均匀,也很轻微,几乎察觉不到,这种状况保持了差不多十分钟,然后她把手掌放在那个玻璃杯上,与此同时,别的客人也把手伸向了她,和她的手连在一起。过了一阵,玻璃酒杯开始动了起来,起初它动得很慢,后来就越来越快了,最后,那块小木板上写的一些字母也变得很难看清楚了,但是从已看清的那些字母来看,这里已经出现了"幽灵"。爱尔娜·爱尔茨内尔,这个灵媒以前曾见到过这个幽灵。这个"幽灵"这时在小木板上也写下了几句有关宗教内容的琐碎的话。一个参加聚会的女士见到这样,便请它把她在半年前去世的丈夫也带到这里来。随后有几分钟,这里变得毫无动静,一片沉寂。突然,爱尔娜·爱尔茨内尔的脸色变了,变得像蜡一样苍白,呼吸加深,也变得更快。家庭医生感到不安,便给她号脉,爱尔娜·爱尔茨内尔对他的碰触没有反应，但是她的脉搏却跳得更快了。这个使通灵法术的人把头靠在椅背上，她的身体变得僵硬。桌子上那些参加聚会的人拉在一起的手也分开了。爱尔娜·爱尔茨内尔发出嘶哑的声音，说出了几个听不懂的词语。一个参加聚会的人问："你是谁？"爱尔娜·爱尔茨内尔过了一会儿，以她那缓慢的声调和严肃的口气，说她就是被招来这里的"幽灵"。这个"幽灵"对自己亲近的人表示了他们没有料到的狎昵，对于所有的提问都做了回答，但都不很清楚，要不就模棱两可。最后，她只是说了几句要生活在爱和祈祷中的话。

随后又出现了另一个"幽灵"，他作了自我介绍，说他叫"科罗曼"，他还向大家讲了习俗和道德堕落的问题，他说在意大利发生的，造成许多人死亡的地震就是对这种堕落的惩罚。他讲完后，又是一段长时间的沉默。最后出现了灵媒的幽灵，她叫大家结束这次聚会，因为招魂术的使用让她已经很累了。

爱尔娜·爱尔茨内尔很快就脱离了昏睡的状态，她脸色苍白，走起路来摇摇晃晃，是母亲把她从客厅里带出去的。

双胞胎姐妹

圣诞节过后，很明显，大家都认为爱尔娜已经康复了，她要回到自己的房间里去，那里还住了贝尔塔和玛莉耶。但爱尔娜的这两个姐姐仍然认为她有病，所以对她特别关心，但也很小心地和她保持一定的距离。

每次她们想要打开窗户、躺在床上看书、玩德国飞行棋的时候，都要说："亲爱的爱尔娜，我们这么做你不反对吧？"当她进来的时候，她们开始都不说话，然后她们又装着继续交谈，就好像什么事也没有发生似的。但是爱尔娜看出了她们的自由被约束了，这反使得她更难受了，因为她被限制了，就代表她们也要受到限制。但是她没有勇气去撕破这层面纱。一天的大部分时间她都感到很累，往往好几个小时都放空，只盯着墙上的某个点，天花板上所有不平整的地方她都记得，但她却很少说出来。她总是装着在睡觉，到了早晨，偷听她的姐姐彼此聊她们的梦，她更愿意听而不愿跟她们谈话。她特别爱听贝尔塔讲她的梦，因为在这些梦里总会出现她的未婚夫爱内克，此外还可见到一些可爱的小猫、湖泊、敞开了窗子的房屋、鲜花和各种颜色。但玛莉耶梦的都是一些蠢事，而且相互之间毫无联系，她的梦没有色彩，很是无聊，梦的都是什么戒指、购物、丢了的东西或者一些别的小事，要是再说些，她的话也没什么条理。闭着眼睛躺在床上的爱尔娜认为，如果是她来讲这些梦，至少比姐姐玛莉耶口齿好些。但是她们从来没有问她做过什么梦，所有空余的时间她们都用来整理她们的柜子和抽屉里的内衣。她们把自己的衣服依次整理好，放在固定的地方，重新试穿一下，这样姊妹俩都可以用。她们还阅读那些放在客厅里的那张小桌上的女性杂志，但那些杂志往往已经过时了。贝尔塔总有一些想法，她要把这些杂志上的图画剪下来，贴在玛莉耶的被子或床罩上，叫她踮着脚从柜门里的镜子前走过。

"好，很好！"①玛莉耶边这么来回地走着，边模仿法国女教师说话。贝尔塔要她安静下来，但并不能让她信服，她便把不确信的眼神望向爱尔娜。她们也很喜欢谈论各种呢绒花边的帽子和各种时髦的天鹅绒衣服，相互之间并不感到厌倦。爱尔娜有时候还想得到她们的宠爱，她让她们给她剪头发。当她们把她头上那稀少的毛发理成了一些奇形怪状的发式的时候，她还会大声地叫好。

---

① 原文是法文。

爱尔娜倒是在她的两个双胞胎姐妹和小莉娜的房里，感觉好多了。那里总是很安静，一点也没有年轻女孩弄出来的吵闹的声音。

小一点的妹妹们住在走廊另一头的一间房里，男孩子们都住她们那间房的对面。两个双胞胎姐妹和莉娜住在一起，但莉娜在她们中间总是感到悲哀，想哭，因为她们把她看成敌人一样，虽然这个敌人很愚蠢，并不可怕。可她们对她总是那么凶恶，充满恶意，对她使些小手段，例如在她的被子下面放一个蜘蛛，或者夜晚时把她的衣服弄翻过来。但是这种挑衅只是在她们的房间里进行，如果离开这里，她们就放下武器，不再斗了。所以小莉娜总是要找大一点的哥哥和姐姐来保护她、陪着她，这种时候，这对双胞胎姐妹就成功实现了她们的目标：她们和小莉娜一起住的这个小房间归属于她们自己了。

她们把一些贴满了各种颜色的纸的小盒子从柜子里拿出来，然后把盒子里的东西都拿出来，互相交换。

可以把卡塔利内和赫利斯迪内看成是一个人，之所以把她们看成是两个个体，是因为这样能对她们有更多的了解，能和她们在一起活动、观察和品味。她们的好奇心、渴望父母更多的关怀和察看、渴望有更多新鲜经历的愿望并没有得到满足，因此她们总是在父亲的写字台上来回翻找，在橱柜的抽屉里找一些旧的东西和装着，在市场上买来的东西的袋子里翻来翻去。

她们找出来的这些东西并不引人注目,因为它们既不好看,也没有什么价值,常被大人们忽视。比如能看到男式皮鞋的照片碎片、被弄断了的形状像手掌一样的钥匙、一粒带着鹰图案的扣子、用一张发黄的报纸包起来的一些植物的陈种、没有针眼的钢丝耳环、小柜门的把手和脏线团。她们把这些东西都拿过来,放在自己的一些小盒子里,认为它们中的每一件都是一个单独的世界,有自己的力量和魔法般的意义。她们读神话故事,从那里学巫术,她们还学会了制作魔术圈,将她们和莉娜以及其他闯入房间的人隔开。

去年春天发生了一件事,让她们相信,她们是很有本事的。

那是在四月间,当阳光开始照在她们窗子上的时候,她们一连几个小时坐在宽敞的窗台上,用小镜子照出了太阳的反光。她们还看见了院子里一些小猫在洗衣间的房顶上晒太阳,小镜子里有一道反光照到了一些过路的男人,他们的身影被反射到了窗玻璃上。姑娘们没有去恐吓那些小猫,而是用小镜子里的反光照着住宅里的一间厢房。那里的窗子是敞开的。二楼住着一个女音乐教师,她孤单一人,她房里的窗子如果打开了,便可听到她反复练习钢琴的单调乐声。这乐声并不完美,若从院子里的墙上反射过来,响彻天空,更是乱成一团了。有时候,她房子里的窗帘没有挂好,或者被风吹开了,姑娘们就会看见她那很简朴的房间里只有很少几件家具,一架明亮的钢琴背靠着对面的墙壁。女教师不怎么会走到窗子的前面,也很少外出。她除了弹一些并不完整的练习曲之外,很少弹别的乐曲,她的弹奏在任何时候都没有表现得十分完美,如果她在什么地方弹错了,就一整天都不会有声音传出了。姑娘们小镜子的光反射仿佛和那间房的内部有着某种密切的物质联系,它清楚地照亮了她房里的那些家具,也刺激到了这个女房主。这对双胞胎姐妹在女教师弹琴的时候最爱使这种恶作剧,但这次她既没有眯着眼睛,也没有回头看,也没有生气地举起手到脸上挡着。双胞胎姐妹得意地闪动着镜子上的反光,想要看她的反应。最后,姑娘们发现了,这个女教师的脸如同死人一样。

这个发现姑娘们对谁都没有说,就好像这个闪光的游戏可能会和她的死有某种关联。她们面面相觑,然后回去翻箱倒柜。下午,警察还有一个医生带着一个黑色袋子来了。姑娘们见到他们从小院子里走过。女教师已吊死在大吊灯下。

"我可以在你们这里坐一坐吗?"爱尔娜往窗子那里走去,问道。这个窗子和从她那间房看到的外面的景色是一样的。姐妹俩没有马上回答,她们用眼睛互相示意后,便花了一些时间捡起地板上的一些东西。

"你可以来这里,但是有一个条件,"卡塔利内开始说,"你要给我们讲讲幽灵的事。"

"不。"爱尔娜说。

"也行,那你就待在这里吧!"双胞胎姐妹俩又互相看了一下,接着她们把撒在地板上的小珠子都拾了起来。爱尔娜用眼角的余光看着她们。双胞胎姐妹那有节奏的动作和一声不吭的状态(就好像她们这个时候没有必要说话)也让她感到安心。这时跟着她们的爱尔娜眼皮更加沉重,眼神里泛起了睡意。在自己的体内,她能感受到她们的动作——愉悦的微颤、快要流出来的口水和生理上怡然自得的感觉。两个姑娘拿走了那些珠子,她们中的一个坐在一张椅子上,把手伸到一个架子上,因为那里有一个用黑纸糊好的盒子,她把它拿过来,放在地板上。现在她要把它遮住,不让爱尔娜看见,她听到了纸盒移动的沙沙响声和那硬纸板的盖子一开一合的声音。两个姑娘又把她们手上的那些珠子从一只手放到另一只手里,然后突然一阵当、当的响声,一些玻璃珠子又从手里掉了下去。姐妹俩一阵窃窃私语后,卡塔利内便打开了一个小柜子的抽屉,依次拿出了一些彩纸带,并给她的妹妹看了一下。她们选了一根浅蓝色的,用它把那个纸盒包装了起来,然后瞅了爱尔娜一眼,把它放在柜子底部。

爱尔娜不感兴趣地看着她们,但是她们那严肃的表情和谨慎的动作使她安下心来了。爱尔娜看着她们是怎么在她俩的那些抽屉里翻来翻去,把一些纸盒子和散发着臭樟脑气味的不知装了什么的袋子、小相框和没了毛的牙刷搬来搬去。她们中有一个——爱尔娜没有看清是哪一个——突然笑了一下,把一样东西迅速地藏在了衣兜里。姐妹俩那快乐的视线和爱尔娜的视线在空中相遇了,她们有一小会儿一动也不动了,好像在等着爱尔娜的反应,但当爱尔娜什么也没有问她们时,便又开始翻箱倒柜起来。

过了一阵,房门开了,小莉娜走了进来。

"吃午饭了,"她说,"你们都吃饭去吧!"

"你想进来的时候,先得敲门!"赫利斯迪内埋怨她说。

"这做不到。"莉娜生气了,一面望着爱尔娜,希望得到她的支持。

爱尔娜没有说话,只是拉着她的手,一起到餐厅里去了。

她为小莉娜感到难过。吃过午饭后,爱尔娜还和小莉娜约定,白天小莉娜可以来到她和贝尔塔、玛莉耶一起住的这间房里,占用她的床铺和这里属于她的地盘。此后小莉娜便开始慢慢地把她的一些小玩具和书都搬到这里来了,这样,爱尔娜也有理由可以经常到这一对双胞胎姐妹的房里来了。卡塔利内和赫利斯迪内对这也没有表示什么,她们就当什么事也没发生。从那时起,她们开始把自己画的图画给爱尔娜看,还请她帮她们温习功课。到了一月底,爱尔娜正式征得了母亲的同意,她可以换房间住,开始和这一对双胞胎姐妹俩住在一起了。

在二月还不到三月的时候,招灵会开始更经常地举行,内容也更丰富了。双胞胎姐妹因为对爱尔娜那不安的梦境感到好奇,提议在夜晚时守护在她的身边,爱尔娜感到奇怪,也不同意她们的想法,因为她知道有人坐在她的身边,她会睡不着觉。

"我们知道你做的梦都是什么,"后来的某个时候,卡塔利内告诉她。"我们可以用一面小镜子探视到你的梦境,但不是为了偷看你或者追踪你的想法,我们只是想知道,到底发生了什么事。"

后来在一次聚会后,虚弱的爱尔娜躺在莉娜以前的那张旧床上,一张灰色的纸盖在她的身上,但是当卡塔利内和赫利斯迪内看到这张纸湿了后,便很慎重地把它拿去烧了,这之后,爱尔娜真的感到好多了。她们俩还在她的鞋底画了许多小十字架的纹路,在她的衣兜里放了许多贝壳和栗子,她们之前曾把满满一盒栗子放在柜子下面,并且还在她的床边上画了一些不可见的圆圈。可是后来随着时间流逝,这一对双胞胎姐妹突然患上了猩红热,爱尔娜必须要照顾她们。因为她们都在发高烧,洛韦医生叫用湿漉漉的床单把她们都包起来。爱尔茨内尔夫人哭了一整夜,但第二天早晨,她们的病情迎来了转机。爱尔娜坐在她们的床旁边,给她们生硬地读起《格林童话》。

"你还是给我们讲幽灵吧,这要好些!"赫利斯迪内以恳求的眼神对爱尔娜说,爱尔娜只得把那本童话书放在一旁。

"其实你们在你们的小镜子里已经见过了。"

"啊！没有。"赫利斯迪内说，"我们只知道，幽灵是存在的，但我们没有见过……倒是你见过他们。"

爱尔娜想了想，她说，幽灵是白色和透明的，他们像烟雾一样飘动。可她并没有见过，而且她也不能肯定有时候她所见到的东西和这种幽灵有没有共同之处，即便有，又该怎么说呢？她只好把她从姐姐、母亲、朋友和弗罗梅尔那里听来的关于幽灵的说法给她们再说了一遍，就是那些什么幽灵能够穿过墙壁、会敲门，有时候甚至能碰到参加聚会的人身上……

"他们是怎么做到这些的？怎么穿过墙壁的？"两个姑娘的眼里闪烁着火热的兴趣。

"我不知道，可能就是越过一些障碍物，像我们游过水面一样。"

"为什么他们不会掉下去？降临到我们的邻居那里去？"

"也许他们只去他们想去的地方。他们还能使物体移动。"

"爱尔娜，你骗人，他们不是像你说的这样，他们很可怕，你说他们究竟是谁？他们从我们这里要得到什么？"

"他们都是死者的幽灵，他们到我们这里来，是要告诉我们，那边是什么样子的。"

"那边是哪里？他们是怎么死的？在地狱里？还是在天上？"

"恐怕是在别的地方。"

"那里是什么国家吗?"

"是的,那是个国家,那里的一切都是由影子构成的。那里没有灯,只有灯的影子,没有桌子,只有桌子的影子……"

"在这样的桌子的影子上能摆玻璃酒杯吗?"

"能摆玻璃酒杯的影子。"

"啊!"姐妹俩同时说,好像突然什么都明白了。

爱尔娜这个非同一般的姐姐的到来赋予了这一对双胞胎姐妹许多想象,她们觉得她与众不同。平日,她只是在家中默不作声地走来走去,从不做出头的那个人,也不想跟别人说话,在做梦的时候会呻吟。有时候在夜里她会坐在床上,嘴里说的话乱七八糟,毫无条理。她以前曾说过:"啊,啊,他们在青苔上跳舞。"还有一次她一直喊着:"小伙子,小伙子!"双胞胎姐妹俩把这都记在了卡片上,藏在一个盒子里。她们很羡慕,很嫉妒她。母亲还亲自领她参加聚会,来往的人们都会问她是否健康。弗罗梅尔先生给她上课,但她也不愿意讲她跟他都聊了些什么。双胞胎姐妹俩把她看成是一位高贵的公爵小姐,因此会把她们在节日里得到的糖果和坚果送给她一部分,想试图跟她更亲近。

她们还把她们的那面发现了已经死去的音乐女教师的小镜子赠送给了她,她们用彩色卡纸把它包了起来。

"有了这个小镜子,你能看到更多的东西。"赫利斯迪内说。

爱尔娜把那个镜面上的纸撕开,首先她看到了这位女教师头上那顶五颜六色的帽子,然后又看见了她自己,她看见自己的脑门上有一些红疹,觉得很不是滋味。后来她又看见了自己的鼻子,它好像太突出了,她的嘴巴太小,就像一道破折号。怎么会是这个样子,爱尔娜感到悲伤和沮丧,她把小镜子藏在连衣裙的口袋里,好几天没有拿出来。

泰蕾莎·弗罗梅尔

泰蕾莎·弗罗梅尔哭了,眼泪从她那干燥的小脸上滑落,掉在她黑色连衣裙的领子上。眼泪在脸上的碰触如同抚摸一般。

她听到了走廊里弟弟的脚步声,马上就用袖子擦了擦鼻子,但这时她又记起了祖母在她的衣服袖口上缝了扣子,要她改变这种不优雅的举止。她是那么怀念她的过去,她的胸口又疼痛了。她的泪水再一次流了下来,这次流得更多了。

她背对着房门,装着在桌子旁边干什么,她细长的手指在不停地颤抖。

"泰蕾莎!你知道,我必须出去,照顾爱尔娜是我的责任,如果我不管她,那些精神病大夫和歇斯底里的女人们就会接管她。"瓦尔特·弗罗梅尔说。

泰蕾莎没有回答,两个人一动也不动地站在这个冷飕飕的厨房里,相互之间看都不看一下。这个厨房太大,对他们来说,本来没有必要这么大的。

"她有天赋,而你却把它弄丢了。"瓦尔特·弗罗梅尔最后说,"我当时是个孩子,什么也干不了,但现在我可以保护她。"

"我想死。"

"胡说!"弗罗梅尔斥责她,"你想死,所以你就一直一个人待在家吗?是的,这个你要死的理由确实很充分。"

眼泪又在泰蕾莎的小脸上滚滚地流下来了。

"你今天就待在家里吧!我们可以在客厅里玩惠斯特牌①,做苹果馅的舒芙蕾……"

"还是不了。"弗罗梅尔简单地说了一下,便到前厅里去了。

泰蕾莎既没有递给他帽子,也没有给他递上厚大衣。她站在桌子旁,把面包屑收到一堆。她只听见了房门大声震动的声音,又只剩下了她一个人。

厨房里开始变暗了,时间被压缩,停止前行,好像凝固了一样,好几个小时里一直拉住了泰蕾莎,不放她走,一直到她的弟弟来了,才能放开她。她现在没有别的办法,她必须想起来这里出了什么事,以及什么东西再也无法改变了!

她看见在房间里拉伊内尔向她弯下了腰,很早以前在这里也召唤过鬼魂。她的身体仍清楚地记得鬼魂碰触过她,以及身体完全失去控制的感觉,就像发病一样。现在她一想起这个就

---

① 一种类似桥牌的纸牌游戏。

感到羞耻,这种羞耻足以掩盖其他一切感受。战栗、疼痛,她生活中离不开这些,她一定要做点什么,大声说出什么,这样才能让她的思绪向前发展。就像拉伊内尔把裤子扣好,离开她的时候那样,她必须以最快的速度向前奔跑,可是穿着乱糟糟的蓬蓬裙、细麻布长裤都裹在脚踝处的她现在却站都站不起来。她从侧面看到自己是这个样子,她看不下去了,因为这就是她的生活、她的面貌,眼前的情景只会一直这样发展下去。她站到一边,对这些只感到满心厌恶,但是当她以一个可笑的姿势躺在长沙发上后,在她的心中焕发了某种羞耻的快感,这两种感觉交杂在一起,她不能肯定,她是因为自身的原因才有了这种快乐的感觉吗,真的是她自己吗,那个扣好短裤的男人是拉伊内尔吗,还是这一切只是她昨天晚上做的那个梦。

　　她用手指头把那些碎面包屑弄得到处都是,然后沿着一条冷冰冰的走廊来到了客厅。她坐在自己那张多年来一直对着窗户、毫无变动的靠椅上,感到疲倦,想要睡觉。她想要透过眼前这数千米的大气,看到折叠在人们眼中的这一大片空间之外的一切。她想要她的视线可以自由飘荡穿梭,现在就能跟着在老城的大街小巷里闲逛的瓦尔特·弗罗梅尔,然后伸展到弗罗茨瓦夫的城外,到了空旷的田野,然后继续向南。拉伊内尔可能在南边的什么地方继续养他的那些蜘蛛。

　　泰蕾莎这么想的时候,她感到她的身边有一样东西,它是一副面孔，一个声音，也是一个躯体，它很温暖，有股淡淡的味道。一切都变得模糊起来，只有这个躯体，这种气味还在。是不是他想起了她？但她后来又想起来他已经死了，她的视线游弋，在整个世界都再也见不到拉伊内尔了。那时她真的很想死去，只留下她的视线，既没有痛苦，也没有对她爱的那些人的思念。

泰蕾莎闭上了眼睛，她看见有一团黑烟，笼罩在水井的水面深处。"睡吧！"她的弟弟对她说，"别想那些了，继续想只会使你没力气。"她睡了，因为这些转绕在她身边的东西已不存在了，她必须让它们重生，或者创造新的，但是她太累了，她的脑子也没有力量再想什么了。但她脑海里关于蒲公英习性的图像和发生过的事情，扰动了她那逐渐麻木的神经。房间的四周越来越暗了，静寂就像冬日里的冰面。她把窗帘拉开，见到大街上的路灯也熄灭了。母亲坐在桌子旁边的一张椅子上，用关切和非常体谅的眼神注视着她，等待她的苏醒。

瓦尔特·弗罗梅尔

瓦尔特·弗罗梅尔不想自寻烦恼，于是他快步走过了利特尔普拉茨街，尽量不想他的姐姐。当他出现在爱尔茨内尔这个活动很多的温暖的家里时，他便不能再等了。他并不是急着去找爱尔娜，爱尔娜对他来说像是自己的一项工作，很重要，他觉得他对她要负责，甚至认为她是他的使命，但这也只是一种工作关系。他急着要找的是爱尔茨内尔夫人，但他一想到她，却又放慢了脚步，他的心跳本来并不像平常那样快，现在却快起来了，他感到奇怪，注意到了这一点。最近在他的生活里出现了一些未曾预料过的新鲜事物，比如他的一些感受，心神不安、兴高采烈和没有料到的悲哀。有好几次他都忘了一些工作上重要的事，这是他过去从未有过的。有一天，他下楼梯走得那么快，而且一点也不注意安全，这是他多年来，第一次没有经历恐高的痛苦。但是弗罗梅尔并不想看到自己身上出现任何变化，他憎恨改变。他更愿意把他的这种分心归结于其他别的事情，比如给爱尔娜上课，或者悲伤的姐姐，甚至是世界上发生的一些事件。

他大步地向前走去,像在追赶自己逃离的思绪,并没有特别注意店铺门边被灯照亮的展示柜。他止住了脚步,因为他看到了克拉卡乌爱尔百货商店的展示柜上摆着的一些女式手套,一些手套带着有小玫瑰花图案的深绿色蕾丝花边,看上去非常优雅,特别适合夜晚的氛围。片刻间,弗罗梅尔仿佛在这样的手套里还见到了爱尔茨内尔夫人苍白小巧的手。但他马上清醒过来,直奔爱尔茨内尔家去了。

在这里,他有几堂课讲的都是通灵术。弗罗梅尔很满意地发现,爱尔娜对这比别人更感兴趣。他讲这些的时候,都以极大的精力投入其中,就好像他知道听他课的都是一些知名人士。

他从他知道的每一个灵媒的生平讲起,对爱尔娜更着重地讲了这些幽灵的童年时代,甚至虚构了他们的一些生活场景。他讲述的女性灵媒都是圣洁的处女,而那些追踪她们的记者、科学家和怀疑主义者在他嘴里成了异教徒或恶魔之龙。而男性灵媒就像战胜了地心引力的霍梅尔,他无上的忠诚让人想起了圣方济各。弗罗梅尔还给爱尔娜讲了圣道格拉斯①、圣方济

---

① 弗雷德里克·道格拉斯(Frederick Douglass,1818—1895),美国第一位民选黑人官员,政治活动家、废奴运动领袖。

各①、圣埃乌萨皮亚·帕拉迪诺②、圣弗洛伦斯·库克和圣利奥诺拉·派珀③。

那些新的圣者在他看来,则和普通人一样:要吃要喝,他们有自己的家,而不是生活在幽灵的世界里。他们睡得很好,睡的时间很长,虽然有时候也有夜游症。但并不是他们所有人都会陷入神志恍惚的状态,他们中的一些人可以在保持清醒的状态下和幽灵的世界联络上。弗罗梅尔在自己叙说的这些故事中给出了很多信息,他认为这是一定要让爱尔娜知道的。首先,神志恍惚是什么,在使用通灵术时出现这种状态会发生什么,通过何种方式灵魂会显现。

爱尔娜听得很认真,她的眼睛睁大了,像个孩子在听童话故事那样。有时候到最后她还会提问,但是她不敢打断弗罗梅

---

① 圣方济各亚西西(San Francesco d'Assisi, 1182—1226),天主教方济各会创始人。
② 埃乌萨皮亚·帕拉迪诺(Eusapia Palladino, 1854—1918),意大利女通灵术士。据说她当时也常邀请一些人来她家里聚会。这时,她家里的家具都会移动,乐器也会自动地演奏,还会出现一些不知从哪里来的光线和声音。1893年,埃乌萨皮亚由波兰著名的心理学家尤利扬·奥霍罗维奇邀请,来到波兰,她在波兰也组织过这样的聚会,甚至有包括作家波列斯瓦夫·普鲁斯在内的一些波兰著名人士参加,因为大家都相信她的通灵术是灵验的。后来她去了美国,可她在那里组织这样的聚会时,有四个美国职业魔术师表示反对,说她在搞欺骗。后来她又去过巴黎,连当时在巴黎的居里夫人和她的丈夫都参加过她组织的聚会,可当时法国著名物理学家、进步人士保尔·郎之万(Paul Lagevin)也说她是在骗人。
③ 利奥诺拉·派珀(Leonora Piper, 1857—1950),美国女招魂术家,她说她能和幽灵交往,她平日说的话,还有她写什么都是她召唤来的幽灵叫她说和写的。

尔的话,这样她的那些没有提出的问题就消散在房间的黑暗里,再也不会重见天日了。

这一天,弗罗梅尔讲的是实力强大的灵媒在施展通灵术时导致的非自然现象,从灯火的熄灭、细小物件的移动、各种动静、闪光,一直到外质的秘密和各种幻影的出现,他都讲了。

"但是,"过了一会儿,他又附带地说了一下,"这些现象也不一定会出现,就看使的是什么样的通灵术,但一般情况下都会产生这些现象。"

爱尔娜听到他的话中表现了一种哀怨。

他还讲了那些能够自己飞起来的小刀和小桌子,以及各种闪光,在爱尔娜的想象中,像是她以前在某幅画上见到过的圣者灵魂的闪光。此外他还讲了弗洛伦斯·库克在使用招魂术的时候,真的出现了一个叫卡迪耶·金的能够说话的灵魂,讲了浮现在云层中,变成手掌形状、和身体分离的脸孔样式或白色影子的外质。弗罗梅尔甚至还给爱尔娜看了克鲁克斯这方面的著作中的影印照片。

"你能不能把这本书借给我看?"爱尔娜向他提出了这个请求。

"它是用英文写的。"

爱尔娜看到书上的照片,弄不明白,便问道:

"那些幻影都是谁?是死者的亡灵吗?"

"这些幻影各不相同,爱尔娜。我以前对你说过,一个人死后,他的亡灵就会进入到一个新的躯体内,开始新的物质生活,这一过程有的时间长些,有的短些。亡灵可以在这里显现,但有时也会有弄不清自己身份的亡灵出现,他们不知道自己是谁,以为是和我们亲近的人,或者以为自己是一些历史人物。他们这样以为的,也这样撒谎。他们也不知道为什么要到这里来,虽然谁也没有叫他们来。有些亡灵甚至不知道他们已经不在他们原有的那个体内,不知道他们在什么地方,更不知道自己现在是怎么回事。他们想要恢复他们原有的生命力,在这种情况下,他们便对灵媒构成了威胁,因此在使用了通灵术而神志恍惚的时候,必须要有人时刻注意着。"

弗罗梅尔不再说了,就好像他怕自己说得太多。

"今天下课的时间是不是已经到了?你妈妈一定在等你吃晚饭了。"过了一会儿,他说。

爱尔娜没有回答,她痴痴地坐在那张长沙发上,这里是她母亲常坐的地方。弗罗梅尔注意到了她在看着他,虽然他没有看清她脸上有什么表情。客厅里几乎完全黑了。

"请先生您告诉我,您是不是也认为我病了?"

"病了?"正要收好桌上稿纸的弗罗梅尔听到此言感到奇怪,"谁说你病了?"

"就……医生,妈妈……"

弗罗梅尔笑了。

"你妈妈肯定不会这么认为,也许是医生说的,但医生看自己周围的人难道不都是病人吗？这是他们的职业病。"

爱尔娜站起来,向门那边走去,在门前她停了下来,转身对着弗罗梅尔,像是要问些什么。

"你没有病,爱尔娜。"弗罗梅尔说,他点亮了灯,他不能再等爱尔茨内尔夫人过来了。

爱尔茨内尔夫人

"我知道,一个梦是不能够说两次的,但我还是要把它说给你听。"在弗罗梅尔讲完了课,大家都坐在客厅里的时候,爱尔茨内尔夫人对弗罗梅尔说。

"夫人这之前对谁说过?对你的丈夫吗?"

"是的,对我的丈夫,遗憾的是,他从来没有认真听过,他对梦不感兴趣,他自己从来不做梦,他睡觉时总是仰面躺着,哦对!"爱尔茨内尔夫人闭上了眼睛,把手叉起来,放在胸上,"就像睡在棺材里一样……我梦见,我走过了一片美丽的草地,茂密的小草长到我的腰那么高了。我伸出一只手,选择了其中最大、最成熟和透明的几片草穗,摘了下来。可是后来,我又意识到,我毁掉了它们的生命。奇怪的是,这时我才有心满意足的感觉。我有意地选择了一些很小、还没有长成的草穗。我认为我这么做很有必要,我完成了一项早就定好的判决。我甚至闭上了眼睛,以便更加公正,但我并不感到开心了,相反的是,我很痛苦,因为我不得不这么去做。我也知道,我不能停下手了。"爱尔茨内尔夫人不再说了,她闭上了眼睛,又说,"我是死神,瓦尔特!"

弗罗梅尔摇了摇头。

"夫人是死神?要知道你生了八个孩子,你一生有这么多爱你的人,这一定意味着别的什么。"

"你说这意味着什么?是不是有人因我而死,上帝啊!"爱尔茨内尔夫人用手捂住了嘴。

他把她的这个手掌拿过来,吻了一下。

"夫人的生命是洁净的、灵动的、多变的,这些变化你自己也料想不到。你有那么多的能量、快乐,安排每天的生活,想着所有的一切,让别的人都聚集在你的身边……"

爱尔茨内尔夫人的脸上泛起了红晕,她很和顺地把手放下,然后站了起来。弗罗梅尔没有说话,好像对刚才说这些话感到有点不好意思,便去拿那一杯已经凉了的绿茶。两个人突然想换个话题,他们同时开了口,但互相却没明白对方在说些什么。爱尔茨内尔夫人的笑声缓和了紧张的局面,她又重新坐在了长沙发上。

"瓦尔特!我们该做点什么,不管以什么方式深化聚会讨论的内容。最近一些时候,这些聚会都是一样的,爱尔娜好像停滞了,没有任何进展。什么也没有变。"她遗憾地说。

"怎么才会变?她没办法对此施加影响,她没有讲过将来会怎么样吗？没有说过什么大灾难吗？"

爱尔茨内尔夫人很不耐烦地摆了一下瓦尔特·弗罗梅尔刚才吻过的那只手。

"现在大家都在说这个。在这样的聚会中会出现各种不一般的情况……既然你们认为,她是一个非常圣洁的灵媒,那么为什么什么都没发生？我说的是幻影和声音……"爱尔茨内尔夫人紧握着她的拳头,以致她的拳骨都变白了,"瓦尔特,你是不是从来没有想过她可能是装的。"她问道,肉眼可见的紧张。

弗罗梅尔从长沙发上站了起来,两个人在这个漆黑的夜里,本来一直在长沙发上坐立不安。

"你这是一种很危险的想法,它会让爱尔娜本就不稳定的平衡状态被破坏,我们可以不相信她,但是对她表现任何一点质疑都会毁掉所有一切。"

爱尔茨内尔夫人用手捂住脸,看起来她现在感到很疲惫。

"她做过一个奇怪的梦,为了让年轻的阿尔杜尔·莎茨曼知道,她记录了下来。现在你看一下吧！"爱尔茨内尔给了弗罗梅尔一个用一张有小鸟图案的乳白色的纸包起来的小练习本。

第一页写了爱尔娜的姓名,在这字迹的下方,虽然字体歪歪扭扭,但还是很工整地写了题目：梦。

"1909年1月22日,晚上我做了个梦,我梦见我在海上,大海深得发黑,但很暖和。我拿着一个很大的瓦罐,把它沉到了海里,想要淘水时,看到了倒映在水里那美丽的圆月。当我来到近处一看,却发现这根本不是映射,而是水下另有一个真正的月亮。后来,这第二个月亮开始上浮,来到天上这个真正的月亮旁边,和它一起运行。我淘了一罐海水,但是我的罐子破了,水又流到海里去了。"

"真美!"弗罗梅尔小声说,"月亮是幽灵的象征。希腊人认为,月亮上住着死去的好人的灵魂。还有人认为,月亮是一艘运送死人灵魂的船。"

他翻开了爱尔娜以稚嫩的字体记录的几页。

"你读一下这最后一段,它是最长的。"

上面写的是:"我梦见了一栋房子,我是在某个地方知道它的。我就住在那儿,我和妈妈一起去看过,但是妈妈却在什么地方不见了。我首先来到了厨房里,这里有很多旧的厨具,满是尘土,看起来就像有人以最快的速度刚刚从这里搬出去一样。然后我再往前走,来到了一个办公室里,在一张办公桌上有几张纸,我看了一下,那里有一封信,上面写的是:'牧人已做好准备,现在轮到我了,我在他之后。'信上签的是一个女人的名字,但我不记得她叫什么了。我想,这个牧人和这个女人一定之前是这个住宅的住户。然后我又来到了一间卧室里,这里什么也没有,静默无声,我很喜欢这个地方。我想,到这里就完了,但是我在这里又看见了一扇门,于是我把门打开,看见那里有一个很大的阳台,它就像温室一样,我非常高兴发现了这个。我来到这个阳台里,参观了一番,这里有花,有新鲜空气。同时我也看见,这个温室并不是一间房,而是一个很大的开放空间,只是它有屋顶。这是一个宫殿、博物馆、没有尽头的商场,我也不知道它是什么。在阳台的中间有一个很大的花盆,里面种了一株枝叶繁茂的大棕榈树。我看着这里人来人往,因为人太多,还挡住了我的视线。我来到了这株棕榈下,看见它的树冠上挂了一些头骨、犄角和头发,这真的引人厌恶。我走开了,融入其他人中间,也心平气和地散起了步。"

弗罗梅尔读完之后,很长一段时间里没有说话。爱尔茨内尔夫人说:"她有这般的想象,瓦尔特!我们要告诉她,让她拓展她的……表演。"

"唉,我的上帝!这并不是演戏。"弗罗梅尔叫道。

爱尔茨内尔夫人后退了一步,像个孩子一样感到奇怪和失望,她的下巴颏在发抖。

"为什么谁都不理解我?"她问道,满含着泪水的眼睛望向房上的吊灯。

弗罗梅尔走到她的身旁,但是不敢吻她的手。爱尔茨内尔夫人用一只手撑着她的额头。弗罗梅尔说:"我刚才发火了,对不起,我该走了,一切都被我搞砸了。"

瓦尔特·弗罗梅尔

这次谈话后,弗罗梅尔一直很激动,在回家的路上,他久久地站在桥上,看见桥下黑黝黝的水中反射的城里灯光。他想起了爱尔娜和她的那些梦,也不知道怎么理解她母亲说的那些话,说爱尔娜是装的,就好像假装和不假装都有某种意义,人的一生都是假装。"我是不是假装过我不爱她?"他突然想起了爱尔茨内尔夫人,他的心一下子紧缩起来了,这样的疼痛让他难以呼吸。他的双手不停地颤抖,这种悲伤就像桥下幽暗的河水流进了他的心里。

他决定不回家里去。一定要和泰蕾莎谈话的想法,他真的受不了啦。他情愿在城里闲逛,找一个地方吃晚饭,努力不再去想爱尔茨内尔夫人,只想爱尔娜。他要对她说的话和她每天要做的事进行深入的分析和研究,她的母亲怎么会有这样的怀疑?别的人肯定也会那么想,是的,人总是想要见到一些非同寻常的事物、奇迹和疯狂的出现。为什么?因为我们要以更大的热情接受我们的日常生活。事实上,在招灵会中已经不再出现任何奇怪的现象,大家都习惯了这个姑娘突然神志恍惚,习惯了玻璃酒杯的移动、小桌子的颤动,还有那些奇怪的话语与预言,就像之前说的地震的事。参加聚会的人甚至习惯于听到灵媒的声音出现变化,过去他们认为它很不一般,现在只把它看成某种规律了。爱尔娜还有什么使他们感到惊奇?她还要表现什么?弗罗梅尔认为这都是必然的,这并不是她的问题,让人感到惊奇或者厌烦本来就和她无关。她生活在另一个世界,她在那里并不感到寂寞和新奇。弗罗梅尔开始责备自己,他最近没有管爱尔娜,他只在意了他自己、自己遇到的麻烦(泰蕾莎),还有他的希望(爱尔茨内尔夫人)。他应当对她在他上课时突然说的那些话有兴趣。"我的女儿们在跳舞。"她突然说出的半句话打断了他,这大概也不是她有意要这样。他应当问问她都梦见了什么,她是怎么想的。但他没有这么做,因为他知道,年轻的阿尔杜尔·莎茨曼也问过她的梦,看她有没有值得怀疑的错误看法。弗罗梅尔不想这么做,并不是因为他对她的梦不感兴趣。她在这些梦中所看到的可能比她施展招灵术而陷入神志恍惚的时候看到的还要更多,年轻的姑娘做的梦,把一栋住宅变成整个世界,这不就是我们这种没有止境的感觉吗?

有一次,弗罗梅尔到了布特内尔斯特拉斯街的一个屠宰场,看到了一个奇景。他闻到了这里恶心的血的气味,他感到害怕,就好像他在楼梯上见到了谁一样。

"屠宰场。"他说。

在屠宰场的高墙后面爆发了死亡。这是一个不受制裁、秩序瓦解的暴力王国，带有臭味的微风吹拂在他的脸上，泰蕾莎在他的脑海里说道："我想死。"他在什么地方还听到过爱尔茨内尔夫人说过："瓦尔特，我是死神。"他突然感到窒息，就像他周围的空气开始压缩，让他吸不进去。他有一种感觉，他像是被关在一个笼子里，永远出不来。他转过身，开始跑起来。这时他已摘下了帽子，他那敞怀的黑色大衣像翅膀一样飞起来了。有几个人在他的后面看着他，而他则直到跑到那条有许多展览和咖啡店的灯火通明的大街上，才停住了脚步。从这家咖啡店里，传来了嘈杂的人声。他逐渐镇定下来，心跳也不那么急了，他用手擦干了额头上的汗，感到羞耻，发现自己既可笑又可悲。他犹豫了一阵，然后面向感到惊奇的侍者，走进了咖啡店里，点了一杯可可。

爱尔茨内尔夫人

弗罗梅尔走后,爱尔茨内尔夫人感到头痛,她不开心地想到了她在晚饭的时候都要照看孩子们,然后还要哄他们上床睡觉。丈夫已经又去汉堡待了好几天了,他在那里亲自查点他的纺织厂的一大批毛料。爱尔茨内尔夫人突然很想念他,脑子里想着要给他写信。后来在给小克拉多斯洗澡时,她想到了女家庭教师可以给她代写一下,因为她实在是太疲倦了,她已经老了。"一点也没有变,一点也没有变。"她要把她脑子里想的这些话都写在给丈夫的信中。孩子们还没有睡,屋里一片喧闹,莉娜挣脱了贝尔塔的拥抱,她不肯脱衣服,马克斯在跟格列塔逗笑,克拉多斯还想吃东西(明明已经吃完晚饭了),卡塔利内在泼水。不过一个小时后,爱尔茨内尔夫人的住宅里都静下来了,爱尔茨内尔夫人从一间房来到另一间房里,吻她的孩子,和他们道晚安,爱尔茨内尔先生把这种习俗叫作"波兰的娇惯"。在双胞胎姐妹的那间房里,爱尔茨内尔夫人把爱尔娜的乳白色练习本放在她的小桌子上。

"妈妈!"爱尔娜小声地叫道,"亲我一下吧!"

爱尔茨内尔夫人用嘴唇吻了一下女儿冰凉的额头。

"安心睡吧!"她小声地说,然后又吻了那一对双胞胎姐妹,她动情地看着她们那对完全一个样的小脸,"孩子们!你们就像罂粟籽一样从我的身体中生出。"她这么想。当她从走廊里来到自己的房间里后,她感觉非常不好,很悲伤,莫名其妙开始哭了起来,就像一个少女。

爱尔娜·爱尔茨内尔

爱尔娜趴着睡下了，两只手放在自己的身下。她虽然睡了，但仍想着把身子左右晃晃，就像睡在一个看不见的摇篮里一样，这种晃动只有她自己能够感觉得到，她想着自己就是母亲，然后是贝尔塔，再然后是她自己也说不清的一个体格健壮的大人物。她在她的摇摆中感受到了爱，随着她抚摸自己的肚皮和大腿，嘴唇紧贴在那粗糙的枕面上，这种爱意还在不断上升。她没有很多的动作，只有一个暗示，就是她要做梦了。

爱尔娜的睡觉是一次长途旅行，分很多阶段，中间有很多她要停歇的车站，也会有走错的地方。首先，是她的一些表面上的感受，经验感官这一层面，还有一些她能够记起来的不重要的事，如她见到的一些画面、闻到的气味、听到的零碎的话语，它们像蒸气和烟雾一样，从她的皮肉里散发出来。她指尖的示意也表明了她这一天的见闻和感受，只要抚摸一下绿色天鹅绒就会出现一幅绿色的水底图像，贴在墙上的纸花按照顺序重复出现，就像人们踩着整齐的步伐一样；触碰脱掉衣服的屁股和胯部会使它们原来很细嫩的胭脂红变成紫红色。可是反过来,要把深红色变成胭脂红等于生命的解体和死亡,这不是梦,而是要开始做梦了,是梦前的状况。她的身体活动,就是在记下来时间。

闭上眼睛,像睡觉一样,灵魂在体内缩成了一团,而躯体只剩下了孤单的自己,要检查它是否依然存在。它开始回忆,因为曾做过的每一个动作、每一种感觉都不会忘记。躯体是有记性的,它的记忆只有在它死后才会消失,它记忆里的图像是无穷尽的。没有一个睡梦会与过去的梦重复,也不会有相同架构的记忆碎片,因为躯体每天都在变化。它不仅记得躯体外部发生的事,而且也对内里发生的一切,比如梦想、想象、幻想和愿景记得很清楚。躯体不能把这里和那里区分开,它所有的感受都是真实的。

爱尔娜看见了一个变色龙的图像,就像她小时候想象的那样,它的头很大,有各种颜色,盯着花梗的眼睛闪闪发光,完全像蜗牛一样。后来它变成了一团丑陋可怕的血肉,开始滚动起来,形状也发生了改变。爱尔娜现在不用害怕,因为她想象的那个可怕的、所预见的让她联想的形象已经不存在了。她有一双眼睛,能够看见一个图像的出现、演变和消失。她有过害怕的时候,但现在不这样了,因为她的躯体已经舍弃了七情六欲。她全身颤抖了几下,然后她进入了睡梦,无思无想,沉沉地进入了梦乡。她陷入了自己的迷宫,那里有着梦幻,这种梦幻开始很不清晰,杂乱,可后来越来越具象化了。她的梦假装能够感受到身体的触碰,甚至还假装散发出了一种气味。但她知道她是在做梦,她要以一种神奇的手段把这些梦展现出来,能够心平气和地看清它们都是什么样子。梦不但尝试吸引她,还欺骗了她。梦里也有时间,但它可以把几分钟变成几小时,把一天缩短为不引人注意的几分钟。但没有空间的梦里,地平线开始显现。过了一会儿,爱尔娜逐渐地恢复了自我。

阿尔杜尔·莎茨曼和沃盖尔教授

阿尔杜尔和沃盖尔的会面已经是很规律了，阿尔杜尔不再事先通知，就来到这个医生的办公室里，他在这里不耐烦地等着，一直要等到沃盖尔看完所有的病人。在候诊室里，一些胆小怕事的年轻女人表情很严肃，总是目光闪躲的贵夫人和低调的行政人员，以及一些带着金链子、穿着小背心的人在他身边来去匆匆。阿尔杜尔暗想：这些人大概有一些很痛苦的事，到这里来要对沃盖尔说，例如他们的噩梦、困倦无力、寒冷、悲哀和一辈子一事无成的感觉……阿尔杜尔思考着，他自己是怎么到沃盖尔这里来的，无助地躺在诊室的检查床上，要对他说什么。说他几乎没什么印象的童年？说他爱着却又感到惊奇的父亲？说性生活，他现在还没有性生活；说梦，他根本就没有做过梦……阿尔杜尔·莎茨曼很健康。

他一定要等到最后一个病人的离去，到那个时候，他就可以坐在还有余温的检查床上，向教授发出许多提问。很明显能够看出来，沃盖尔已经累了，但是喝一杯咖啡、抽根烟或雪茄，使他恢复了精力。两个人开始一起议论阿尔杜尔读过的书,弄清了其中一些不明白的地方,最后阿尔杜尔说了爱尔娜·爱尔茨内尔身上有什么新的情况,两个人都谈到了爱尔娜。而当阿尔杜尔不同意、不理解书中某些观点时,沃盖尔就站起来,从书架上把那本书拿过来,翻开了那一页,满意地用烟斗指着那一段。沃盖尔常常翻他的那些卡片,上面记载了他诊断过的病人的病情以及治疗过程。他和阿尔杜尔谈到了那些歇斯底里的症状,失眠、恐惧、忧郁、想要自杀、强制活动和发育不全的表现,人的心灵遭受到了极大的痛苦。后来他们之间的谈话放慢了语速,就好像每说一句话都非常吃力,很难吐出每一个字来。这时阿尔杜尔感觉他要突破他现在已经理解的范围,创造一条新路,让他的思绪得以自由徜徉。因为只有他一个人,没有支持和鼓励他的沃盖尔在的时候,他感到有一些新的思想,能够看到他过去没有见过的事物,这种感觉还在不断涌现。

　　沃盖尔现在更关注的是挖掘无意识,阿尔杜尔到现在也不知道如何评价它,这是他不熟悉的哲学领域,他对它"弄不明白"。沃盖尔认为这是独立于我们的另外一种存在方式,就像魔鬼,是一种界于神和鬼之间的力量。从这个角度看,这种无意识对每个人来说是独立的、个体的,对所有人来说也是共同的。它是一种更高层次的直觉。沃盖尔就是它的一个神秘的追踪者,他把生活看成是湖水的表面,在那里不时伸出一个洪泛前的怪物的脑袋,他在自己的梦和别人的梦中,在不经意间说错的话中,在他已经忘记了的事中追踪着它的痕迹。

他们经常提到这个问题,甚至这个话题已经成为他们见面的一项议程,他们想知道是否有可能彻底地了解这种无意识。

既然无意识不属于我们至今所了解的意识的范畴,那么我们可以从何得知,它到底是什么呢?沃盖尔引用了弗洛伊德的话,实际上,他说的是弗洛伊德诊治过的精神病人的状况:安娜·O、X夫人、J.G.先生、莉查·L,此外还有一些无名氏,他们应该在特别的、反传统的人类历史中留下姓名。他还提到了勃鲁盖尔①、博斯②、柯勒律治③、布莱克④和克维多⑤,这些人就像一些用来喝茶的小勺一样,慢慢地把海水淘尽之后,让幽暗的海底都显露出来了。

"无意识就是通过睡梦和象征或作为一种精神病症状,进

---

① 彼得·勃鲁盖尔(Pieter Bruegel, 1525—1569),文艺复兴时期布拉班特公国的画家,以地景与农民景象的画作闻名。
② 耶罗尼米斯·博斯(Hieronymus Bosch,约 1450—1516),尼德兰画家。他的多数画作描绘罪恶与人类道德的沉沦。博斯以恶魔、半人半兽甚至是机械的形象来表现人的邪恶。
③ 塞缪尔·泰勒·柯勒律治(Samuel Taylor Coleridge, 1772—1821),英国诗人和评论家。他主张以自然而逼真的形象和环境的描写来表现超自然的、神秘而浪漫的内容,使阅读者感到真实可信。
④ 威廉·布莱克(William Blake, 1757—1827),英国诗人、画家。他的诗体现了非正统的基督徒理想。他的诗歌和绘画不仅开浪漫主义先声,更重要的是象征主义和神秘主义的典范。
⑤ 弗朗西斯科·戈梅斯·德·克维多-维列加斯(Francisco Gómez de Quevedo Villegas, 1580—1645),西班牙作家。

入到有意识的。"沃盖尔重复地说。

"那么有意识是不是从无意识来的,也就是说要通过有意识才能实现无意识?"

"或者是通过疯狂这种有意识……"

"这种规则反过来可以实现吗,是不是只有通过无意识才能认识有意识?一种思想能不能自己认识自己,精神可以认识自己吗?一个主体是不是也是它的客体?"

"我们的精神是大自然的一部分,大自然的秘密是无限的,因此,我们的精神实质上到底是什么,没法下什么定理。我们可以对它们作各种各样的说明和解释,但是要记住,这只是一种近似于它们的解释,不能客观地说明它们真实的内涵。"

沃盖尔认为人的意识(阿尔杜尔认为它是不变的现实的存在)是在一个人的生长过程中脆弱的表现,对他来说,只有无意识才是他的本性,是永远有生命力的存在。而意识则相反,是一种新的东西,它不过才产生于几千年前,那个时候,人开始用语言和文字描绘世界。事实上,意识可以说"最初是用文字表达出来的"。但是无意识的存在比这早得多,那时文字还未曾出现,有生命的存在就有无意识。但每个人都有一种伟大的记忆,像脉搏一样在他们的理智中跳动,有的人很早就感觉到了。在人类思想史中,记载了各种各样的名称,但它们要说明的主要是那些有病的人和做梦的人的思想状况。意识在生命的不断变化中,就像一层能够保护它的外壳一样,使它得以存活在敌对的环境中,这个外壳因为是刚刚形成,有的地方还很脆弱,容易将它捅破,如果把它捅破了,就会出现无意识的部分,使我们看到里面的血迹,并看到那层外壳之下的我们到底是个什么样子。

"意识并不能永恒存在,"沃盖尔说,"因此所有要将生活秩序建立在合理基础上的尝试都会失败,但它还是有意义的,因为可以使我们正确地认识现实,了解它所有方面的情况,专注在某一个特征上并将其深化。意识是活动的,它对它所接触的一些客体的兴趣也会起变化,因为它是从多方面来认识它所接触的客体。无意识则到处都有,永远存在,而且是永远保持这样一种状态,一种形式。就是这样一个单薄的外壳却创造了文明,而且让它经受了时间的考验。"

阿尔杜尔对沃盖尔的话总是听不明白,不是因为他年轻,或者不够聪明,而是因为沃盖尔用的是另外一种术语,如深渊、疯狂、预感等,这些词语并不是来自大学里那些闪耀着电火的实验室,对阿尔杜尔来说,它们过于诗化,反而让他感到很迷惑,难以接受。"他和那个离开了我们这个世界的荒诞的弗罗梅尔有什么不一样?"有时在爆发边缘的阿尔杜尔这样想着,还表现了反抗的情绪。"为什么我听了一个人的,就不能听另外一个人的话?"他把他们两个人的话比较了一下,觉得弗罗梅尔的话有宗教的内容,没法进行讨论,沃盖尔则是个科学家,也就是说他所提出的每一种理论都是暂时的真理。

阿尔杜尔并没有全然摒弃这些陌生的新概念,他试图把它们解释成自己也能够明白的语言:比如认知水平、失去知觉、脑损伤和潜意识。他跟在沃盖尔后面发现一个新的天地,新的视角让他着迷,而且也没有脱离他所认同的东西,这是一个科学的天地、经验主义的天地,它有宗教和哲学的内涵,或者还有别的内涵,看起来既美丽,可又充满邪恶。

阿尔杜尔·莎茨曼觉得,就像在童年时代似的,一切都是那么重要,值得去进行研究。就是人们的错误、梦中的联想、偶然的巧合、一些事件发生的经过,还有手势、眼色、连衣裙的颜色、撑伞的方法,都值得去进行研究。沃盖尔的哲学给了想要深入研究的人无穷的财富,思想浅薄的人会被可疑的形而上学所诱惑,而如果要平心静气地对它进行客观的研究和分析,就会知道它是论及人生处世最精到的理论。

大概在春天,有一天午后,沃盖尔和莎茨曼到外面去散步,整个弗罗茨瓦夫因连翘的盛开变得黄澄澄的,他们慢慢地走到了斯赫韦伊德尼哲尔·斯特拉斯街的尽头,然后又不由自主地向左转,来到了火车站,沃盖尔分出了一丝注意力,他说:

"火车站是旅游的象征,我们在这里开始了旅游。"

在他们面前出现了一栋像利维坦①一样的大楼，楼上煤气灯光交相辉映。楼下的大道上有许多马车在行驶，无数小人儿在出出进进，就没有一刻消停。沃盖尔这时突然想起了什么。

"几年前，弗洛伊德到过这里，参加一个座谈会。我领着他和弗列斯来到了车站……那是在一个晚上，就像现在这样，弗洛伊德当时对我们说，他小的时候，大概是五六岁的时候，有一天，他和他的母亲及兄弟姐妹一起乘火车从维也纳到柏林去，火车晚上在弗罗茨瓦夫的车站上停了下来，因为要换一个火车头。小弗洛伊德从车窗里向外看，外面这么一个大动作吸引了他的注意。这是一个铁的世界，那里总是只有火车行驶，人和火车就像一些大的动物，煤气灯就是太阳，钢拱门就是天空。他的母亲开始哄孩子们睡觉，首先铺好床铺，然后给他的姐妹脱衣，最后让他睡下，但是习惯于听火车轮嗒嗒的响声的他睡不着。当时他第一次看见了母亲的裸身，她丰满的乳房使他感到心神不安，他既想亲它又很害怕。母亲的裸身是一个绳结，把整个世界都打上了结。"沃盖尔歇了一会儿，又说，"这说明每一种思想产生的根源都是非同寻常的，不管它们说明的是什么偶然的，还是一瞬间想到的事，或者一种闪光或声音的出现……可以说，弗洛伊德后来就是通过他在这里，在弗罗茨瓦夫的中央火

---

① 神话中的一种巨大的海兽。

车站的感受，创造了他的理论，这里，是他的心理分析起步的地方。"

他们经过火车站，来到了市场上。天上的太阳落下了，周围变得又黑又冷。

"我很担心，"沃盖尔又一次沉默后，说，"这些小事的重大意义到以后才会知道，现在，我们在这里是看不到的，我们永远也不会知道，什么才是最重要的。"

阿尔杜尔·莎茨曼

  阿尔杜尔·莎茨曼像发了狂样地干起活来,他头天晚上就开始了今天的工作,每天都这样,他拟定了他的工作计划,很详细,说明了这一天的每时每刻都该干些什么。他要上课,去图书馆看书,吃午饭,和母亲一起吃下午茶,写笔记,与沃盖尔和爱尔娜·爱尔茨内尔见面或者参加聚会。在星期二和星期五,他要在他不喜欢的病理解剖室里工作。他不愿用手术刀去深深地刺进那僵硬的人体内。晚上他还要看书到深夜,边做笔记,边用一些小纸片做书签,标记重要的页码。如果他的眼睛累了,看不清书上的那些字,他就打开弗莱赫希克·波尔[①]的《头脑结构地图》,思考着人脑中迷宫一样的纹路。

  饥饿、得不到满足、沮丧的心情、本来已经很贴近某个重要的东西却没有找到,让他疲惫不堪。他不会放弃对生理学研究的爱好,但心理分析也让他觉得有趣和振奋,因为这是一种研

[①] 埃米尔·弗莱赫希克·波尔(Emil Flechsig Paul, 1847—1929),德国精神病和神经病医生、脑研究家。

究精神的生理学。现在他睡下了,要做梦,醒来后要对自己的梦进行分析。但是他并没有做梦。对这一切,他要根据柏拉图正统的理念去进行分析,柏拉图认为如果谁不做梦,那就代表着没有内心的冲突,这个人是健康的。

阿尔杜尔有机会使用脑生理学专业的实验室,但问题是如何把爱尔娜拉过来,他本来要以她为中心写一篇博士论文。他开始说服洛韦医生支持他的这个想法,因为洛韦医生的话对爱尔茨内尔夫人是有影响的,但是阿尔杜尔后来不知道这个老医生为什么没有和爱尔茨内尔家里的人谈这件事。这样阿尔杜尔就得亲自去说服爱尔娜,希望她能同意他对她的考察和研究。这不会有任何危险,只是对大脑感知功能的几项普通测试。阿尔杜尔读了所有能找到的研究通灵现象的文献,他希望爱尔娜能够表现出一些感知现象,像巴格利[①]不久前很有趣地写到的那样,火柴盒里的火柴突然移动了,小刀子突然飞起来了。招灵会已经开始让他不感兴趣了,因为那里再也有没有什么新的花样了。

阿尔杜尔因为沃盖尔要他注意一些事物细节的表现,开始观察人,注意他们的手势和一举一动。特别是当他坐在电车里的时候,他常这样观察着,对于他要研究的客体来说,他像是一

---

① 威廉·沃特利·巴格利(William Wartley Baggally, 1848—1928),英国招魂术研究家,英国帕拉迪诺通灵聚会研究会成员。

个看不见的无名存在。他在电车的窗子里看着外面过往的行人,买东西的女人、穿着长大衣的卖伞的小贩,他们的脸色是那样苍白,就像刚从一些阴暗的地窖里爬出来似的。他看着丰腴的少女们走路摇曳生姿,而在她们身后还有一群薄嘴唇的绅士一直在看着她们。他开始不自觉地回想起他以前看见过的一些人的面孔,现在当然不可能将那些真实的面孔和此时看到的来加以对照,但他相信他的直觉能够还原事实真相。过了一会儿,他开始更加注意看着人们的举动,这是因为他记起了过去有过这么一件事。

那是有一次他坐电车去沃盖尔那里,在电车的窗子里看见车站上一个站着的女人,她带着一个孩子,正在和一个老年男子自在聊天,好像她身上有什么引起了他的注意。阿尔杜尔有种热切的感觉,他需要做一个小实验,从她的衣着和表现推断出如她住在哪里、她是谁。

她身着一条棕色连衣裙和黑色的、皮草毛破旧的短外衣。此外,她的头上还戴着一顶棕色的宽檐帽,帽子下面露出了一绺栗色的头发。当她笑的时候,就露出了她那齐整的白牙齿,有点像小孩子,但是她的眼睛和嘴巴周围却有很多皱纹。阿尔杜尔着迷于这种不和谐,她的面庞看起来老了,说她脸长得老却又看着很年轻。她不会大于三十岁,也不会小于二十五岁,她和一个男人那么随便的谈话也可能是缺乏教养,不懂礼貌,或者是她有意抛弃那些约束自己的规矩礼性。

电车靠站停了,这个和女人聊天的男人马上把他头上的帽子举了起来,跳上了阿尔杜尔坐的这个车厢。阿尔杜尔见他有点心不在焉,脸上露出了不必要的微笑,手里牵着一个三岁或者四岁的女孩的那个女人和他挥了挥手。电车走了,她的视线也在阿尔杜尔的脸上扫过去了。然后她就带着孩子往火车站去了。

阿尔杜尔·莎茨曼的直觉和想象都来自对生活细节真实的观察,没有很大的意义,他认为这个带着孩子的女人的情况是这样:她是一个孤独的寡妇,生活很艰难。她住在城郊,在一个小学里教绘画或手工艺,在家里则缝补和刺绣,总是忙个不停,但她有精力,能坚持。晚上她会把一些连衣裙改制翻新,自己装饰毛呢帽。这个和她聊天的男人是她丈夫的朋友,现在帮她在城中心找地方住。

但阿尔杜尔只高兴了一阵。电车走了,他仍在想着她。在他眼里,她的生活画面很明朗简单,可现在又不清楚了,过去的印象变得虚假了,令人难以接受。他很生气地站了起来,走到车厢的门口,在最近的一个站上下了车,然后他转过身来快步往回走。在过往的人中,他又看见了她的那顶棕色宽檐帽,他开始产生怀疑,现实大概是很平凡的,虽然它比那些小册子中的抒情诗的描写要阴暗得多。

当她拐弯来到了火车站前的一个广场上后,他又看见了她。她在不断地望着她的周围,迈着时快时慢的步子,穿过火车站,去参观一个游廊。

现在阿尔杜尔确信她根本不是城郊什么学校里的教师,她肯定住在火车站另一边,也许是个女裁缝,或者是个卖服装的,也可能就是一个家庭主妇。她的丈夫在一个港口上干体力活,每次喝酒都要喝得不省人事,但这对她一点也不妨碍,她还因此有了更多的自由。晚上,她最爱叫上戈特列布的一些工厂里的熟人,男的和女的都叫到她这里来和她聊天,尽管因为在这家工厂,她的脸都晒黑变丑了。孩子她不愿意管,她只是有时候把孩子从她的母亲那里接过来,一起去散步,这样才有借口到城里去走走。她的指甲肯定又厚又硬,两只手并不很干净。

"啊,上帝,这只是个游戏。"阿尔杜尔自言自语地说,像是为跟着这个陌生的女人找个正当借口。

他有点怨恨自己,只是依靠自己的直觉、推理和逻辑能力,可能会造成重大错误。这个女人可能就是一个家庭教师,一个服饰商店里的售货员,一个从外地来的不知是谁的表亲。

他一直跟着她,路上火车经过时的轰隆响声让他什么也听不见。当她来到车站的出口的时候,直射的太阳光照在她的背上,她的那件黑色外衣看起来呈灰色。她这时突然转过身来,脸面也变成了另外一个样子,看起来很平常,没有她在笑的时候显得那么轻松愉快。她看着他并不害怕，而且对他很感兴趣，甚至有些媚态。阿尔杜尔感到有些莫名其妙，但他并没有后退，他觉得自己很可笑，在这里浪费时间，应当早就到沃盖尔那里去，可是那个女人走后，他还是跟在她的身后。她慢慢地穿过公园，来到了一条两边都是差不多一样的砖石房子的街上，然后进到一扇大门里就不见了。阿尔杜尔在想，她这是怎么啦？他走进了这栋住宅的阴暗的院子里，但是没有见到她。他觉得他好像听到了楼上有开门的响声和孩子的叫声，过后又是一片寂静。阿尔杜尔站了一会儿，他感到很失望，不高兴，于是快步地往回走，过了一刻钟，就来到了沃盖尔教授的家里，洛韦医生当时也在那里，他最后决定请求爱尔茨内尔夫妇让他在实验室里对爱尔娜进行一番检查。

阿尔杜尔·莎茨曼的笔记

第二次聚会

十二月

这次聚会的情况和上一次差不多,用了差不多四十分钟,爱尔娜·爱尔茨内尔最后感到虚弱就结束了。她在神志恍惚的情况下,用一种陌生的声音说了一些和她有过交往的人的情况。参加聚会的人仿佛都是对话的见证人,都在听她一个人讲话。她提到了一些人的名字,其中有几个是参加聚会的人的亲朋好友。等她脱离了神志恍惚的情态后,她又说她什么也不记得了,和鬼魂谈过话让她很受启发,知道了很多事情。但她不愿意讲她谈话的内容,她的脸色苍白,两只手在颤抖。

第三次聚会

一月

这个病人陷入神志恍惚后,说话的声音开始变得粗声粗气,很不自然,完全不像是她的声音,这是要向在这里参加聚会的人提示,他们中有一个人的亲人出现了。她说到了《圣经》里涉及的道德问题,她讲得很粗浅,没什么意思,但她却很自以为是。我第一印象是,由于她的腔调变了,参加聚会的人听起来都觉得腻味。半个小时后,这个病人沉默了一会儿,然后她又开始讲了,声音又变了。虽然没有那么不自然,听着就是她这个灵媒的声音,但还有点嘶哑。她讲话还带着一种普鲁士人说话的声调,她的家里从没有人这样说话。她还朗诵了一首我不知道的诗的一个片段,用了差不多两分钟的时间,然后又以她的那种自以为是、好为人师的腔调继续发表她的演说。"科学"里也有鬼魂到了阴间的论题。她说得很有逻辑,给人的印象是给大家上了一堂很有学识的课。

她从神志恍惚中平静地清醒过来后,并没有像之前那样筋疲力尽,我看见她很赞同她在神志恍惚时讲的这些话,包括她的道德说教和她所引的诗。

在聚会后,爱尔娜·爱尔茨内尔说,我参加聚会对她帮助很大,因为我的信仰不坚更使她发挥了全部力量。

第四次聚会

二月

用通灵乩板和玻璃酒杯的新尝试。爱尔娜·爱尔茨内尔在神志恍惚后的一些动作都更加暴力混乱,玻璃酒杯从一个字母很快地移到另一个字母那里,人们的视线都跟不上。字母的书写也不规整,就像语法一样,它们不断的变化就像使了新的"精神体"。在一次聚会中,会出现十几个这样的精神体。包括歌德、内夫列迪特①、尼禄②、巴尔巴罗萨皇帝③,他们的言论在这里已不值一提,被认为是胡言乱语。

然后是自动书写的场面。在神志恍惚的爱尔娜·爱尔茨内尔拿着铅笔的手下放了一张卡片。铅笔先是胡乱地动了起来,它先是在卡片上挖一个洞,然后在上面画了一些曲折的线

---

① 内夫列迪特(Nefretiti‑Echnaton,约公元前 1330 年),古埃及国王法老的王后,也是法老的摄政王后。考古学家路易·博尔查德于 1912 年曾发现她的一座胸雕像,非常美丽,现保存在德国柏林 Neus 博物馆。
② 尼禄(Nero Claudius,37—68),古罗马皇帝,初期依靠臣下辅佐,政治尚称清明,可后来以放荡、昏暴出名。
③ 腓特烈一世巴尔巴罗萨(Frederich 1 Barbarossa,约 1123—1190),别名红胡子。1152 至 1190 年同时任神圣罗马帝国皇帝和德意志国王,曾六次入侵意大利,力图控制富庶的伦巴第诸城市,以增加皇帝的财政收入。

条,但是过了一会儿,在乱涂乱画的卡片上就出现了字母,开始显得很大,写得不工整,像孩子写的,后来就逐渐变小了,也更工整了。

爱尔娜·爱尔茨内尔坐在桌子旁边,右手在桌子上写着什么,她的身子的左侧有些松弛,脑袋也往左边歪,肩膀放松,两眼紧闭,但眼珠子在里面动,眼皮也颤动得很厉害,她的嘴巴张开了,显得嘴唇枯干和苍白。

她写的第一句话是:"你问吧!"以问句开始了特殊的对话:

"你是谁?"

"我是。"

"你叫什么名字?"

没有回答。

"你要不要我们给你取个名字?"

"要。"

"你是男人还是女人?"

"女人。"(沉默了很久后,才回答。)

"我们就叫你波娜,你现在在哪里?"

"在这里。"

"这里是什么地方?"

"什么地方都不是。"

"你还活在这片土地上吗?"

"没有。"

"你会生还吗?"

"不会。"

"你是谁?"

"我是。"

这种神秘的问答是和"精神体"一起进行的,同时也给这个灵魂受了洗,给它取了个教名叫约翰。这里要说是,这个名字是爱尔茨内尔夫人,病人的母亲取的。

聚会之后,爱尔娜·爱尔茨内尔不怎么说话,很是疲倦,这两个小时发生的一切她全然忘记了。她不仅头痛,眼睛也痛,但脉搏还是很正常的。她走了之后,聚会的参加者进行了热烈的讨论。

爱尔娜·爱尔茨内尔

爱尔娜看见一只褐色的蠼螋从一个木栏杆下面的洞里爬了出来，它先是沿着木栏杆上的裂缝爬来爬去，最后它找到了一些点心屑吃了。然后它有点犹豫地停了一会儿，又闻了闻它所找到的这些宝贝。爱尔娜在近处看它就像一台机器，像父亲工厂里的织布机，又像一块手表，打开了表盘，看见了里面涂了油的小齿轮、轴承。"这个蠼螋是不是一个小的机器？"她这么想，"它存在的意义是什么？为谁服务？""为了生活。"她自己做了回答。

她用一个指头轻轻地碰了一下这个蠼螋身子的后部，它马上停止了它的触角那有节奏的动弹，过了几秒钟就逃走了。人的手指这么大的东西碰了它一下，使它感到慌乱，竟找不到它原先爬出来的那个小洞了，它开始爬上窗框，垂直往上爬去，完全没有掉下来。但它停了一下，一定是感到了危险，因为它已经爬到爱尔娜的脸那么高了，它不知道，这个姑娘——对它而言是个巨人，正在看着它。

爱尔娜在想,这个蠼螋在垂直的窗框上怎么能不掉下来。她把一只眼睛就近地看它那忙来忙去的身躯,就好像她自己也成了这个小蠼螋。她再看那块非常宽阔的窗玻璃,窗框就像一块平地周围的一堵墙,她知道了,蠼螋没有纵和横的概念,也不知道什么是远近、上下和先后,它那里没有我和非我。周围的一切看起来没有边际,但它那可笑和笨拙的小躯体却赋予了这没有边际的周遭一个方向和意义。爱尔娜感到很震惊地离开了这里,她也深感她有更多发现,给予了她启示。所有机体的存在都是违反自然规律的,魔鬼,创造的一切的惰性才采用这种机体的形式,在保持一切存在的上帝的目光所看不到的地方,出现了机体,也昭示着灭亡。

这时她还觉得自己有很多别的发现,一个又一个,超脱语言,由想象和直觉构成的知识。

她的房门吱呀一声打开了,那对双胞胎姐妹进来了。

"我们是国王和王后,可以向我们提出请求,你想要得到什么?你的每一个愿望我们都让你得到满足。"

爱尔娜需要能让自己清醒过来的时候,她摇了摇头。卡塔利内身上有她母亲的香水味,赫利斯迪内身上有她父亲的古龙水味。

"你们在房里找你们的东西。"过了一会儿,她回答说。

"说说你的愿望!"

爱尔娜站了起来,她在房间里来回地走了一会儿,看着柜子的镜子中反射的自己。

"我希望自己……漂亮……符合要求。"她引用了一句她在哪里读到过的语句。

两个双胞胎姐妹很严肃地互相看了一下,以命令的口气说:

"那就这样吧!"

然后她们坐在床上,模仿着两个成年妇女,说:

"她不是很漂亮吗?这已经符合要求了!"

"行为举止也很优雅。"

"你看她那金色的头发。"

"看她的胸部……"

"这张脸也真不一般!"

小莉娜不再玩她的游戏了,她敲了一下门,就进来了,甚至没有等里面说"进来"。

"妈妈回来了,等一下我要告诉她,你们在她的梳妆台里搜找了半天。"

"没有这么搜,这是胡说。"

"我就要说。"莉娜表示反对。

"如果你要这么说,就会死的,我们要用这面小镜子把你扎死。"

"你们不要对她这么说!"爱尔娜叫道。

"不要说这个死字,不能这么说!"小莉娜表示反抗,她的下巴颏颤抖起来。

"我们想怎样就怎样,毕竟我们会使魔法。"

"算了吧!"爱尔娜跺着脚,脸上的表情凝固了。

这时候,房里一些东西,如花瓶、瓷器、有框边的画、书籍、没有盛上可可的玻璃杯等等全都掉在了地上,还有一块玻璃噼啪一声被打碎了,像是有一只看不见的手不怀好意地把它推到了地上。一些每天都要用的小东西都在大量地自我销毁,看起来就像疯狂失控的旅鼠从崖壁上往水里跳。柜门也自动地打开了,在不断地摇晃。小莉娜看到这个非常害怕,马上捂着自己的耳朵,疯一般地大叫起来。两个双胞胎姐妹有一阵好像失去了知觉,然后她们又爬到床上,在上面乱蹦乱跳,还撕毁了那些缝制得非常精美的被褥,她们尖叫的声音让这里变得更加乱糟糟。爱尔茨内尔夫人这时来到了房里,她还戴着帽子,穿着大衣,格列塔跟在她的后面,她们目之所及就是一片混乱,到处都遭到了破坏。

"这是怎么回事?上帝啊,我伟大的上帝……你们在这里干了什么?"

莉娜抓着她的连衣裙哭了起来,在床上乱蹦乱跳的双胞胎姐妹俩也停住了。所有人的眼睛都望着爱尔娜,她站在那里,以十分恐惧的眼神望着她的四周。

瓦尔特·弗罗梅尔

这个事情重新点燃了大家对爱尔娜逐渐消退的的兴趣,在这些人中,有的人认为这件事是一种招魂术,一种心理物理或者别的什么力量的显现,还有人认为其实没有任何秘密,都是这四个姑娘在捣乱,造成了破坏。

后来和她们谈了话的,首先是歇斯底里病发作了的爱尔茨内尔夫人,然后是她叫过来的弗罗梅尔。爱尔娜给人一种印象,好像她根本就不知道这究竟是怎么回事,小莉娜则一直是处于神经紧张的状态。只有两个双胞胎姐妹什么都知道,她们对这种情况的出现也说得最多。她们都表现得很兴奋,但说得很中肯,弗罗梅尔从她们那里了解到,首先掉下来的是一个小瓷象。

这一天要比平常早一点叫所有的孩子躺在床上睡觉,洛韦医生这时候来了,他过来给了爱尔娜一碗清汤,还给了莉娜一杯柠檬香蜂水。他也检查了一下赫利斯迪内和卡塔利内,对她们这次在心理和生理上的犯病并没有进行责备。

九点左右,正当洛韦医生和弗罗梅尔还有爱尔茨内尔夫人在客厅里谈话的时候,阿尔杜尔·莎茨曼也来了,是医生打电话叫他过来的。他现在觉得有必要把他对这里刚才发生的事的看法对大家说一下。

"你们都认为,这是一个真实的情况。"

"是的!"弗罗梅尔叫道,他对这种情况的发生既不感到奇怪,也没有表示讥讽。

"这个结论是怎么得出来的?"莎茨曼往下说,"照两个10岁的双胞胎姐妹和这个小一点的姑娘的说法还有现场的情况,当时房间里乱七八糟,但实际上发生的情况不一定完全是看起来的那样。这都是些孩子,她们认为的想象和现实之间的不同,都是在玩乐中说好的,并不是真实。有一种情况的发生叫集体歇斯底里,就是所有的人一下子都看见了那些在现实中不存在的东西:灵魂、圣母、圣徒、能够飞起来的碗碟……"

"啊!先生不相信这个。"爱尔茨内尔夫人说,"可惜,你没有见到当时那种混乱的局面,就像房间里刮起了一阵台风,我不认为姑娘们能造成这么大的破坏。"

"是的,真的难以想象。"洛韦医生说,他一边沉思一边捋着自己白色的胡须,"阿尔杜尔,你知道我是怎么想的吗?首先,我相信当时情况是那样,这些东西都是自己移动。夫人,因为许多医生很久以前就在几乎长大成人的姑娘们那里,见到过这种不寻常的情况的发生。也许是某种我们没有研究过的力量在起作用，帮助她们尽快成长，从女孩变成女人。这些在爱尔娜那里出现的怪事，都是她成长有关的反常现象。作为一个直言不讳的医生，我是这么看的。"

"我虽然不同意你的医学观点，但我还是承认你说得有一部分有道理。"弗罗梅尔坐在一个窗帘的影子中说，"神秘学中有很多例子，就是年轻的少女灵媒在长大成人后就失去了这个能力。我以为，这和她的兴趣的改变、性欲的增强、天真禀性的失去和无法将天赋扎根在心中有关。说到爱尔娜，我认为，可能和她的某种灵感有关……"

"灵感……"爱尔茨内尔夫人无意识地重复了一遍。

"这是说，灵感让她说话，用另一种方式，一种孩子表达的方式，也可能这是一种通灵的需要，灵魂要以这种方式说话。必须要承认的是，我们最近的招灵会太平常了，令人厌倦。"

大家都不说话了，就好像弗罗梅尔的话让所有人感到罪过和羞愧。

"我有时候认为，我们中有人限制了爱尔娜的天赋和才能的增长……让她只知道一些术语、规则，以……为名让她沦为平庸之辈。我自己也不知道，以什么为名。"

"以科学的名义，"阿尔杜尔·莎茨曼心平气和地回答说，"我以为，先生说的就是我，但是弗罗梅尔先生，你想想！我没有要她怎么样，我努力去了解她，但在灵媒的面具下，我只看到了一个普通的少女,她饱受折磨,感到孤独,也很害怕她身上发生的事。我很想理解她,如果她愿意,我也可以帮助她。可你认为她所有的表现,不管是正常还是不正常,都是合乎常理的、应该的,但你没有看到这些现象下的爱尔娜,你只认为她是制造这些现象的主体。因此我们对她的看法不一样。"

"是你把她看成是一样东西。"弗罗梅尔很明确地对他说,"你问她最秘密的事,你偷走了她的梦,把她当成一个死了的甲虫,用镊子破开她。你把她当成你要研究的对象,而不是当成一个人,她好像是一个盒子,里面有各种稀奇古怪的病症。你只是想通过对她的研究,写你的博士论文……"

"瓦尔特!"爱尔茨内尔夫人叫道,"莎茨曼先生也想要帮助爱尔娜。"

"胡说,他要对爱尔娜进行研究,照他们的说法,是从上到下地进行研究。"

"我不这么理解。"阿尔杜尔心平气和地说,"研究是要把不太明白的弄得更明白一点。"

"用物理的定律来解释灵魂,用地心引力来解释上帝,用小时候受到的欺侮来解说灵魂。你说,你承不承认在我们这个物质世界之外,还有一个幽灵的世界?"

"幽灵表现出来的就是歇斯底里。"莎茨曼马上说。

大家都沉默了,大概是窗子开了,一阵轻微的、刚能感觉得到的过堂风吹到了客厅里,带着新鲜的土地和河流的气味。弗罗梅尔站了起来,好像要出去。

"现在大家都看到了,这个看来大有希望的年轻医生却证明了整个西方文明的衰败,他否定灵魂的存在,崇拜一成不变的物质形式,狂热地对进步有着铺天盖地的信任。"弗罗梅尔又回到了原先在窗帘的影子下的那个座位上,"最使人感到不安的是,我们所经历过的深刻的东西、没有被说出来的东西却备受议论。用空洞的词句建构互相矛盾的理论,用了过多的聪明才智创造出来的东西毫无意义。"

洛韦医生反驳说:

"你不要这么悲观嘛,这个你看来已经衰败的文明有很多智慧,我知道,阿尔杜尔的说法很不合理。心理分析……"

"我不知道什么是心理分析……"弗罗梅尔打断了他的话。

"心理分析要分析和研究的是隐藏在无意识中的一种力量,那里没有智慧。"

"你知道,你让我想起了蛇,它会咬自己的尾巴。这个心理分析是在科学研究中的荒谬错误,是对理性主义堕落的聚焦,就像艺术里的颓废主义一样,怎么说呢? 亲爱的先生们!"

"这观点并不特别。"阿尔杜尔说。

"所以它是普遍真理,这也是在我们的聚会中经常谈到的。召唤的幽灵就是这么说的……"

"我以为,相比于跟灵魂谈话,我们在聚会中我们之间交谈更多。"

弗罗梅尔沉默了一会儿,然后说:

"在某种意义上,我应当对你的观点表示同意。灵魂就是我们,我们就是灵魂。"

阿尔杜尔·莎茨曼想反驳他的这种看法,但爱尔茨内尔夫人这时插了句话,她很快地说:"我很高兴,你们最后的看法都一致了。"洛韦医生这时也站了起来,要告别了。

"阿尔杜尔,我可以开车把你送回去。"

爱尔茨内尔夫人送走了这两个客人,他们在前厅里还聊了一会儿。弗罗梅尔这时坐在长沙发上,用手指敲打着自己的腿。

"我们什么也没有达成一致嘛!"他对这反而很满意,小声说。

爱尔茨内尔夫人回到了客厅里,从门里把手向弗罗梅尔伸去,双颊通红。

"不久后我们再弄一次聚会。"她说。

爱尔茨内尔夫人

爱尔茨内尔夫人认为春天要做的事首先是改变客厅的布置,扔掉过去的那些窗帘,换上全新的她最爱的蓝宝石色的。她感到高兴的是,这个颜色和她的眼睛,还有她新买的一件连衣裙的颜色都很相配。当她在格列塔的帮助下,把这些新的窗帘挂上后,她有种感觉,就是她挂的不是窗帘,而是剧场里的幕布,这里马上要上演一场为她写的戏。她还买了珍珠灰色的、平纹棉布做的、银色毛穗装饰的新灯罩。现在客厅里的灯光明亮,带有一种冷冰冰的色调,不像过去那种令人窒息的黄颜色了。她还摆上了一些种了南洋杉的花盆,在长沙发和靠椅上放上了带花边的靠枕。

这一年的春天,爱尔茨内尔夫人特别受到鼓舞,她觉得她的人生开始了一个新的时期。她花了很多钱买了很时髦的宽边帽,边上还有鲜花和羽毛装饰,还买了软山羊皮做的手套。她在一个女裁缝那里定做了一件蓝宝石色的连衣裙,臀部收紧,但腿部宽松,此外还做了两条裤子。她注意到她变瘦了,照着镜子很是满意,她的体态差不多像以前某个时候那样匀称。

她和她丈夫相处的情况也变了,爱尔茨内尔先生终于回归了家里这个避风港,他一个星期全都待在家里,总是抱怨那每个春天都会有的腹部疼痛对他的折磨。他的妻子现在更加风骚,像个少女那样,更开放大胆。夜晚她就裸着身子站在他面前,曼妙的身形像自然幻化的精灵。他很意外地,无法掩饰惊讶地接受了她的这种改变。在复活节的那个星期天,他给她的礼物是一个项链和一个点缀着许多圆润小珍珠的手链。

但是在要再次举行的一次聚会前的一个晚上,爱尔茨内尔夫人哭了,她认为,这次聚会一点也不会像她想象的那样。她想象着明天的情况,和她明天在那里能起什么作用,而且现在就想看见自己导演的这出戏是个什么样子。实际上她已经想好了这从头到尾会怎样展现,也将有一个很好的结局。她想明天她参加这个聚会时就像一个年轻的姑娘,首先在幕布后面感到很紧张,然后突然灯光照亮,几十双眼睛在看着她,给她戴上了一个面罩。陶醉的情绪让她觉得,她可以成为另一个人,开始新的生活,而不会受到指责,也不要负什么责任。

爱尔茨内尔夫人想到这里,便笑了起来。她又想到了爱尔娜的出生,还有玛莉耶,她叫喊着,可她自己以后再也不会生孩子了。爱尔茨内尔夫人这时感觉,整个宇宙的聚光灯都照在她的身上,她扮演了一个比以往任何时候都更重要的角色,即便这个角色并不是她要扮的,一个能使她感到很幸福的角色。那些摆放在房间里的鲜花可以供一个优秀的演员,而不是像她这样做母亲的人来欣赏,但她依然记得它们那鲜活的香味,淡淡的。这是春天的花,它会让玛莉耶出生,而不是爱尔娜。

爱尔茨内尔夫人强烈地感受到,她的周围依然可以闻到那些枯萎了的花朵的气味。可能只有她的身体在不断衰败,就像正在凋谢的水仙花,只能打理那些被人遗忘的、不重要的小事。但是她满脸笑容,现在她看着自己的生命就像一堆不重要的小用品:指甲刀、卷发器、玻璃罐上的橡皮塞、别针、大头针、扣子、小瓶子……她突然流下了眼泪,滴到了衣服的领口,成了一条看不见也摸不着的项链。

双胞胎姐妹

这一对双胞胎姐妹认定爱尔娜已经睡着后,就不声不响地从被子里爬了出来,站在她们的床上。

让火精放火,
让水精去迷惑人,
让气仙吹气,
让地灵干活。

她们把这几句诗朗诵了几遍后,就开始做她们的事了。

"你是梦的房子。"她们说着,边在周围摆上了一些装了水的小碗和从橱柜里偷偷摸摸地拿来的已经干了的水果和糕点,"你是梦的房子。梦在你这里居住,把你当成旅馆一样,它能在你这里安生,为了你,它才活了下来。我们喂饱了它,给它甜食,希望它对我们友好,给它水喝,希望有意义。我们给它取了名字,让它对我们熟悉,被我们驯化,希望它像小老虎那么强壮。"

赫利斯迪内点燃了小蜡烛，一面祈祷一面打开了爱尔娜那本乳白色的小笔记本。

这个姑娘的声音现在变得哀戚起来。

"吃吧！梦见两个月亮，梦见一座大山。现在来做一个飞天的梦吧！增加力量，能永远带着我们飞到屋顶上。"赫利斯迪内在爱尔娜那个小笔记本上又翻了几页，说，"然后要做一个关于水下城市的梦，所有的梦都是有关远游的，梦一栋没有盖好的房子，祖父带着孩子们走过那条结了冰的河。"

姐妹俩都踮着脚，轻轻地、不声不响地绕着爱尔娜身边走动，有时候对她说上半句话，吐半口气，然后往她睡着的身上放上小心系好的绳结。她们在她的头上举起握住的双手，又惊慌地跳开了，因为这时爱尔娜在睡梦中翻了个身，嘴里还发出抱怨的呻吟声。

"姐姐你有着强大的魔力，但你不喜欢玩魔术。魔力也离开了你，不再听你的心意。我们想从你这里拿走点魔力，向世人展示。我们要让你在一些梦中获得自由。"赫利斯迪内说。

"但这不是为了玩耍和取乐。"卡塔利内马上补充了一句，"而是要帮助你，在魔鬼面前保护你，瓦尔特·弗罗梅尔就是一个最大的魔鬼。"

赫利斯迪内以表示责备的眼光望着妹妹。

"你不能这么说，这应该是个秘密。"

卡塔利内耸了耸肩膀。

最后,她们拿走了爱尔娜房里所有的小绳子,并和一条破了的丝袜绑在一起,藏在那张五屉柜下面的一个锡盒子里。她们松了一口气,因为她们相信,这些绳子可以把那些对她们不利的东西捆起来,就像把它们关在监狱里一样,有人曾经这么说。

赫利斯迪内走到门那边,把门打开,向外看,她这时对卡塔利内点了点头,卡塔利内很快拿起了那个早已准备好的充满童趣的小篮子。她们俩来到了走廊里,就像两个阴影在往客厅里移动,在暗处通过摸索行进。客厅里当然要明亮些,因为有城里淡黄的灯光通过窗子照了进来。她们马上干起活来,首先是解开那些粗的和细的线团,将一些小桌子和椅子在窗子下面推成一个金字塔的形状,轻轻地弄松了放着瓷碗的已经松了的碗柜玻璃。卡塔利内现在正把母亲之前做好的窗帘弄坏,她把它从帘架上取下来了。赫利斯迪内则在窗帘最底下缝上了一根细线,把它沿着墙拉,并在碗柜下给它系上一根坚实的小绳,绳上钉了一个金属的扣子,她们又将这根绳子挂在一个带抽屉的桌子后面的地板上。对她们来说,最麻烦的是要把那根挂了一幅看起来很悲伤的东方风景画的钉子取下来,她们在这幅画的框架边的装饰上缝上一根丝线,这根丝线在这里简直成了一根很粗的绳索。最后是打开那双扇窗,只打开了一点点,但窗眼的打开还是制造了一些噪声。姑娘们使劲地抓住自己的手,身子一动也不动,很注意地听着,这栋好像睡着了的房子对她们在这里翻箱倒柜有什么反应,但房子没有任何回答。这时有一只猫在院子里大声地叫了起来,但夜晚吞食了这个叫声,也吞食了一切。

爱尔茨内尔夫人

第二天,爱尔茨内尔夫人很早就起来了,意料之外的,她的情绪很好。昨天所造成的那种气氛已经不存在了,就好像做了一场梦。她很努力地把头发梳好,知道以后就没有时间干这个了。早饭后她叫厨娘烤了两盒茴香马卡龙,把孩子们送到学校里去了,然后她又叫格列塔去买些鲜花和新鲜的鱼,陪着莉娜练习钢琴,让爱尔娜在住宅里也来回转悠转悠。

在吃午饭的时候,她很惊奇地听到她的丈夫也想参加这样的聚会,这把她弄糊涂了。

"你知道,我亲爱的!像你这样对什么都怀疑的人,对通灵术的实施是很有妨碍的。"她想劝他不去参加。

但是爱尔茨内尔先生由于近几个晚上夫妻间热情似火,对所有新奇的东西都很好奇。他高兴地转了一下他那满头红发的脑袋,不断地说:"啊,不,不,不,我从来不怀疑,我也没有时间怀疑。"

午饭后,爱尔茨内尔夫人来到了客厅里,在这里加一把椅子,她很担心,弗罗梅尔将如何接受这个现实。这时她突然感觉到有人站在她的后面,她转过身来,看见是爱尔娜。

"到我这里来!"她把爱尔娜的小脸蛋捧在了手心里,瞅着她那灰色的睡意蒙眬的眼睛,"你今天怎么了?女儿!你觉得不舒服吗?是不是生病了?"

爱尔娜眨了眨眼睛。

"这个晚上真怪,有人在屋里走来走去,还搬动了一些家具。"她说。

"你一定是在做梦。"

"我见到了莎茨曼先生,他好像浮现在云中,我还见到弗罗梅尔先生,他变成了一只身上烧起来了的蜥蜴……"

"你还在做梦。"爱尔茨内尔夫人笑道。

"有两个童话里守护地下宝藏的驼着背的小矮人幽灵,你,大哭起来了,全身都被泪水浸湿了。"

爱尔茨内尔夫人突然严肃起来,抱住了爱尔娜。

"这都是做梦,我的小宝贝,你给阿尔杜尔先生都记下来没有?"

"我不会记,我也不知道这一切出现的先后次序。"

"你不要想这些,走,我们去整理一下客厅,我们的客人快要来了,你把这些点心放到盘子里,我去给你准备一条白色的连衣裙,好吗?"

爱尔娜更紧地贴到母亲芬芳的胸前,用她那瘦弱的臂膀抱着母亲的腰身。

爱尔娜·爱尔茨内尔

晚上将近八点。客人们开始陆续地来了。如果有人在旁边看一看这些走进了爱尔茨内尔家里的人,就会知道他们不是普普通通来吃晚饭的。他们脸上那既严肃又神秘的表情就好像是来这里参加什么秘密的地下聚会,当他们跨进爱尔茨内尔住宅的门槛后,他们的声响就更小了。格列塔头上戴着一个蕾丝花边头带,她从客人们那里接过他们脱下的春天穿的外衣后,便一直瞅着客厅里的地板。客人们这时在走廊里闻到了一股烧草药的烟熏味,只有少数人知道这是弗罗梅尔的主意,把药用欧白芷放在锅里炒制,让整个屋子都处在这种气味里。随后,客人们的眼前赫然是一个焕然一新的客厅,爱尔茨内尔夫人这时把小卡塔利内也叫了出来,看到屋内的新面貌感到意外的客人们,没有马上去找位子坐,好像需要点时间习惯一下。

第一个来到这里的是瓦尔特·弗罗梅尔和他的姐姐泰蕾莎·弗罗梅尔,爱尔茨内尔夫人让泰蕾莎坐在长沙发上,给了她一杯茶。弗罗梅尔站在她的一旁,看着客厅的四周,很明显地表现了他的不满。

在他们之后出现的就是洛韦医生,他的呼吸很困难,抱怨说他在春天血压升高了。然后是爱尔茨内尔先生,作为一家之主也加入了这个三人的集体,但他有点摸不着头脑,其实他在这里根本就心不在焉,甚至感到有点困惑。他们在谈论客厅里的新装饰,羊毛的价格,谈论为 R·约安娜·d'阿尔斯举行的宣福礼,①还有塞尔维亚未能和波希尼亚以及黑塞哥维那结成联盟。

"啊,这个塞尔维亚这么小,还又这么好斗闹事。"爱尔茨内尔夫人叹气地说。

"相信神秘主义的人都说塞尔维亚在欧洲的历史发展中,起了很特殊的作用。"弗罗梅尔站起来说,"这是说,康斯坦丁大帝②是塞尔维亚这片土地的孩子,他在梦中曾受到启示,基督教会成为全世界的宗教。"

---

① 宣福礼,又称为宣福、列真福品、列福式,是天主教会追封已过世人的一种仪式,用意在于尊崇其德行,认定其信仰足以升上天堂。这里说的 R·约安娜·d'阿尔斯(1412—1431)是一个法国奥尔良的少女,她也是一个法国的民族英雄。有一次,奥尔良被英国占领,她带领法国军队打败了驻守在那里的英国军队,为保卫祖国立下了战功,但她后来被英国人擒获,英国人通过天主教会法庭的审判,判她死刑,她年仅 19 岁就被烧死了。过了 24 年,依然是天主教会给她平了反,1909 年罗马教皇给她举行了宣福礼,1920 年尊她为圣者。
② 康斯坦丁大帝(Flavius Valerius Constantinus,约公元 280—337),古东罗马国王,他出生在今塞尔维亚的尼斯,在公元 313 年曾公布基督教在欧洲能自由传布的法令,将古罗马帝国的首都从罗马迁到了拜占庭。

"是吗?"爱尔茨内尔夫人说话很客气,但她表示奇怪,因为谁都没有说过这个,过了一会儿,她就出去与迎接新来的客人去了。

她的两个朋友也来了,她们是第一次被请来参加这样的聚会,在她们后面进门的是莎茨曼夫人和阿尔杜尔。大家开始小声地做了自我介绍,表示欢迎和互相问好,祝愿大家身体健康。座椅拉近的声音响了起来,可以听到一些小勺敲着玻璃杯的响声,格列塔受命拿来了一盘点心。

这时候,爱尔娜呆呆地坐在她的床上,等着有人叫她,尽力不去揉那件刚熨平了的白连衣裙,坐在她对面的是性情温和的卡塔利内,在悄悄地瞅着她。

"你应该给他们展示,那些东西是怎么掉下来的。"

"我也不知道那是怎么做的。"

"你不知道那是怎么做的,可是你却那么做了。"

"谁来了?是莎茨曼夫人的儿子吗?"爱尔娜开始转移话题。

"大概他也来了,你很紧张吗?"

"我原本就不想去那里,每次之后我都那么难受,而他们却想让我去,我就只能老是那么难受,老是那么难受。"

卡塔利内看着自己在地板上方不停地摇晃着的两条腿,对爱尔娜说:

"如果我们像你这样有能力,我们也知道该怎么办了……"

"卡塔利内,我也无法掌控这些,我虽然想这么做,但是我不能。它就是那么自然发生的。"

"你必须相信,不管那里发生什么,一切都是你干的,这很简单,爱尔娜!今天我们都想帮助你。"

爱尔娜笑了,这是她这么多天来第一次这样笑。

"啊!你们几个小陀螺,就是两个小矮人。"她很小声地说,但她马上又不知道该怎么说了,因为她们听见了走廊里母亲快步走来的脚步声。

爱尔娜很快就睡着了,她感到很轻松,想要避开许多眼睛在等着要对她瞄准的视线。她梦见她来到了一个被称为是消失走廊的地方。她在这里又像平常那样,在想着是不是要把门全都打开,见到那没有尽头的远方,这个远方到底在什么地方?她听到了很多声音,就好像节日里在一个游园会上,人们在说话,有的人大喊大叫,但有的人声音很小。她听清楚了那些话中一个个的单词,但她转眼就都忘了,一些说话的声音传到了她这里,又传到了她身后,一会儿可以听清说的是什么,然后又是一阵喧闹,不知道在吵什么。有时声音还会持续很久,她感觉,他们都在看着她,这就像恼人的挠痒痒,折磨着她。她又想到了自己在外面,是不是应该走得更远,去更深和更远、更高的地方。

她的想法或者感受也表现在她的行动中,她很高兴,也感到很轻松。"是这样吗？是这样吗？"他们中有人在问她。"是的,是这样。"她自己作为被问的一方做了回答。现在她看见了自己被人抬到了长沙发上,是那么苍白和虚弱,看起来就像一道微弱的光。她看见了弗罗梅尔的小秃头和他姐姐头发盘起的小发髻,她还看见了母亲的肩膀、掉在父亲背上的头皮屑和藏在小碗橱后面蜷缩着的赫利斯迪内。

她想她一定是在一个山上,而且的确就在山上,因为她在高处看见了下面的海港、夜晚那阴暗的大海、海船上的灯光和远处一座玫瑰色的塔楼上的时钟。她就在她所想的这个地方。她的思绪仍在徜徉,这也是唯一现实的东西。她突然感到不安,这种不安就像一层薄纱轻轻地蒙在她的身上。她既不在沙发上,也不在夜晚的海港上,什么地方都不在。从太阳那里吹来的风在把她往前吹去,把她吹散成微小的颗粒,耐心地推入回答的中心。这里出现的一切她都能够理解,但这对她来说也已经够了,她清楚地知道,没有回头路了,不会再像过去那样,虽然她什么都知道,她依然要问道："这是什么？"她越来越感到不安,这种不安就像一块织得很密的麻布,使她感到窒息。爱尔娜又回到了客厅里,就像前次那样来到了客厅中间,她忘记了飞行,她很高兴,希望得到所有有生命的、活着的、变化的、闪光的和昙花一现的东西,她大声地说："你们在这里聚会,你们一群奇怪的人。"她的笑声表现了她的快乐,也使她那麻木的手掌感到温暖,有了活力。她只想到她自己,连一阵过堂风猛然吹开了窗子,一幅令人感到忧伤的乡村风景画从墙上掉了下来,小赫利斯迪内的小手把几个核桃塞进墙缝里她都没有看见。

阿尔杜尔·莎茨曼的笔记

第五次聚会
四月

我知道,在二月和三月之交时,曾有过两次聚会,爱尔娜·爱尔茨内尔都参加了,但我没有参加。从参加过这两次聚会的人的介绍来看,爱尔娜这个女病人陷入了预言未来的状态。她看到了毁灭的景象,世界末日到了和反基督者的出现。她还极其生动地描述了房屋倒塌、火灾、废墟和大量的人死亡的场景。我推测,就是报纸上说的几个月前在墨西拿发生的大地震激发了她的预言,爱尔娜·爱尔茨内尔非常激动地对我说过。应当指出的是,她预言的这些景象为她带来了很大关注度,所以在我记下来的四月的这次聚会上竟有多达十个人来参加。大家一直相信,爱尔娜·爱尔茨内尔在最初的一次招魂会上就预言过在意大利南部的这个地方会有大地震,这个事儿是真的。这种坚信也证明了爱尔娜·爱尔茨内尔有预知的能力。

爱尔娜·爱尔茨内尔很快就进入了神志恍惚的状态,出现了在前次"产生幻觉"的聚会上有过的,可是对我来说却是一种新的情况——桌子开始移动了。刚开始它不停地抖动,而且这种抖动的频率很高,然后是乱七八糟地摇摆,甚至跳了起来。在出现这些移动现象的时候,爱尔娜·爱尔茨内尔的脸色苍白,表情专注,她一动也不动,两只手和别的参加者的手都握在一起,放在桌子上。

这种身体僵硬的状态不断加重,她的脸上显现出了像尸体一样苍白的颜色,爱尔娜·爱尔茨内尔被抬到了长沙发上。过了一会儿,她便以大家都知道和认定的爱教训人的口气,开始对她的祖父说话。她的祖父就像一个领头的鬼魂,灵媒的守护者,在座的人请他把他们近亲的灵魂都召唤到这里来,莎茨曼夫人请他把她死去的丈夫的灵魂也召唤到这里。然后又是一段时间无声无息的状态,一个被招来的"鬼魂"说话了,但他说出来的都是一些口号或者模棱两可的东西,一点也不具体,意思也不清楚,就像一个死了的人说的话一样。然后又有一个几年前死去的孩子的灵魂来到这里,开始说话了。有趣的是,爱尔娜·爱尔茨内尔完美地模仿了孩子说话的口吻,而且没有成年人学孩子说话的那种做作的腔调。后来还出现了另外几个"鬼魂",他们主要回答参加聚会的人提出的问题。最后除了领头的祖父,又出现了在前两次招灵会就已经出现过的波娜,当她"通过"爱尔娜·爱尔茨内尔说话的时候,作为灵媒的爱尔娜的脸红了,表现出了明显的兴奋。她突然笑了,而且很活跃地讲了过去有一个人的灵魂那里发生的一些古怪的事,她的描述非常详细而且活灵活现。

这时从这间房的一些角落里传来了敲门的声音,在座的人的情绪都非常激动。而当波娜在聚会中出现的时候,一幅画突然从墙上掉了下来,窗子也自动打开了,大家都感到意外(我不知道要怎么解释这种现象)。

爱尔娜·爱尔茨内尔醒过来后,不管是对这里发生的一切现象,还是对她不久前以波娜的形象出现,都毫不知晓。她很疲倦,也感到很糟糕,毕竟这次聚会持续时间太长了。

此外值得一提的是,在这次聚会前还发生过这么一件事,遗憾的是,这件事的发生只有爱尔娜·爱尔茨内尔的妹妹才能作证,据她们说,是因为爱尔娜·爱尔茨内尔释放了某种力量,把自己的房间毁掉了。爱尔娜·爱尔茨内尔的母亲说,在姑娘们的那间房里,所有那些小的东西都掉下来了。

泰蕾莎·弗罗梅尔

弗罗梅尔姐弟俩参加聚会后回来,穿过了被春天的雨水淋湿了的街道。瓦尔特从来没有像现在这么激动,也不打算掩饰他兴奋的心情。他把两个手臂围成了一个半圆形,讲着爱尔娜以后还会有很多表现。

"你看见这个了吗?你看见了?"瓦尔特一会儿问一遍,一会儿问一遍,没有看着她,也没有等她回答。他满意地描述了年轻的莎茨曼脸上那种令人惊奇和害怕的表情,他还想到了女人们尖锐的叫声,她们被洛韦医生那可怕的视线吓呆了。他看见这里的屋主人爱尔茨内尔先生也感到十分害怕,只有爱尔茨内尔夫人的眼睛里像火一样在燃烧,展现出了真正的幸福感。弗罗梅尔有一种印象,也只有他自己和爱尔茨内尔夫人两个人超越了这里存在的那种恐惧感,无视了那里各种热烈的反应和可怕的视线,他们都非常自信,没有什么能让他们两个感到奇怪。

"你看见了吗,首先大概是窗子都打开了,而且我可以肯定,不是过堂风把那幅画吹了下来……一定是有一种力量,今天看起来并不很大,但它一定是一种很大的力量,也许我可以开始准备起来,让它变成更具毁灭性的力量……你知道,悬浮,外质……这甚至是一种幻影,把幻影都招来了,你是怎么想的?"

泰蕾莎没有回答,她跟在大步走着的弟弟后面,但没有很认真地听他在说些什么。她一直在想着在爱尔茨内尔家的客厅里发生了什么,想要习惯她所见到的一切,她带着不确定的希望想着,这一切还会出现。她应当把她的这些想法都告诉瓦尔特,但是在说这个的时候,又不能让他生气,使他感到不高兴。实际上,她害怕这个走在她身边的,她还不到他肩膀高的男人。

他们回到家里后,她马上就坐在那个背靠着窗子的靠椅上,不愿冒险地试探着说什么了,说头痛或者恐惧吗?这会使她心里不安,睡不了觉;还是说望着月亮,她感到孤独。她听见瓦尔特还在屋子里忙乱,吱吱嚓嚓地走在地板上,转动着门把手,拿了一本书,把它一页一页地翻开,这之后又是一片寂静。泰蕾莎灵敏的听觉告诉她,瓦尔特在写些什么。

泰蕾莎低下了头,她又想着她来到了爱尔茨内尔家的客厅里,又看见了之前那里发生的一切,但现在却只有些模糊的、褪色的,不过依然惊人的记忆。有点驼背的娇小的爱尔娜穿着一件白色的连衣裙,脸色苍白,颌骨下坠,看上去又丑又呆,泰蕾莎一看见她就感觉到自己的手指尖颤抖起来了,这种颤抖太过熟悉，许久未曾有过了。此外，好像有一道温暖的水流在自己的背上流了下来，使脊椎骨也颤抖起来，她紧缩着身子，希望缓解这种不适的感觉，但后来这股暖流沿着她有点驼的背一直流到了臀部。她还觉得有一些看不见的手指被套在一个蜘蛛网里，但是它们很有力气，想要从这个网里挣脱出来。一些事物和情况的出现现在变得更明确了，但并不代表完全具体清晰，只是更具象了。它们现在更像是半透明的状态，它们的本质并没有表现在它们的形状和预言的命运中，而是在它们的存在本身。它们只是在模仿那种一般的和普遍存在的形式，于是就成了一些永远也看不清的影像了。泰蕾莎现在看到的世界是一个幻想和想象的世界，她突然感到害怕，她被这种害怕的情绪压倒了。所有的一切都是假想，坐在桌子旁边的人们那种严肃的表情看起来像是他们并不存在，他们只有轮廓，有的轮廓上倒还多了一些特征。可是当她再看她自己，她的这种使她感到害怕的视觉没有了，她的害怕情绪也缓解了许多，但是她看到了什么东西在发生，她的眼睛总是要透过什么去看一样东西，但她现在能够比平常看到更多的东西。她看见赫利斯迪内缩着身子站在小碗柜的后面，两只手紧紧地拿着一些绳索，她马上就知道赫利斯迪内拿这些绳索要干什么用了，以及接下来将会发生什么，但是赫利斯迪内还是照旧拿着绳索，并没有别的表现，泰蕾莎对此当然也没有表示不满。她的注意力一直在被爱尔娜所吸引,而在这之前,泰蕾莎也一直很注意她,可她又好像不在似的,那里还有一些别的人,有好几个,都坐在桌子旁边。她在想,应该要数一下,在客厅里现在有多少人,这该怎么算呢?在房间里有十二个人,每个人都可以拥有一定数量的人,一个人至少可以变为两个,那么在这个客厅里会有多少人?泰蕾莎被自己的想法弄笑了,因为她知道,不仅爱尔娜会成为多数,爱尔茨内尔夫人和她的两个女友是多数,贝尔塔和年轻的莎茨曼,甚至瓦尔特都会成为多数,只有洛韦不能成为多数,因为他快死了,泰蕾莎看见他很快就要死去了。①

窗子打开后,赫利斯迪内用绳子拉着的那些东西都掉下来了,泰蕾莎·弗罗梅尔在干别的事,她看见了一张脸,这张脸占满了小桌子上方,甚至是整间爱尔茨内尔家的客厅上方的空间。它在很注意地看着它的周围,它在等待,它的两只大眼睛颜色变来变去,泰蕾莎很确信,这张脸知道,再过一阵子以后,这里会发生什么。这是一张年轻女士的脸,她的额头上有皱纹。泰蕾莎仔细地看着她的眼睛和她下巴颏上唯一的一根头发。当

---

① 以上这段话可以有不同的理解,笔者以为:这里说的"每个人都可以拥有一定数量的人,一个人至少可以变为两个"是说每个人不论男女都要结婚生孩子,就会"拥有一定数量的人",不生孩子也有夫妻两人。爱尔茨内尔夫人和她的两个女友都有子女,当然是多数,爱尔娜、贝尔塔、莎茨曼和瓦尔特长大后也都会结婚生孩子,所以"会成为多数",只有洛韦不能成为多数,因为他快死了。

她的那双大眼睛也盯着泰蕾莎时,泰蕾莎知道她现在是最重要的,她的存在是有意义的,这种意义是什么虽然很难说清楚,但她能使客厅里这个封闭的世界永远存在。

这是泰蕾莎最重要的发现,可能是她一生中最重要的发现,像梦一样的清晰。她的梦很明确地指出,现实中发生了什么,科学,不走感知所走的人迹罕至的道路,而是直接形成和进入大脑的智慧。泰蕾莎发现了自己所在的世界的虚幻之处。

她能不能把这个告诉她的弟弟?她愈是久久地想着这个,愈是觉得自己非常孤单,孤单的冷寂让她害怕得颤抖起来。这是怎么回事,没什么事,她经常是这样,一直是这样,不管是好还是歹,都要把这种感觉藏起来,不让人发现,或者让自己睡下,或者转换成别的感觉,就像看到母亲死后留下的连衣裙样。泰蕾莎认为,在爱尔茨内尔一家那里,也会有人梦见这样不寻常的面孔。梦可以从做梦的世界里拽出一团真实的迷雾,就像给橙子剥皮一样:在黄色的果皮下,有一层苦涩的白色橘丝,把它揭开后,才会看见这个果子真正的相貌,也就是它透明的果瓤。在现实世界的果皮下的果瓤就是恐惧。这是因为不管在什么下面,没有任何固定不变的东西,恐惧正是来源于此。泰蕾莎在她的一生中,看到自己本来很熟悉也记得很清楚的房间里的景象,第一次产生了一种恐惧的心理。置物架、挂在墙上的毛线花毯、桌子和椅子,每一样东西在她看来,都没有一定要存在的理由,这其中的每一件的下面都是一个黑色的深渊。

泰蕾莎身子蜷缩地坐在靠椅上,转过身来面对着窗子,看见了外面卡伊塞尔普拉茨大街不久前安装的路灯那青铜色的柔和光照。

爱尔娜·爱尔茨内尔

爱尔茨内尔先生在自己家里的这次聚会上,看到这里发生的一切后,他毫不犹豫地接受了阿尔杜尔·莎茨曼提出的,并且有洛韦医生这个权威支持的那个请求,就是让爱尔娜去实验室里进行检查。听到"实验室"这个词,爱尔茨内尔先生就有了一种亲切的安全感,他对他在那里能够见到的一切要进行深入的思考,然后再做以后的安排。"研究能够说明一切。"他抱着希望地想着。在过了一个不安宁的,几乎无眠的夜晚后,他轻松地来到了自己的织布厂里。

爱尔茨内尔夫人给爱尔娜准备了一件深蓝色的学生服,很宽松,也显得很正式。毫无疑问,她的女儿要接受检查,她要成为一个"被检查的人",仅此而已。在爱尔娜出发之前,她从盒子里拿出来的闲置一冬本来春天要穿的小靴子,已经太小了,爱尔娜不得不换上姐姐玛莉耶那双大一点的,完全是成年人穿的女式凉拖。

那个实验室归属于动物学学院,去那里要走好长一段路,但她们决定步行前往。爱尔茨内尔夫人极力掩盖自己感到很难受的情绪,因为她知道,女儿将在一个检查动物的地方接受检查。

现在是四月,天气很暖和,到处都是那么漂亮,空气里可以充分地感受到春天的气息,但在墙与墙之间,却闻不到青草、盛开的苦苣菜和果树开花绽放的香气。大街小巷到处都是行人,拉着车子和四轮马车的马撒下的屎尿也在地面上不断地蒸发,来往行驶的电车不断发出叮当的响声,只留下金属的气味。她们渡过了奥得河,然后抄近道往植物园那边走去,闻到了树木和房屋间的空旷之处散发出来的香气。

母女俩都很兴奋,母亲是因为感受到了春天的气息,而且有这么一次很郑重的检查,女儿是因为在这次检查中会见到阿尔杜尔·莎茨曼。

阿尔杜尔正在动物学学院的一栋大楼门前等她们,他身上系了一条很长的灰色大褂,第一眼她们都没有认出他来。

他领她们沿着大楼里面的大理石阶梯往上走去,每走半层楼就要拐一个弯,以免碰到在阶梯上的一些花盆里种的各种稀奇古怪的棕榈树、榕树和龙血树。一些同样穿着这样的灰色大褂的人在身边走过,他们的腋下夹着一些书和纸。她们上到了第三层后,就来到一个走廊里,许多玻璃柜子直顶到了天花板,柜子里也摆满了玻璃罐,罐子里有一些绦虫在水中游来游去,也有一些动物的胚胎泡在水中。爱尔茨内尔夫人的余光看到一个容积有两升大的椭圆形玻璃罐,她感到不好受,因为那里散发着一种奇怪的气味,表面上看里面无菌无毒,也很新鲜,但是用鼻子仔细一闻,就会闻到里面腐烂的气味。

阿尔杜尔一直在说话,首先他说他在安装一个设备时遇到了困难,但是这个设备他刚才已经安装好了,而且成功起动了,可以用了。然后他又说这个实验室,说学生们做实验准备工作时不认真细心。

他们走进了一间房里,那里并没有多少家具,但是有一台奇怪的机器,透过表面的玻璃,可以看见里面有弹簧、杠杆和板条。从一个木盒子里还伸出了一根很长的管子,管子另一头安装了一个半圆形的金属体,它的样式让爱尔茨内尔夫人马上想起了一顶帽子。后来事实证明她想的没有错,这是用来给头骨做颅骨测量的仪器。

"我要做所有能够做的检测和研究。"看见爱尔茨内尔夫人脸上惊异的神色,阿尔杜尔也感到一丝抱歉。

那里还有一张桌子,上面有一系列秘密的装置。此外还有一个天平、一张医院用的检查床和一架白色的屏风。墙上挂着一些图表,上面画着一些图案和字母,完全和眼科医生的诊室里一样,然后一位助手将一张小桌子放在一个称为"磁铁"的金属圆筒上往前滚去。

爱尔娜必须到屏风后面去，因为阿尔杜尔的这个助手要她脱下连衣裙，换了一条深绿色的大褂，在背后系好带子。同时，爱尔娜也很遗憾地不得不将她穿的玛莉耶的那双凉拖换成一双平底拖鞋，因为这"便于通电"。

"你是想让它能通电吗？"

"啊不，虽然都这么说……我只是想检查一下，爱尔娜的脑子是如何工作的，因此我要把电极连接到她的头皮上，这样在她的脑子里就会出现一股电波，要把这记在纸上。"

"这是不是说，我的脑子里也有电流？"爱尔娜坐在一张转椅上问道。

"我们所有人身上都有电流。"

检查开始了。先是称了爱尔娜的体重，量了她的身高，看了她的眼睛和嘴，阿尔杜尔的那个助手用一只很好看的小锤子轻轻地敲打她，看她的反应，然后他又测她的脉搏和体温。助手完事儿了之后，就由阿尔杜尔开始对爱尔娜进行检查了。他让她坐在桌子旁，把一些电线连到了她的头上，爱尔茨内尔夫人又一次跟他确认，电线里不会有太强大的电流，也不会把她的女儿电死，爱尔娜感到很高兴，她一边说笑话一边在桌子旁转来转去。

"安静，还要一点时间。"阿尔杜尔说。

这时，阿尔杜尔的助手又开始对爱尔茨内尔夫人进行询问了,首先根据问卷向她提了一堆问题,而且他只在自己面前展开了这个问卷,并不让爱尔茨内尔夫人看见他在上面都写了些什么。他的问题都很奇怪:她的女儿爱尔娜是怎么生下来的?生下来时有多重?她吃奶吃了多长时间?请过奶妈没有?她什么时候开始长牙齿的?什么时候开始走路?她的脑袋受过伤,失去过知觉没有?她最喜欢玩什么?和家里哪一个人最亲密?愿意跟父亲在一起,还是跟母亲在一起?已经有月经?……这一切让爱尔茨内尔夫人对来到这里开始感到后悔,唯一庆幸的是,爱尔娜因为在接受检查,这些问题她都没有听见。

"就这些吗?"爱尔茨内尔夫人冷淡地问这个充满好奇心的助手。

"是的,谢谢!"

过了一会儿,一个年岁大些的夫人邀请爱尔茨内尔夫人到一个比这个工作室更加愉快的地方去喝咖啡,爱尔茨内尔夫人有点犹豫不决。

"我建议夫人可以过去,我们不会对她做任何坏事。"阿尔杜尔笑了。

爱尔茨内尔夫人听从了他的建议,不过走到门口还是说了一句:

"我马上就回来。"

当阿尔杜尔轻轻地拿下了电极时,爱尔娜闭上了眼睛,她感到她要睡着了,但是她不想睡,当她睁开眼睛一看,年轻的阿尔杜尔就坐在她的对面,漫不经心地摇晃着一束电缆绳,但很认真地看着她的脸。

"你能够让一些东西都动起来,这是怎么回事?"他两眼扫视着爱尔娜的脸,使她感到他几乎碰到了它一样。

"我不知道,它们自己动的。"爱尔娜回答说,她把脸转了过来。

阿尔杜尔移动他的椅子,更加靠近了爱尔娜,他的膝盖轻轻地碰到姑娘的膝盖了。

"你告诉我,你还会什么别人不会的东西?"

她在他的呼吸中闻到了一种酸涩的气味,而且很新鲜,就像他刚才吃了草一样。

"我会睡觉,我的意思是,我知道我什么时候能够睡着,我睡着了,幽魂就会对我说话……我能看到所有的一切和这一切的中心……看到过去和将来有的东西,现在和即将要发生的事。但是这种时候我必须要很集中精力,非常专注。但我和每个灵媒一样,很快就会感到疲劳。"

"你怎么知道,别的灵媒是怎么样的?"

"弗罗梅尔先生对我说过。"

"你还会什么?"

"我事先知道,我会做什么梦……"

"是吗？你还会什么？"

"大概就是这些……我不记得了。"

"你看见过幽灵吗？"

她以探视的眼光望着他。

"很少,几乎没有见过,有时候见到过我的祖父或者弗罗梅尔夫人。"

"弗罗梅尔夫人？可她还活着……"

"老弗罗梅尔夫人,她到了那里,又回来过。"

"啊,你真的看见了,还是你这么以为？"

"我这么以为。"爱尔娜说,一面看着阿尔杜尔,就像一个女学生望着她的老师那样,"但是我真的看见了。"

"你现在告诉我,'母亲'这个词你会联想到什么？"

爱尔娜没有听懂。

"你把你脑海里出现的第一个词告诉我。"

"咖啡。"

"为什么是咖啡？"

"因为母亲喝咖啡去了。"

"那要是说'咖啡'这个词,你会联想到什么呢？"

"液体,水。"

"还有呢……"

"海洋,大海……"

爱尔娜想起了她做过一个梦,梦见她在水下游泳,看见了一座水城。阿尔杜尔在她的笔记本上看见过她关于这个梦的记载,他没有说。

"好,爱尔娜,现在来说第二个词'父亲',你联想到什么了?"

"雪茄烟。"爱尔娜马上回答。

阿尔杜尔表示理解和满意地望着助手,他擦了擦他的鼻子尖,不想显露他的微笑。

"为什么是雪茄烟?"

"因为父亲爱抽雪茄烟。"

"好!那'雪茄烟'还能联想到什么?"

"坦克炮筒。"

"好,还有呢?"

"明希豪森男爵①,他在炮筒轰出的弹药上方飞过。"

阿尔杜尔不再继续玩这种游戏,他向爱尔娜伸出了一只手,要把一个戴了一顶金属帽子的很奇怪的像手表样的东西放在她头上。

"我们现在要测量你的脑袋。"

---

① 明希豪森男爵(Munchhause),十八世纪德国一些幻想小说中的人物。德国浪漫主义诗人毕尔格·戈特弗里德·奥古斯特(Burger Gottfried August, 1747—1794)写过关于他的奇遇幻想小说。

爱尔娜把她的脑袋放在阿尔杜尔的手中,阿尔杜尔很小心地量着她脑盖骨的形状,最后就把那个像帽子样的金属装置放在她的头上。阿尔杜尔用一种很冷淡的声调说话,要他的助手做出一些象征性的动作,写出一些数字。他声音单调,手指偶尔碰一下,让她进入了睡眠状态。她感到自己很无助,失去了自由,她必须用尽全力提防着,不让自己睡着了。她现在就像一个裁缝在缝衣服时那样,不能分散注意力。然后阿尔杜尔在自己的头上套上一个有玻璃装点的金属圈,把爱尔娜的脸放在自己的手上,用金属圈的玻璃反射的光照她的眼睛。看起来他像一个大甲虫,他要爱尔娜看着一个动来动去的笔尖,要她说出不同纸条上的颜色。

爱尔娜的积极性和开心的情绪都被消耗尽了。她感到累了,想要睡觉,想把手放在阿尔杜尔肩膀上,就这么睡,她的能量已经外泄光了,阿尔杜尔·莎茨曼头上的那块玻璃吸尽了她身上的能量,爱尔娜不想抵抗,她对这种使她变得虚弱的感觉倒很喜欢,她渐渐地不在意了,她就像一个大玩偶,任人碰触、玩弄和摆布。终于这些对她进行检查的年轻人注意了她的这种情况,阿尔杜尔便问她:

"你感觉不好吗?你不舒服吗?"

爱尔娜表示否认地摇了摇头,揉着她的脑门,她还能感觉到这里有一些男人的手掌和金属体的碰触。

爱尔茨内尔夫人

爱尔茨内尔的家大家都很熟悉，人们都在谈论那里有很多东西在动来动去，可以听到那里在敲打着什么的声音，还有一些幽灵在说话。一些好事的女邻舍，对爱尔茨内尔夫人很尊敬，她们都小声地说，她的女儿被什么盯上了，他们全家就要大患临头了。一个女裁缝在她家一个厢房里也看见了幽灵，在接下来的一些聚会中，参加者把他们认识的一些人也领来了，这些人也想要把他们认识的人都带到这里来。年轻的阿尔杜尔·莎茨曼有一次请来了一位真正的科学家沃盖尔教授参加了聚会，他的母亲莎茨曼夫人也带来了她的那些已经是寡妇的女性好友，弗罗梅尔甚至带来了一位有名的世界语专家，他认为，世界上所有出现在招魂会上的幽灵，都是努力为了给整个人类传达重要指令和警告，但是这些信息只是以一个个的片段呈现的，我们并不能完全听懂。

爱尔茨内尔夫人用了很多时间继续组织这种神秘主义的聚会，她就像一个剧院的经理。在这种情况下，她定要在家里准备很多的咖啡和糕点,如果客人还有留下来在家里吃晚饭的,那就要买更多的东西。与此同时,她还要想办法应付丈夫对她表示的越来越多的不满,因此她总是在丈夫不在家里,也不会给她造成很大困难的时候,组织这样的聚会。这时纺织业遇到了一个好机会,就是政府要向它定购更多的军需布匹,由于某些原因,德国军队需要缝制大量军服。

爱尔茨内尔一家本来计划要到国外去度假,现在决定不去了。爱尔茨内尔先生必须要紧跟工作变化。家里的人都同意,等六月,学校里的课程结束后,爱尔茨内尔夫人带着孩子们到爱尔茨内尔先生的妹妹那里去。在很多晚上,爱尔茨内尔夫妇在睡觉以前,也越来越多地谈起买房子的事了。

夏天的临近唤醒了人们的梦。弗罗茨瓦夫的五月会下很多的雨,到处都是蓝天绿茵。爱尔茨内尔夫人也开心地外出购物了,格列塔拿着一个篮子跟在她的后面,把那些在小摊上买来的一捆捆紫色的萝卜、大小不一样的一颗颗生菜和一把把的绿葱都放在篮子里。那些在每一个广场上都有卖的鲜花对她们也有很大的吸引力,爱尔茨内尔夫人从那些婀娜的水仙花身边走过的时候,也不能无动于衷,因为这正是她最爱的花。

爱尔茨内尔夫人感到她有罪过,一种不太具体地想到、也不很清晰地感到的罪过,因此她给爱尔娜买了一条很长的荷叶边黄色连衣裙,领口处缝了一个有褶皱的小领子。当她把女儿带回家后,正好洛韦医生来了。爱尔茨内尔夫人仔细地听了这个老医生说的话。爱尔娜最近几次在参加了聚会后呕吐了,她这还不是第一次,医生说她需要一直休息到秋天,至少要休息到八月,树上结出了果子,有了新鲜的蔬菜。百花盛开的盛夏时节,这个姑娘就会强健起来。

"我知道,知道了,医生!"爱尔茨内尔夫人说,"我们不能让她这么累了。在放假以前这是我们举行的最后一次聚会了,只有我们自己的人参加,只聚一个小时,不会更久了。"

医生叹了口气,他看了看他的旧表上显示的时间,夸赞了几句花盆里盛开的鲜花,然后他就出去了,不过爱尔茨内尔夫人很快就忘了他的来访。

午饭后,弗罗梅尔来了。爱尔茨内尔夫人对他的到来有时候真心诚意地表示欢迎,待他很热情,有时候又让他在客厅里长久地等待,她即便进到客厅里见他了,也表现得很不耐烦,态度很冷漠,这都取决于她的情绪好不好,天气好不好或者上帝才知道还有什么其他原因。她知道,弗罗梅尔今天一进来,就在猜测他今天会见到什么,实际上,当他发觉她是那么心不在焉、眼神冷淡的时候,他已经和爱尔娜在客厅里坐了很久了,可是他那驼着背躺在客厅里的一个长沙发上的样子又使爱尔茨内尔夫人良心发现,觉得自己不应该对他冷淡,便开始极力对他表示热情。但当弗罗梅尔很感动,话说得太多,还吻了她的双手的时候,她又生气了,其实她在心底对他埋怨的原因在于,他从来没有给她献过花,既不绅士,也没有表现出男子气概。当她说到她自己的时候,他从来都不知道该怎么回答,也不知道怎么对她表示同情,他的脸部表情就像她学校里的女老师说的那样:"呆若木鸡。"可是她又需要他的出现,实际上,他是唯一一个使她感兴趣,聆听她的话语,甚至愿意帮助她的人。

弗罗梅尔和医生正好相反,他很希望这种聚会继续下去。他认为,爱尔娜对这种难以接受的天赐越来越能够接受了,他还说她是一个特别的灵媒,因为她只有在神志恍惚的时候,才能和幽灵的世界取得联系,这就叫神志恍惚的通灵。她不做梦的时候是清醒的,她对她应当感兴趣的东西也很感兴趣,她的发展趋势很好,医生说她有病不对。弗罗梅尔在聚会后总是留得最久,而且要在爱尔娜的周围用线围成长方形,他把这叫拉线,要捆住爱尔娜身上的邪恶,把它拉出来。他认为如果把生了病的爱尔娜像检查一个实验兔子来进行检查,那就会比让她参加聚会还更加让她感到慌乱和害怕。爱尔茨内尔夫人注意到,弗罗梅尔想到阿尔杜尔·莎茨曼就很生气,说话的口吻也变成了控诉的语气,而她想戏弄他的时候,就利用这件事。

"莎茨曼说……"她用无辜的语气开始说。

弗罗梅尔要对阿尔杜尔·莎茨曼说的一切进行评论:

"他们整个的心理学……原始的泛灵论,它的精神世界表现的智慧并不成熟。我感到奇怪的是,在这么一个不牢固的基础上要建立一个知识大厦,然后又把这些知识在学校里灌输给孩子们……"

爱尔茨内尔夫人没有说话,她想笑,但是她没有笑出来。当弗罗梅尔生气时,他真的成了一个有血有肉的人。爱尔茨内尔夫人感觉最好的时候是,当所有的人都走了后,这个折磨人的一天总算结束了,孩子们都睡了,她终于有了自己的时间,在睡觉之前,她梳理了自己的头发很久,看到自己鬓角的白发,陷入了沉思,然后用粉扑擦了擦粉,再涂上雪花膏,房间里已经暗了,因为疲劳,她的脸上没有任何表情。她把灯熄灭了,一天终于结束了。

阿尔杜尔·莎茨曼的笔记

第六次聚会

四月

一开始,桌子就非同寻常地猛烈跳动起来,窗帘的帘架也掉下来了。当爱尔娜·爱尔茨内尔睡了后,发生了所有的这一切。然后就出现了一个谁都不认识的"精神体",他也不肯说出自己的名字,但是他回答人们提出的问题。从他那些有趣的回答中,值得一提的是,他作了一个预言:1918年世界末日就会到来。他还说,星际之间的空间并不是真空的,那里面有许多能量充沛的精神世界。当一个病人问他吃什么药的时候,他建议他吃"克瓦斯F",但他并不对他说明这究竟是什么药。当爱尔娜的身体肌肉更僵硬了,脸色像尸体一样的苍白,颌颚下垂,眼球外翻时,作为灵媒的她开始发出了一阵阵喉音,然后她的声音又变了,她说话的声音嘶哑,说的好像是意大利语,但肯定不是意大利语,她不断地说"回来①""命令②""高尚③"这些话。这个精神体的话说得太长,爱尔娜·爱尔茨内尔不再说话了,也不再回应参会的人的提问和请求。参加了这次聚会的医生最后唤醒了她,看起来她很疲倦。

第七次聚会
五月

因为是在这个月给R·约安娜·d'阿尔斯举行的宣福礼,有人请求在爱尔娜·爱尔茨内尔进入神志恍惚的状态后,把新受封真福者的幽灵召唤到这里来,首先出现了一个老爷爷的幽灵,他说了许多关于道德的问题,但很平淡。后来约安娜的灵魂借爱尔娜·爱尔茨内尔之口说话,不过对别人提出的一些具体问题她没有回答。但是当人们问到涉及灵魂的种

---

① 原文是拉丁文,公元前47年,古罗马恺撒大帝战胜了本都国王法兰克斯二世(Pontu-Farankes Ⅱ,公元前97—47)后,发出了"回来吧!我看见了,我战胜了!"这个命令。公元前四世纪,本都在安纳托利亚东北部与黑海毗邻的地区,马其顿国王、亚历山大帝国的创立者亚历山大大帝征服此地,建立本都王国。
② 原文是英文。
③ 原文是古印欧文。

类分别的问题时,她仿佛被激活了一般,就像托马斯·阿奎那①所列出的那样,就灵魂中复杂的等级制度开始滔滔不绝,大谈特谈。约安娜说得最多的就是一种"黑色的"幽灵,这是一种魔鬼,它不仅害人,而且会让人精神错乱,并引发很多疾病,约安娜说,她看见在座的人身旁就有几个这样的幽灵(就在那些写了"完全没错"这几个字的人旁边)。此外还有一种所谓的迷失的灵魂,这些死者的灵魂始终不知自己是怎么死的,所以他们很吓人,并且经常装成各种模样出现在聚会上。约安娜表示,由于给她举行了宣福礼,她也在灵魂的等级阶层中地位获得了上升。有趣的是,约安娜认为她和波娜还有爱尔娜·爱尔茨内尔都是幽灵姐妹。她的话说得很直白简单,不难理解,也说得很对,带有一点西里西亚方言的口音(爱尔娜家的一个朋友说话就有这样的口音)。

然后是波娜,没有人叫她,她也来了。大家都以为,她的出

---

① 托马斯·阿奎那(Thomas Aquinas,约 1225—1274),欧洲中世纪神学家和经院哲学家。生于意大利那不勒斯附近,年轻时加入多明我会。主要著作有《神学大全》,是中世纪基督教神学的百科全书,另著有《亚里士多德著作注释》《反异教大全》等,宣称宇宙中的一切,从非生物到人、圣徒、天使、上帝,都按等级自下而上依次相属,每一等级都把高一等级作为追求的目的。鼓吹教皇是上帝在人间的代表,位在世俗君王之上;封建等级的划分是上帝的安排。他死后于 1323 年被教皇尊为"圣徒"。1879 年,被教皇利奥十三世确定为天主教哲学的最高权威,其哲学和神学体系后被称为"托马斯主义"。

现总是在爱尔娜·爱尔茨内尔已经熟睡的时候,她讲了许多关于转世的内容。她认为自己是最早一批的幽灵之一,有很多女人和男人正等着被给予新的化身。她说,我们所有人能够聚集在这里不是偶然的,因为我们前世本来是亲戚。她不愿像莎茨曼和泰蕾莎·弗罗梅尔夫人要她做的那样,去召唤别的幽灵。她说,为了我们的心理健康,还是不和死者对话为好。当爱尔娜·爱尔茨内尔的声音变成了波娜的声音,这种变化非常明显。她说话的声音更低些,喉音也更多了。波娜讲话很有文学色彩,在座的没有一个平日是这么说话的。

值得注意的是,又出现了更多的移动现象,例如一些小的东西都飞起来了,看起来就像有人使劲地把它们往空中扔去,砸到了天花板,又掉到了地上。

(后来又有过两次聚会,但我没有参加。)

第八次聚会
五月

在聚会上又出现了几个新来的人,也出现了一些新的"精神体",波娜成了幽灵的领头人,科罗曼这个中世纪的僧侣幽灵又来了。还有拉切娜,法国路易十四时代的一个犹太女人。我第一次看见,爱尔娜·爱尔茨内尔在进入神志恍惚的状态时遇到了困难。物体移动的现象又出现了(窗帘架掉下来了，离那些坐在桌子旁边的人很远的花瓶也倒了，到处都是敲打的声音和不知是什么的沙沙声响)，一些被召唤来的亲人的灵魂也说话了，他们说的那些话都很平平无奇，内容也不具体，也听不太清。直到波娜出现，爱尔娜·爱尔茨内尔才真的进入了睡梦之中。波娜讲话的内容令人感到意外，因为她说的都是一些关于人的肉体和性的事，而且她用的语言也很淫秽和俗气。僧侣科罗曼就是这个时候出现的，有一阵，他们还争辩得很厉害。最后，科罗曼把波娜赶走了，因为他坚称，波娜是一个魔鬼。

第九次聚会
六月

这次聚会上爱尔娜没有睡觉梦游的那种表现，但和前次一样，物体移动的现象依然不断，被招来的幽灵说的都是日常生活的事，很是无趣。他们还说了梵蒂冈对时尚的谴责，猛力抨击穿紧身短裤是不道德的。[1] 有一个聚会的参加者建议使用乩板来招魂。波娜出现了。于是就有了下面的对话：

---

[1] 当时有一种时尚，即女人爱穿瘦短的裤子，天主教梵蒂冈教会认为这伤风败俗，不道德，对它进行了谴责。

"今天别来烦我们了。"

"为什么?"

"我们不在这里。"

"我们不是在跟你们说话吗?"

"这毫无意义。"

"你们在哪里?"

"在另一边。"

"什么的另一边?"

"问这个毫无意义。"

爱尔娜的母亲召唤了几次其他的幽灵,但没有招来,她便给了医生信号,结束这次招魂会。爱尔娜虽然并没有熟睡,但这时候也很难醒来,她的眼睛半睁着,眼球震颤,呼吸不稳。她的家庭医生在后来的谈话中表示这样的聚会最好中止一段时间。

爱尔茨内尔夫人

终于在六月底，爱尔茨内尔夫人带着孩子们来到了克列伊尼茨，她那已经是寡妇的小姑子盖尔特鲁达也老了，一个人住在大房子里，房子的周围还有一些池塘，它附近一带都被称为爱尔茨内尔家的盖尔特鲁达庄园。这里的农场看上去也没有经营得很繁荣。池塘里养着很多鲤鱼，在太阳的照射下闪着橄榄色的光，房子后面的鸡窝里养的全都是白色的母鸡。现在盖尔特鲁达把自己的池塘和牧场都租出去了，但她十分怜爱那些被农民们抛弃的流浪猫和流浪狗。

爱尔茨内尔夫人很不乐意地离开了弗罗茨瓦夫，她满心都是作为受害者牺牲的感觉，为了她那为数不少的后代做出的牺牲。"在盖尔特鲁达那里会很寂寞，太寂寞了。"她这么想。所以她来之前，打包了大量的书籍（"我要读书"）、手工织品（"我要缝衣"）、颜料和掉了毛的画笔（"我要画画"）。她很郑重地和自己约定，要在那里教孩子们学会骑马，辨识各种花草，画水彩风景画，在篝火上烤谷穗。她要按照弗罗梅尔给爱尔娜定下的规矩来严格照管她的这个女儿,包括安排她的饮食,规定一天要做的事和夜晚谈话的主题。爱尔茨内尔夫人看到,这个姑娘在参加最近几次频繁的聚会之后,在接受了这些对她的质疑和检查之后,她的身体更消瘦了,也更不爱说话了,但有时候,她又很活跃,这让爱尔茨内尔夫人更不安了。因为她的这个女儿在这个时候表现得很傲慢且蛮不讲理,转个身,到外面去也不跟家人说一声,总是很生气地把东西都乱扔在地上,会推搡克拉多斯,还撕扯妹妹的头发。她身上一定发生了什么事。她是继承了母亲爱动怒的毛病,还是父亲固执的性格?爱尔茨内尔夫人对这束手无策,"哎,这些继承下来的毛病会随心所欲地扫荡我们。"她自言自语道,心里有一种不明显也不很清楚的负罪感。她记得莎茨曼讲过一个美国人曾发现了一种粒子,能把父母的习性传给孩子。

火车在弗罗茨瓦夫城的周围转了半个小时,好像要找到这座城市隐藏的出口。因为要去乡下,爱尔茨内尔夫人一直感到不满,但她后来看见车窗外面铺展开的空间就像一块绿色桌布,这才松了口气,感受到了自由的快乐。她看见这里的乡村散落在天空和田野之间,小块的土地上长满了芍药,馥郁的香气直闯进车厢里旅客的鼻端。她看见农民用带着护栏的车子运送新捆好的干草,这才是春天芬芳的精髓,她还看到在大地上流过的奥得河,这和弗罗茨瓦夫城里的那些水道完全不一样。

在他们的车厢中，大家都很兴奋，开阔的空间就这样向孩子们扑面而来，现在他们要把篮子里的三明治、饮料和新鲜的草莓都拿出来。不一会儿，莉娜就弄脏了她的连衣裙，克拉多斯把柠檬水洒到了自己身上，马克斯站在车厢的走道里，坚持要看着火车往前开。后来当火车开到了远处的湖泊之眼上时，孩子们突然安静下来，爱尔茨内尔夫人可以舒服地把头靠在什么地方，或者干脆就低下去，既不睡觉也不时刻保持清醒。

爱尔茨内尔夫人一生中的每一次旅行，即便一次寻常的出行度假，都是新生活的开始，她认为她过去的生活可以分为许多阶段，或者不同级别（但都是怎样的走向？），这些阶段和级别又为她的生活增添了脉动和意义。每年并非在十二月，而是在六月，她要去克列伊尼茨，在盖尔特鲁达那里停留的一个月是反思的时间，她会想一想自己的过去，内心冲突、危机，然后她再恢复正常，安排以后的计划。她的生活是一个熔铁炉，这里既熔炼了她的过去，也会炼就她的未来。

寂静的夜晚到处都可以听到金龟子和蚊虫的嗡嗡叫声，可以闻到空气中无处不在的流水的味道，这水汽来自周围的池塘和离这里不远的水面广阔的奥得河，这条河里的水就像时间一样可恶却又无声无息地流过。

时间流逝从盖尔特鲁达的外表就能最明显地看出，她真的是骨瘦如柴，全身干瘪，她的脸上每年都要盖上一层越来越密密麻麻的皱纹网。("时间让光滑的平面上起了皱纹。"爱尔茨内尔夫人这么想,边用手指尖去摸自己的脸。)看落叶松的外表也能感受到时间流逝,它是那么高兴地生长,它那繁茂的树枝占了越来越大的空间。

爱尔茨内尔夫人注意到了外面看到的时间的逝去到底意味着什么,她一想到自己,就觉得自己已经处于所有到达天堂的人的年龄,但她还在自己能力的巅峰。"我的上帝,我已经老了……"她每年都会想到盖尔特鲁达,吻她那像羊皮纸样枯干的脸面。但到了晚上,当爱尔茨内尔夫人对着镜子把她的头发散开时,她会习惯性地夸赞自己浓密的头发,而不是那些越来越多的白发。实际上,她在这列正在行驶的火车上,依然是一个年纪很轻的女人,她正要参加演出,永远有亮着灯,照亮了各种各样的观众面孔的舞台在等着她。

他们当天下午很晚才到达了目的地,火车停在一个很小的站上,这里的地形平坦开阔,值得回头一看,在这里唯一的一个站台的地面上不仅铺了许多石板,而且有的地方还盛开着淡黄色的花。标上了"克列伊尼茨"这个站名的站台建筑就坐落在一片田野里,和别的一些楼房相距甚远,就好像铁路有碍于保持乡间平静的生活秩序。

盖尔特鲁达坐了一辆很宽阔的敞篷马车来接他们,在她开始表示欢迎之后,就像他们每年来这里一样,吵吵闹闹的场景又出现了。因为他们没有把所有的行李都捆起来,但马克斯想要一次性运完这些行李,而且格列塔还把一篮子吃食落在了火车上。最后,大家都坐在这辆有很大乘载力的马车上,马车开始很艰难地发出轧轧的响声,往村里驶去。

克列伊尼茨是马路边上一块延伸得很长的地带,比一座普通城市的占地面积也小不了多少。这里的房子比弗罗茨瓦夫城郊的房子要矮小一些,也显得贫寒一些,但是它们每一栋都安装了新画了图案的绿色遮阳窗,很漂亮。路边上也种了很多桑树,马车的轮子还踩烂了一些掉在马路上的红果子。爱尔茨内尔夫人感觉,就好像他们的脚下踩死了许多红色的毛毛虫,这个想法让她感到有点恶心,她也闭上了眼睛。他们来到了市场上,然后往右边走去,经过了几道小桥和拦河坝,就来到了一条两旁树木繁茂的小道上,这条路直通盖尔特鲁达的农庄。

"我的上帝啊!"爱尔茨内尔夫人叹了口气,"又过了一年。"

假期的开始总是过得很好的,饭厅里的桌子摆好了,盖尔特鲁达拿出了十二个人用的餐具。

就在这天的午后,爱尔茨内尔夫人给她的小姑子讲了过去这一年发生的一切,"爱尔娜的事"爱尔茨内尔夫人要放到晚上,孩子们都睡了后再讲,行李都很快就从行李包里被拿出来了。这时盖尔特鲁达把一瓶很浓的果子露酒拿到了凉台上,它的味道既涩又甜,是用桑葚酿制的,它就是有血有肉的毛虫的对应植物。爱尔茨内尔夫人很想了解她的小姑子的看法,因此她用了"灵媒现象"这个说法,但她自己也不明白,这个词是不是能表达出她想要说的东西。她要使盖尔特鲁达既相信招魂术,又对这感到奇怪,希望她马上做出选择,是不是相信它。她对盖尔特鲁达说了一些很聪明的话,要消除她对招魂术的怀疑,她做这一切都是因为盖尔特鲁达是一个十分顽固的理性主义者。

"胡说八道!"她马上说,一面抽着一根很长的纸烟,"你看,今天,一个女人要活着,就一定要把自己当成一个疯子。爱尔娜很有进取心,但是社会让她扮演了的角色却让她窒息,也可能她正要这样,让人们关注她。可是你和弗雷德里克应当保障她的艺术学习,使她的才能得到发挥,可以让她写作、绘画,进行某种创作。"

说实在的,爱尔茨内尔夫人也料到了她的这种反应,但她听到盖尔特鲁达的话后,还是感到很失望,她知道盖尔特鲁达是一个新时代的人,虽然由于长时期孤独的生活,性情有点古怪。

"啊!你一点也不知道,她并没有这方面的才能,不管是我,还是她,都没有什么想象力,这些对她的检查……"

"检查有什么结果?"

爱尔茨内尔夫人也不太知道,这些检查的结果怎么样,她感到自己很委屈,没有说话,后悔自己根本就不该谈到这些,如果说她在这里正好遇到一个怪人,那当然就是抽烟和收容狗的盖尔特鲁达。她是一个农村的妇女参政派。

"你在生我的气……"盖尔特鲁达最后表示想要跟她就此和解。

爱尔茨内尔夫人看着外面的花园,那里有一些飞蛾有气无力地朝着灯光飞过来了。

"这一年我很艰难……这一切都让我感到很孤独。"

"你什么也没有变,小蚊子!我们的弗雷德里克·爱尔茨内尔夫人……总是那么敏感,总想要创造一个新的世界。弗雷德里克如果和别的人结了婚,肯定会无聊苦闷得要死。"

爱尔茨内尔夫人感到很失望,但她也很激动,脸上流下了两行热泪。

爱尔娜·爱尔茨内尔

这里的花园非常宽阔,爱尔娜觉得它好像无边无际,但是并没有被好好打理。通过一道作为象征性的界线的已经倒塌的城墙,就到了一条带状的细长田地上,再往前就是一片树林,从这里就可以一直走到奥得河边了。

由高大堤坝分隔开了的池塘谁都不管,池塘里的水虽很明净,但也显得幽暗。这些池塘可能很深,甚至深到地心,在那里,所有的大海、湖泊、池塘和河流都会把自己的水汇聚起来,成为一个地下海洋。

爱尔娜努力经常到花园里来,因为这里是唯一一个没有人盯着她,没有人要教她什么,也没有人对她表示同情的地方。卡塔利内和赫利斯迪内喜欢在这栋房子的一些小角落里找来找去,她们发现了一个大壁炉,它的上面挂着一面镜子,她们认为,这面镜子实际上是通向一个宝库的一道暗门,疯狂的盖尔特鲁达——卡塔利内和赫利斯迪内是这么称呼她们的这个姑妈——在这里藏了一些贵重的纪念品,也可能是一些宝贝,两个姑娘有时候会去游乐场,是爱尔茨内尔先生在去年专门给孩子们建的。爱尔娜看见过几次她们是怎么偷了一些鸡蛋,但她们要这些鸡蛋干什么,她并不想知道。

爱尔娜早饭后就溜到花园里去了,总能发现她母亲眼神里的疑问,这时爱尔娜便回答说:"我去看那些小鸭子。"要不就说"我发现有纯白色的堇菜花"。或者说"我出去透透风"。母亲闭上了眼睛,仿佛象征性地说:"你是自由的。"然后她又转过身来对着她的大姑子或者她那些大一点的女儿。花园因此成了爱尔娜享有的特权、给她的奖励,她能每个礼拜都不动地坐在栏杆上。如果说她在这里看到的是一个灰暗的世界,那么她去公园就能看到一个非常美妙的世界了。

爱尔娜很快就检阅了她所在的这片土地,她绕过池塘,沿着泥泞的河岸走过,发现一些小山坡上长满了白色的堇菜。然后她从花园里出来,走出带状的田地,到那一片显得十分明亮的只有一些初生树木的林子里去。在夏天快要过去的时候,那处的草丛里会藏着许多蘑菇。然后她站在一堵防护墙上,看着近旁的那条大河,波涛汹涌,看不见尽头。河里一会儿冒出许多泡沫,一会儿掀起了波浪,一会儿又静了下来,发出淙淙的流水声,卷走了河岸边的树枝。爱尔娜没有去想这条河,她觉得"奥得拉"不是城里那条行驶着平底船的奥得河,它的名字叫奥娜。这条河年轻,生机勃勃,波涛澎湃,对什么都毫不留情,爱尔娜肃然起敬地望着人们建起的那些双层滚筒,它们要把河水挡住,让它流进低处的凹槽。她这时也想到了盖尔特鲁达姑姑说过的那可怕的水灾,那时水曾流到了农场里,把大树都冲倒,淹没那些堤坝,毁灭整个平原的地貌。爱尔娜来到河边的一片树林里后,发现了这条河在这里有一条支流,令人担忧的是,它和主水道分开太远了,已经没有多少水了,但她想起了它激流勇进的过去,现在,这里的水面上长出了浮萍,浮萍中睡莲袅袅盛开,水上的空气又湿又热,可以闻到小鸟的气味,也可以听到许多鸟的叫声。这是一个神秘的地方,它把死去的事物转化为了永生的存在。落下的树叶、折断了的树枝、花瓣,所有在生活中出现的最美好的东西都被埋到这片土地里面去了,在那里消失不见了;又从根,从这个不死的行星的底部生长起来。这种转变是无声无息发生的,但是当你坐在草地上,看着河里的水,便可以感触得到。

她以前在这里迷过路,就是在老奥得河的水环绕的一片陆地的一个岬角上,她迷失了方向。那里长满了野丁香,花的枝叶大片大片地卷在一起,形成了一个真正的迷宫。那里的光照给绿草和树叶也增添了各种色彩,黑色丁香花形成的迷宫显得很幽暗。

爱尔娜一个人在这种漫游中,也对这个世界有了更加强烈的新感受,现在所有的一切都很清楚明了,她也不会再受到蒙骗和诱惑。她已经看不到那更有吸引力的催眠空间,也渐渐听不见她内心强烈的跳动了。现在她是安静的,没有情感波动的,每处风景都像石头掉到井里有回声反射一样,使她产生了很多联想。

"爱尔娜康复了。"洛韦医生高兴地说,"她再也不会听到奇怪的声音,也见不到那些幽灵了,再也不会有人用幻觉这个最沉重的词,从精神医学的角度说她和诊断她了。"

有一次,孩子们在游乐场上胡乱地做各种游戏,一直变换游戏规则时,爱尔娜在游乐场旁边的一株树上,看见了一样很奇怪的东西。那不是一个灵体,而是一个伸展开了四倍大小的身体,但他又没有固定的形状,而且可以多次改变他的形状。爱尔娜一下子感到很兴奋,但这种感觉马上就过去了,因为她不知用什么语言来表达她现在的感受,她后来只做了一个梦,梦见了她在克列伊尼茨见到的一切,她梦见有个小矮子仰面躺睡着,不是病了就是死了。她感到奇怪的是,这个人的脚板是那么小,像小孩的脚板一样。除了奇怪之外,她对他并没有别的印象,但是这个梦使她感到不安,甚至非常可怕。她想给阿尔杜尔·莎茨曼写封信,因为她有责任把自己的梦告诉他,但是她不会写那些有必要写的客套话作为开头,她也不知道应该如何表达她很不安地思念着他。

爱尔娜来到这里两个星期后,觉得好像本应发生的什么事发生了。她早饭后去厕所,看见她的衬裤上有红色的血斑,但她并不感到疼痛,没有像她想到的那样,会头痛或者肚子痛,因为她记得一些姐姐告诉过她会这样的。于是她把内裤拉上来,然后蹲了下去。后来那一对双胞胎姐妹开始敲门,她不得不从厕所里出来。她一句话也没有说,就走了。

母亲这时正在和盖尔特鲁达姑妈一起喝咖啡,因此爱尔娜就到贝尔塔和玛莉耶的房里去了,她不知道她们为什么那么高兴,贝尔塔那么亲热地拥抱了她,她真的没有想到,玛莉耶也吻了她。她们一边笑一边开着玩笑,然后抽出了一条前后都缝了几粒扣子的布带子,并叫爱尔娜把裙子拉起来,然后又把这根带子系在她的臀部,但是这根带子太宽了,玛莉耶又用别针把它折起来穿到一起。

"这根带子给你啦!"贝尔塔说。此外她们还给了爱尔娜一些细长的粉色小枕头,这些枕头的两端还有一些针织的活结子。贝尔塔对爱尔娜说:"如果把它们弄脏了,必须放在冰冷的水中好好地洗,再把它们晾干。如果小日子结束了,还要把这些都煮一下,以免上面留下痕迹。"

但爱尔娜不知道该怎么用它。

"你把内裤脱掉,"玛莉耶笑道,"不要害臊!"

爱尔娜背对着贝尔塔,她感觉,她的脸都烧红了,掉在地上的内裤上面有一条条红色的血迹。贝尔塔把一个小枕头塞在她的两条腿之间那个流血的地方,并从前面将枕头上的活结挂在她身上那根布带子的扣子上,玛莉耶则从后面帮她一起系上了。爱尔娜感到她好像被套上了缰绳,一套非常复杂的布料装置把她的臀部和会阴全都包住了。

"好了,现在你是个真正的女人了。"

"我们的小爱尔娜是个女人啦!"

爱尔娜的姐姐们都来拥抱她,她们的微笑中带有一种新的柔情,爱尔娜感到迷迷糊糊的,想要从这里出去,她快步走向门边,抓住了门把手。

"等等!从现在开始你必须亲手洗你的那个脏东西!"玛莉耶叫住了她,并且把她的内裤给她扔了过去。

但是爱尔娜从阳台上的母亲和姑妈身边走过,跑到花园里去了。她走的每一步都让她想到这个奇怪的缰绳,她感到自己的两只脚,甚至整个身子都被捆住了一样。她现在很紧张,有一种束缚感和被锁着的感觉。她一边跑着,一边想要适应这个新的衣物,但是她每走一步都感到陌生,她甚至不知道她在走路,不知道她还有两条腿,在这两条腿之间还有什么东西,这里有一个开口,对着地面,和嘴巴的开口正好相反。这有一根管子,在两条腿之间。

她从水塘的边上跑了过去,又来到了一堵倒塌的墙的后面,最后来到了一片树林里,才放慢了脚步,但是她觉得这里太一目了然,无甚遮蔽,不便于她躲藏,于是又往更远的地方跑去,来到了一个到处都是黑色丁香花的小树林里,然后又来到了一个四面环水的岬角上。要想进到这个迷宫里,她必须要侧下身子,她先是在一些灌木丛中打转,最后坐在一块落满树叶的小草地上。跑动让她疲惫,她大口地喘着气,感到自己很虚弱。她喘气的声音打破了笼盖此处的寂静,就仿佛不是爱尔娜在喘气,而是这里的寂静在喘气,就像一个巨大的野兽在挤压她的身体。她听到了她自己有节奏的喘息声,但还有一个并非她的喘气声,它喘气的节奏,让她动弹不得。她仰面躺着,看着上面繁茂的树叶形成的深绿色拱顶,就在她的身体上方。她突然希望这个既潮湿又很重的东西可以掉下来,把她压死,使她停止呼吸。她把裤子提起来,碰到了缠在她身上的那个东西,于是她解开了那些扣子,短暂地一动也不动,她那裸着的下体里一点声音也没有,她第一次有意地用手去摸她身上那感到脉搏跳动和发热的地方。她不知道,她还能以这种方法去触摸自己的身体,手指的触摸让她的身子不仅颤抖起来,还有点发胀。她等了等,然后伸出手摘下了悬挂在头顶上的树叶,把它们都压平,当成一块块的湿布,放在她的两条腿之间,以代替原来的那些带子、绳扣和小枕头。这些鲜活的植物的酸苦气味在她身边萦绕,它们一会儿温柔又粗暴地碰触和抚摸着她的身体,一会儿又重重地压在了她的身上。她还把一些树叶放在裸露的肚皮上,还有胸前、肩膀和脸上,最后她就完全不能呼吸了。

爱尔茨内尔夫人

七月二十五日星期天,弗雷德里克·爱尔茨内尔来了,他的到来在整个地区都引起了轰动,因为爱尔茨内尔先生是坐着一辆汽车,伴着轰隆隆的巨响到这里来的。许多乡里的孩子都跟着他跑到农庄里来了。晚上,孩子们的父亲也害羞地来了,对他都伸出了大拇指,表示赞叹地点了点头。

可是爱尔茨内尔夫人对丈夫却进行了责备:

"花这么多钱,这么多钱……为什么要乘这么大的汽车呢?坐马车来就行了嘛!"

爱尔茨内尔先生像孩子一般,感到真正的开心,他头上红色、黄色的稀疏卷发都散开了,但是他的脸上并没有显现出那种不均匀的红润,他拉着小克拉多斯的手,让他坐在汽车司机的后面,他那望着妻子和妹妹的眼神里充满了骄傲。

他来到农庄里后,这里的生活就开始发生了变化。没有人坐下来喝咖啡了,也没有人去不急不忙地考虑如何写信,没有人在丰盛的午饭后躺在藤椅上打瞌睡了。爱尔茨内尔夫人不得不很遗憾地把她至今一直很感兴趣地读着的布拉瓦茨卡的《神秘学说》放到一边。家里的人每天吃过早饭后都要坐小汽车出门远足，但可惜的是那辆汽车太小，坐不下全家的人，于是他们就分成两路，一些人去老奥得河河边的小水洼，另一些人去林子里，那里长着很多野蓝莓，甚至还可以去绿山①。爱尔茨内尔先生一点都不感觉累，和在弗罗茨瓦夫的他——看起来很老，总是很忙，还有啤酒肚的样子——完全是判若两人。午饭后，他就带着男孩们去钓鱼。他把盖尔特鲁达的那个小船也修好了，但是爱尔茨内尔夫人非常害怕，在这个最大的水塘里，她自己和孩子们会不会淹死，毕竟那里的水看着完全是黑色的。

这两个星期大家都感到很幸福。爱尔茨内尔夫人在睡前总是依偎在丈夫身边，梦想着就这样和盖尔特鲁达这个小姑子生活在一起，什么也不用担心，不管穿什么都可以。在这里，没有那种要摆架子的会见，也没有客人，没有喧哗声，也闻不到马路上马屎的臭味。

"买这辆汽车的钱，都够在乡下买一栋房子了。"她像做梦一样地小声说道，也没有期待谁来答她的话，因为丈夫在她的身边有节奏地深呼吸，就像一个流浪的人去了很远的地方，但在路上走得很慢。

---

① 波兰地名。

吃过早饭后,那辆小汽车带着孩子们旅游去了。爱尔茨内尔夫妇和盖尔特鲁达像举行一种仪式样地开始喝咖啡,他们没有聊很多,也可能是他们过去,夏天在阳台上喝咖啡时把话都说完了。如果天气不是太热,他们就去花园里那长满了杂草的小道上去散步,那里有一串小池塘,水面上漂满了浮萍,营造出一种优雅的野趣,也深深地吸引了爱尔娜。

"像华托①的画一样。"爱尔茨内尔夫人赞赏道。

在盖尔特鲁达忙着照看她那些小狗的时候,或者当她也坐上了小汽车和孩子们一起去旅游的时候,爱尔茨内尔夫人就会来到那些水塘边上,把两只手撑在膝盖上,望着那幽暗的水面好几个小时。她后来告诉盖尔特鲁达,说她要考虑一些事情。

有一次,她看见了有一株树倒下来,掉到一个水塘里去了,整个树冠都沉到了水里。"这个池塘到底有多深?"爱尔茨内尔想,但她后来发现她想错了,这株树可能是被砍断的,它没有树冠,因此水也不一定要很深才能够把它淹没。可这是从哪里得出的结论呢?爱尔茨内尔夫人看着那株被淹没在池塘里的树,陷入了沉思,她觉得我们知道的比我们看到的要多些,我们会把我们的想法、期待和习惯加到我们看到的事物上,以这种方

---

① 华托(Watteau Antoin, 1684—1721),法国宫廷画家。其绘画反映出当时法国正从浮华的巴洛克时代进入洛可可时期,他笔下的人物,不再是神、圣人或武士,而是一些平庸的朝臣、求婚者或丑角,作品多与戏剧题材有关。

式按照我们对世界的想象来构建一个相似的世界,那么我们所见到的一切是不是真实的呢?

因为有了这样一个哲学性的发现,她激动地回到家里,非常想和别人分享一下她的感受,便开始写信给瓦尔特·弗罗梅尔,但是她要说的话穿过打开了的窗子,越过树叶、盛开的旱金莲和水塘上的浮萍,逃到花园里去了。她知道她以人类的视角看世界的这种自信心是哪儿来的了。是这个世界相信它自己,相信它自己的存在,它是按照人们给它规定的一切法则被建造、持续和有序发展。如果公园的上空布满了乌云,那将会雷鸣电闪、大雨如注,如果早晨升起了太阳,这就开始了新的一天。七月过后是八月,生之后是死,时间从 A 流向 B,就像弗罗梅尔说的那样。

在花一个小时给绿色的豌豆去了壳之后,爱尔茨内尔夫人开始产生一个疑问,是不是一切都是那样结束的。为什么产生这样的想法?究竟为什么会有这样的疑问?

爱尔茨内尔夫人把那盆豌豆放到一边,她想到了她读过的布拉瓦茨卡的那本书,想到了弗罗梅尔说过的那些话,想到了年轻的阿尔杜尔·莎茨曼的实验室,想到了洛韦医生那充满睿智的眼光,想到了自己的孩子,还有玻璃酒杯的神秘移动所写下的那些字母。

瓦尔特·弗罗梅尔

在爱尔茨内尔夫妇回到弗罗茨瓦夫后,第一个来看他们的当然是瓦尔特·弗罗梅尔。虽然天气还暖和,但他还是穿了一件深色的法兰绒衣服,他苍白的脸看着就像完全没有晒过太阳。当爱尔茨内尔夫人跑到前厅看到他后,她的出现让他心神激荡。他看见她露出来的小臂,也闻到了熟悉无害的紫罗兰的芳香以及地板保养剂和锅里炒果酱的味道。他很想对爱尔茨内尔夫人讲夏天在城里过的那些空虚的日子,讲他读过的书,讲他的一些新想法,但是他看到这里的一切,乱糟糟地不停,觉得完全没有交谈的地方。门一会儿开一会儿关,孩子们跑来跑去,过堂风从打开的窗子里沙沙地吹过。不过爱尔茨内尔先生马上走到他身边,开始对他说起了汽车的好处、棉花的价格和首相[①]。"我本来晚上要来的。"弗罗梅尔当时这么想,他觉得一个新的季度已经开始了,就像剧院里的戏一样,也有季节之分。

[①] 指俾斯麦(Otto Fürst von Bismarck-Schönhausen,1815—1898),曾担任普鲁士王国首相(1862—1890)和德意志帝国宰相(1871—1890)。

有时候他还看见爱尔茨内尔夫人在很高兴地炯炯有神地看着他,当她出去又进到客厅里来,手里拿着一杯咖啡,给花瓶换水时,他的视线就偷偷地跟在她身后。可是他宁愿闭上眼睛,舒服地瘫坐在沙发上,听着生活里不停的动作发出来的声音,这些动静声响就环绕在他耳边,几乎把他催眠了。聊的政治和汽车这种在他心里感到陌生的发明都是沉重而令人疲惫的话题。

弗罗梅尔和这里的屋主人爱尔茨内尔先生经过半小时很累的谈话之后,因为一些急事,弗罗梅尔轻松地和他告别,送走了他。他一个人在客厅里待了一会儿,享受一个人待在这里的快乐,他在这里总是能够见到一些好事出现。尽管开了窗,这里又冷又安静,不过因为窗帘很厚,外面的马蹄声,还有马车的铃声,一点也听不见。弗罗梅尔做了他不久前想要做的事,就是闭上眼睛待着。然后他感觉有人出现在了这间房里,他知道是爱尔茨内尔夫人进来了,但为了让自己成为她眼中最美的礼物,他并没有特意睁开眼睛。当最后她在他的身边坐下,他看到了她脖子上松散编着的发辫、明亮的脸庞和嘴角出现的一些细小的皱纹,还有她异常敏感的小斑点,这些都让他感到很幸福,他碰了一下她的手掌。

"你不知道,你们回来了,我有多么高兴。"他很激动地说。

她向他讲了她本来要写的那些信,讲了漫长的下午,讲了和盖尔特鲁达的谈话,也讲了她看见的那株倒在池塘里的树,

最后,她像一个小姑娘一样,不耐烦地向他说出了爱尔娜的秘密:

"她已经是一个女人了。"

弗罗梅尔瞬间就理解了她小声地说出的这句话的重要意义,他懂得,他这辈子要细心研究的,就是"成为一个女人"。他的母亲"是个女人",还有他的姐姐,布拉瓦茨卡,还有死,他的孤独和寂寞,还有他上楼梯时的害怕,这都是"女人"。他以为,如果他有闪亮的头发,如果他的性情像爱尔茨内尔夫人那样柔顺,他就能找到一切问题的答案。他真正想要的东西在窗子外面的橱窗里,但他没有胆量去取。他这时眯了眯眼睛,看见了一幅非常清晰的图画,他尝试陪着爱尔娜和幽灵们秘密共舞,不就是为了了解,一个不确定的、没有个性的存在是如何拥有最大的秘密——成为一个女人吗?弗罗梅尔想把爱尔娜变成他想象的那个样子,但是爱尔娜不愿走她的这个老师这么关切地给她踩平的那条路。

整个世界就是"一个女人",就像爱尔茨尔人夫人明亮的身躯在他身边盛放,但它每时每刻都无情地离他而去,只有一个办法可以阻止它逃脱。

"夫人,我爱你。"他以一种很奇怪的嗓音说。

双胞胎姐妹

"魔幻之夜,这样的夜晚马上就会到来。"赫利斯迪内说,"我们希望你只为我们召唤幽灵,我们想让你和格列塔到楼顶上去,假装你想帮她把已经洗了的衣服晾起来,把鸽子屎也带过去……"卡塔利内的膝盖上放着一本翻得破破烂烂,还很脏的小册子,指甲被咬得坑坑洼洼的手指尖指着上面写的一段话。爱尔娜忍受不了,便把她的那本小册子拿了过来,这是《大阿尔贝特的神奇秘密,即关于使用魔法、驱魔术和制作护身符的知识大全》,她翻到了书中"怎样使女人的乳房更加柔软"那一页,说:

"你们是从哪里拿来的,小鬼!我要告诉妈妈。"

双胞胎姐妹都看了一下对方,这一短暂无声的视线交流一定让她们放下了心,因为赫利斯迪内最后说:"你不会这么做。"

爱尔娜把那本小册子扔给了她们,回到了她原来所在的窗台栏杆边上,她在这里看见了一只黑猫,它在洗衣房的房顶上洗了一下身子,然后舔了一下它的爪子,又用它的爪子去擦它的小嘴，就像人做的动作一样。有这只猫在这里，爱尔娜就再也听不到那两个姑娘的窃窃私语，也不知道她们背后不声不响地在做什么了。

几天来，这对双胞胎姐妹都在为上学做准备。她们用各种颜色的糨糊在书皮纸上画画，裁好纸张，并把铅笔削尖，假期很明显已经使她们厌烦了。她们感到高兴的是，现在又可以重新把东西塞满她们的一些盒子和口袋了。她们的魔法在起作用，爱尔娜越来越感到她受到了这两个一模一样、完全无法预测的孩子的控制。她知道都发生了什么，她们在招灵会上都干了些什么，但出于某种原因她无法说出口。这种不得不保持沉默的状态和她们总是像罪犯一样盯着她的目光让她疲惫不堪。爱尔娜可以回到玛莉耶和贝尔塔那里去，但是她想着一定要采取某种行动，只是这个想法又让她畏缩，只能看着窗外的景象，或者看着手里拿着的那本书中诗句的空行。这空虚、遥远、毫无意义的一切把她吸了进去。

"她要去把已经洗了的衣服晾起来，你说，你想帮她一下，给她送过去一点，送过去一点点……"卡塔利内走到爱尔娜跟前，摇了摇她的膝盖。

"别来烦我了！"爱尔娜的嗓音有点发抖，"为什么大家都想从我这里得到些什么！他们都跟着我，要教导我，就不能让我安静地坐一会儿。弗罗梅尔，妈妈，那个莎茨曼，现在又有你们，你们快走吧！该吃午饭了。"爱尔娜从栏杆上跳下来，往门边走去，"什么鸽子屎，什么魔法，看什么乳房，什么都没有，到此为止吧。"她咬牙切齿地说。

赫利斯迪内挡住了她的去路，这个长着大牙，脸还没有受青春期影响，长着雀斑，身材瘦小的姑娘只到爱尔娜的肩膀那么高。她们的视线在空中相撞，她俩对视了一会儿，这个小姑娘的眼里流露出了对爱尔娜的一种挑战，不过爱尔娜并不想接受和回应。赫利斯迪内有更多的生活内容和生命意志，爱尔娜害怕这个小姑娘会捏紧拳头打她的肚子。

"我要去吃午饭。"

卡塔利内不声不响地来到了她姐姐的跟前，对爱尔娜说：

"爱尔娜，我们都站在你一边，我们会帮助你，但你并不理解。没有我们……"

"……你是没有办法的。"赫利斯迪内替她把这句话说完。

爱尔娜一句话都没有说就走了。

两个小姑娘急忙解开了她们的辫子，然后用一支断了的铅笔，在地上象征性地画了个圆圈。卡塔利内在里面又画了一个扭曲的形体，两个人站在这个形体的中间，身子相对地摇晃了一阵，直到其中一个开始小声地哼唱起来，另一个也跟着唱了起来，声音越来越大，唱的什么也越来越清楚了：

让火精放火,

让水精去迷惑人,

让气仙吹气,

让地灵干活。

她们唱了几遍后,马上就要神志恍惚了。

阿尔杜尔·莎茨曼

阿尔杜尔下定决心，这将是最后一次聚会，说真的，他已经掌握了分析爱尔娜·爱尔茨内尔的不寻常的表现所需的一切信息了。他现在有聚会的笔记，知道实验室里的测验和研究的结果，最重要的是，还有整个事例研究的草稿。在圣诞节到来之前，他要把他这一年的工作总结一下。一篇博士论文，听上去很有价值。

爱尔茨内尔家里又挤满了人，阿尔杜尔作为他们的老相识，爱尔茨内尔夫人热情地招待了他，这也是要奉承他的一种办法。阿尔杜尔也注意到爱尔茨内尔夫人的假期过得不错，她依然像平常那样优雅，这个女人很有格调。可是阿尔杜尔见到爱尔娜后，他对她外表的变化感到很惊奇。她长高了，体重也可能增加了，她总是苍白的脸上也有了血色。她很确信她更清醒了。阿尔杜尔跟弗罗梅尔和他的姐姐也打了招呼，他发现自己很想念他们。他有种感觉，那就是弗罗梅尔见到他也很高兴。洛韦医生最后也来了。所有的一切又像过去那样，就连拿出来的这些糕点也和过去的一样。

"你的母亲在哪里?"爱尔茨内尔夫人问道。

阿尔杜尔很自豪地跟她讲他是如何说服他的母亲去了疗养院。可是洛韦医生在想,为此他要做出多大的努力,要花多少钱。

客人们开始交谈起来,这次聚会好像变得不那么重要了。爱尔茨内尔夫人呈上糕点、茶水和一些紫红色的大李子招待客人,她把糖罐子也拿出来了,小瓷勺碰到罐子边发出了清脆的声音,大家都谈起了度假、外出旅游和汽车的事。

当太阳落到外面大街另一边的房子后面之后,弗罗梅尔重新安排了大家的座位。他又搬来了一些椅子,并在屋子中间放好了一张绿色的小桌子。大家说话的声音现在变小了,只能闻到爱尔茨内尔夫人身上很浓的香水味。期待的感觉又被唤醒了,这种熟悉的,像要举行宗教仪式一样,让人兴奋的感觉。

弗罗梅尔叫所有的人闭上眼睛,互相把手都抓住。阿尔杜尔的左手抓住了泰蕾莎瘦削的小手,右手握着洛韦医生干燥而温暖的手。他在等待一个特殊的时机,想着每一个聚会的参加者都会有什么表现;然后,他像往常一样,大胆地把眼睛开,去看这些聚会的参加者们的脸上会有什么表情。他马上就和爱尔娜那平和的目光对上了,但她很快就闭上了眼睛。

可这里的情况有点不对。他们一直在等着,等着,什么也没有发生。爱尔娜本应睡下,陷入大家说的那种神志恍惚的状态。他们也应该听见她的深沉的呼吸声,然后她就应当开始说话了,但是这一切都没有发生,就好像她藏了起来,根本不愿引起大家的注意一样。

阿尔杜尔和别人一样,感到不耐烦了,他任由自己的思绪发散,这些思绪想怎么飘荡就怎么飘荡!他想到了出门之前刚开始读的那本书,他还看见了一些卡片,上面写了他读过的书的目录。最后他好像看见了他的母亲,他把她带到火车站时她的模样,他突然怕他再也见不到她了,她的悲伤越来越多,这么悲伤下去她会死的。

这时他突然听见了一些东西动起来了的响声还有窸窸窣窣的轻声说话的声音,不过是在他的背后,而不在他的旁边。他知道了,爱尔娜是睡着了,她把头往后仰着,她那半张的嘴里,发出了一种有节奏的轻叹。

"你在这里吗?"弗罗梅尔以很严肃的语气问道,他肯定是在问那个寄身在灵媒上的幽灵。

可是弗罗梅尔说话的声调和他采取的这种态度使阿尔杜尔觉得可笑,这时爱尔娜没有说话,依然在那里很难受地喘着气。过了约十分钟,阿尔杜尔也进入了梦幻,他想象着他以后会成为一个什么人,比如说,在十年后,在 1919 年——这两个 1 两个 9 的年份,他会成为一个什么人?再往后十年,也就是二十年后,1929年,又会是什么样的?阿尔杜尔看着脑海里的这些数字,但他看不到任何具体的东西和它们有什么联系,所有这一切都是不现实的。

"如果你们来了,就跟我们说话,我们还等着你们的训诫指令。"弗罗梅尔说道。他说话的声音很小,还有点颤抖。爱尔娜这时也在发抖。

弗罗梅尔向爱尔茨内尔夫人示意,把一支铅笔放在她的右手上,爱尔茨内尔夫人轻轻地把一张卡片放在铅笔底下,但爱尔娜的手和她的整个身子一样,都睡着了。

突然一声轰隆巨响,阿尔杜尔和所有别的人一样,都不由自主地站了起来,并且看见了奇迹的出现:小碗柜打开的玻璃柜门和一张放了一些玻璃杯和瓦罐的小桌子相撞了,瓷器都掉到了地上,阿尔杜尔还没有来得及表示惊慌,那个碗橱又好像很危险地摇晃起来。在座的一个女人发出了一声尖叫,泰蕾莎·弗罗梅尔也灵巧地从座位上离开,撑住了这件家具。

"不要让圆圈断掉,不要松手!"弗罗梅尔大声喊着,但是太迟了。

医生也突然站了起来,他看见那张绿色的桌子也摇晃起来了,爱尔茨内尔夫人这时脸色苍白,呆滞地望着那个小橱柜下面,有一个孩子的小脚从那里伸出来了。

"我的上帝!"弗罗梅尔心平气和地说,但是现在周围突然静了下来,他这么一句话也好像很可怕。

阿尔杜尔慢慢地走到了那个立在房间一个角落里的小橱柜的近旁,看着它,他的心怦怦乱跳。他在这个时候,也看见了那个害怕地蜷缩着身子的小姑娘,不是赫利斯迪内就是卡塔利内,他从来就区分不出来。他正要问她们在干什么,突然看见这个姑娘手里紧握着的一根带子的一头,这才明白了是怎么回事。现在他的视线沿着那一大堆乱七八糟地捆在一起的绳子往前看,他看见了一幅画、小桌子的抽屉,还有窗帘。软弱的感觉一瞬间向他袭来。他下意识地想要先用自己的身子遮住这些东西,不让别人看见,但他却没有勇气做出任何动作。他对那个很害怕的小姑娘笑了一下,然后又对弗罗梅尔、爱尔茨内尔夫人、医生和撑着那个小碗橱的泰蕾莎笑了一下。

"啊,这样啊。"他最后说,从喉咙里发出了短暂的笑声。

瓦尔特·弗罗梅尔

弗罗梅尔沉浸在悲伤之中，他在自己的房里坐了整整一个小时，手肘支在办公桌的桌面上，那上面还乱七八糟地摆了许多图纸和表格。他无意识地望着随便一个什么地方，望着那放在窗台上的一簇芦荟尖儿，外面正好对着一个教堂，弗罗梅尔两眼虽然望着那里，却没有看见它。他的眼光从不重要的物体表面扫过，激不起一丝波澜。不久后，他意识到他已经病了，因此他在一个长沙发上躺下，但是他又睡不着，强迫自己听屋里窸窸窣窣的声响。泰蕾莎来到他的房门前，犹豫了很久，才鼓起勇气轻轻敲门。弗罗梅尔听到了笃笃的敲门声，就像有人抓住了一只野兽，掐着它的脖子，它的两眼发烧，满含着泪水。他现在为自己感到难过，为现在是个孩子的自己感到难过，他也更不敢给姐姐开门。

"你走吧！"他说。泰蕾莎趿拉着拖鞋走了。

星期一这一天，弗罗梅尔没有去上班，他看着自己表上的指针，观察着时间是如何有节奏地消逝。时间在不断消磨，从开始的"还很早",到"没有时间了",再到最后的"太迟了"。"太迟了",这几个字最能说明弗罗梅尔所在的这个世界。所有的一切都已经出现,所有的一切都已经完成,伟大的旅途已经开始,道路也已经指明方向。山崩地裂,河水流动,树木生长,城市在平原拔地而起,新人诞生,老人死去。什么都有,法则、哲学、科学和宗教,所有最了不起的发展成就,所有的一切都代代相传并被时刻钻研。什么都不能变了,播种、出生、活着和创造的时候已经过去了,现在是要到死的时候了。

奇怪的是,这个懂得死亡的专家,这个对死亡最用心的研究者,死亡规律的探寻者和对它疯狂着迷的人生平第一次想到了自己的死,好像就在这个星期一的早晨,当他看着表上的指针的时候。他对这个世界和他自己已经产生了绝望,死亡是解决这个可怕境况的最佳手段。这种想法给他带来了一种美好的感受,使他像个孩子一样感受到了一种温煦,他在这种心绪中摇摆,他爱抚它,抚摸着它。"死"听起来好像是宣告去旅行的一个口号,能唤醒他年轻时的远行记忆,让时光回溯。不过弗罗梅尔并没有想自杀,他认为死对他来说是一种享受,他也不是像过去那样,习惯于从统计数字方面来看死,现在他要以美学的角度来看死,他认为这是理解死的最好的方法,死是一个金光闪闪的最美好的出路。他想死亡,就像以前他想到爱尔茨内尔夫人一样,着迷地,痛苦和希望交杂地,恐惧而焦躁地想着。

他已经不记得以前的梦了,但是他知道他现在的状况,死亡已经取代了爱尔茨内尔夫人的脸和形象,它问道:"我们认识吗?"

经过这个不幸的聚会后的这段可怜的时期,弗梅尔罗想不起任何和爱尔茨内尔一家有关的事了。每次这样的想法都像一道伤口让他疼痛不已,这些想法还有一层巨大的能量外壳,但它被扔到那忘却的垃圾堆里去了。这些沉重的工作,耗尽了他天生的能量,他已经没有气力再活下去了。他从小沙发床上爬起来,来到了那放了一盆芦荟的窗户台边,然后又回到沙发床上。这个星期一的晚上,他给他的领导写了封简短的信请假休息,并且把这封信交给了泰蕾莎。然后他又躺下了,做梦,梦见自己死后的葬礼,梦见自己作为一个幽灵出现在招灵会上,他看一切好像都透过了一层薄雾:他看见了爱尔茨内尔夫人裸露的肩膀,柔软的头发盘起来的发髻,绿色的小桌子上盖着一张呢子桌布,上面放着乩板,一些玻璃酒杯移动着写了一句话:"我还活着。"然后他突然又想起了牵动东西的绳子,还有躲在小碗柜后面的小姑娘,爱尔娜那呆板的面部表情和她母亲瞪大的眼睛,在那张小桌子那里发生的一切,还有引起大笑的什么东西。

星期二早晨,他喝了一碗热汤后,就一直待在他的书室里,他先拿了一本笛卡尔的著作,然后又拿了黑格尔的一本书,他不很专心地快速翻阅了这两本书,因为那芦荟尖儿一直在吸引着他的视线。直到星期三的早晨,这些书他才开始读了起来。在《谈谈方法》这本书中,他用手指头一句一句指着读,最后找到了他要找的句子:"在任何情况之下,都要尽量全面地考察,尽量普遍地复查,做到确信毫无遗漏。"这时泰蕾莎站在门口,就像是在监狱里那样,给他把午饭端到门边,他就把这些句子和午饭一起,慢慢地咀嚼,吃了下去。然后,这几天里,他第一次点燃了办公桌上的那盏灯,开始读黑格尔的那本书,他的思想受到了三位一体的理论系统的刺激,因为这种系统说明了生活和人们的思想没有矛盾,处于平和的状态。他逐渐地想到了要做一些能让他解放灵魂的抽象工作。他认为医治心灵的创伤有一个老土但实用的办法,不再活了,不去感知,把上帝的世界也忘记,去到一个没有上帝的世界,一个有思想和有系统规则的世界,新的概念可能会建造出一个有凝聚力的、结构透明的、有规矩的世界。

洛韦医生晚上来了,是不安的泰蕾莎叫他来的。

弗罗梅尔在前厅里听到了洛韦的声音,这时他正睡在一本书上,他想把自己藏起来,甚至躲到写字台下面去,但他最后认为这样不好,于是他站了起来,把身子挺直,对着房门,姿态既不勇敢也不防备。走廊里静下来了,只发出沙沙声响,后来泰蕾莎咚咚地敲了两下门。

"请进!"弗罗梅尔说,他忘了门是关着的。

"瓦尔特先生！是我，洛韦！"他听见外面的人说着。

"啊！是的。"弗罗梅尔知道这尴尬又可笑的局面是怎么回事了。他，瓦尔特·弗罗梅尔，关在自己的房里好几天了，医生被叫过来给他看病。"我什么事儿都没有。"他打开了门说道，知道自己的房间过去几天都很憋闷和杂乱，这几天他自己也没有刮胡子。

洛韦看起来有点尴尬，虽然他很努力在掩饰。他坐了下来，把自己那个旧药箱放在一条腿的旁边。瓦尔特看见那个药箱就要责备他，但是医生解释说：

"你的姐姐感到不安。"

"我这里什么事都没有。"弗罗梅尔又说了一遍，喉咙深处传来了他的笑声。

洛韦马上就以要进行探视的眼光望着他，作为一个外科医生，他已经做好了准备。

"我对爱尔茨内尔家里发生的一切已有很深的体验。"弗罗梅尔说，他的语气令人意想不到的真诚，"先生来了正好，我这里也没人陪我，我崩溃了，昨天、前天都是这样……你看，我只能读书了。"

泰蕾莎不声不响地拿来了一杯咖啡，没有看他们，就离开了房间。

医生咳嗽了一声，用勺子在杯中搅了很久，然后问道：

"为什么对你有这么大影响,瓦尔特?"

"你没有吗?我们大家都参加了这些聚会,我还是组织者,我跟她合作过,我教过她,她是我的作品,是对抗非信徒和实验室里那群巫师的证据。现在,这一件事毁了一切……付出的这么多的努力。但是我知道是谁按上了这个手印。"

"你不信,她……骗了我们。"洛韦半信半疑地说。

"我当然不信,我也这么想过,你可能也不会相信吧!我们见过之前的她,你还给她检查过身体,你也见过她在通灵时真正陷入神志恍惚时的表现。你也听见了她说的话,知道那里发生了什么情况。医生,这是一个阴谋。"弗罗梅尔表现得很兴奋,"你知道,我是了解爱尔娜的,她并不聪明,想不出这么复杂的阴谋。这是个孩子,她什么都没做,她是无辜的。"弗罗梅尔突然沉默了,他转着手里的那个空杯子。白瓷杯上画着一些玫瑰花。"我不管有没有什么欺诈,在这些天……我把一切都消化了。肯定就像我想的那样,爱尔娜和过去的她一样,没有任何变化。"

洛韦医生大声地吸了口气。

"先生你以为是那样,可并不是那样,所有的都变了,半年对于像爱尔娜这样的年轻人来说是很长的时间,也许在去年她不需要姐妹们的帮助,但是她知道,她已经丧失了进入神志恍惚状态的能力,以前有过的现在失去了,她可能会感到很害怕……"

"呵!"弗罗梅尔马上说,"这是你说的,你是这么理解的。可是我不这么想,我很确信这是个阴谋,你还记得吗?由于她才有那么多的幽灵出现在聚会上,你记不记得莎茨曼夫人在聚会上哭了,有个幽灵还借爱尔娜的嘴在对她说话,还有什么能比这更自然,更真实,你说是不是……"

洛韦看着房间里的天花板,好像要在那里找到答案,但是他并没有回答,因为这样的答案已经有很多,他也知道,其中任何一个都毫无价值。

"你就不要问我了,因为我什么也不知道。"他最后说,"我是个医生,这辈子看过上百种病症,我的知识先是从教科书上得来的,后来是从治病救人的实践中得来的。我以前从来没有见过爱尔娜这样的情况,我不知道她这是怎么回事,她是和幽灵们交流,还是得了一种特殊的神经症?"

弗罗梅尔动了动身子,想要让医生别再说了,但是医生语调不变地继续说了下去,就好像在重复他讲的课。

"我去过许多城市、医院和孤儿院,我像流浪的犹太人一样,在全世界流浪,我越是看得多,越是对自己没有信心;虽然我想,这么多年的实践,自己应当有了信心,但并不是这样。也许当我成为一个专家,而不是一个家庭医生时,我就会找到我要找的东西,当然也可能仍然找不到。你知道,我要的不是轻飘飘的信心,我要的是能够治好别人的病的信心,找到把病治好和恢复健康的办法。纯粹的实用主义——我就是这样一个医生……我以前想过,当我老了,我会更有智慧。可是你看,我现在感到失望了,现在我知道最多的,就是我确信当我到七十岁的时候,我会更加缺乏自信。女人、月经、见到了鬼魂、睡梦、歇斯底里发作……你想没有想过,我知道这一切为什么会发生。但最后我什么都不敢说,我要说什么连自己都不相信,我怀疑我自己所说的。我看到越多像马赛克一样的人的组成元素,他的躯体和灵魂——如果有灵魂的话——愈是觉得这一切都不适合我,如果我老了,我就会感到到处都是一片混乱……"

"因为你想得乱……你让这一片混乱都暴露出来了……"

"你是这么看吗?对我来说,爱尔娜是我用来对抗混乱的一种武器,我相信她。"

"她的姐妹们拉动绳子,看到这个你是不是绝望了?"弗罗梅尔带着讽刺的语调问他。

"我已经累了。"洛韦医生说。

他们面对面地坐着,弗罗梅尔在办公桌旁,医生坐在一张不太舒服的椅子上,药箱放在腿上。在这间零乱的房间里,光线开始变得灰暗了。

"你不想送我一下吗?"洛韦突然问道。

弗罗梅尔表示同意,他穿上西装外套,戴上帽子,照了照镜子,用手指摸了摸这几天新长出来的胡茬。泰蕾莎看了一眼医生,表示非常感谢。她站在打开了的门里,等着砰的一声门关上。这一声说明,她的弟弟回到这个世界上了。

他们机械地往座堂岛走去,晚上这里的奥得河呈水银色,像流动的金属,一会儿性质稳定,一会儿则会发生变化,然后溶解。

他们慢慢从座堂岛的桥上走过,呼吸着湿热的空气,在西边明亮的桃红色的天空上,一团乌云在移动。

医生从来没有见过这么健谈的弗罗梅尔,他几天没有张口说的话,一直在他的心里,现在一定要倾诉出来。他讲了自己的童年,讲恶魔缠身和驱魔术,讲了和泰蕾莎一起的生活和世界文明的败落。脸上的胡茬显得他气质温软了些,由于没有白色硬衣领的对照,他这张像鸟一样尖突的脸看起来也更顺眼了,甚至看着有点天真稚嫩。这就是为什么医生为弗罗梅尔感到难过,实际上医生从来没有喜欢过他。

"我有过忧伤的时刻,"弗罗梅尔说,"也许我现在还有这样的情绪,但这不是堕落的表现,而是一种坚持,接受过去、现在和未来,这是黑格尔的观点。一个人在他成长的过程中,对什么都要表示自己的态度,他有他的思想,对现实的看法——也就是一种观点,如果我们对它表示赞同,并经过大家的论证,那它就会成为一种被普遍认可而且涵盖一切的理论。但是这样它也开始限制我们对世界的看法,让我们不再产生怀疑,这是一个发展的悖论。如果对这种自信,这种普遍的理论加以鼓吹,使它的涵盖范围进一步扩大,那么其中就会出现裂缝。不过在这种裂缝中会出现新的种子,对立相反的观点,它会消灭旧观点,然后就会来到一个时刻,就是新旧观点存在和发展处于一种平衡的状态。真理既表现在对它的肯定也表现在对它的否定中。先生你懂吗?到这个时候,'是'就是'不是',黑的很像白的,谎骗等于说真话,矛盾和对抗的东西可以联在一起,人们开始怀疑,究竟有没有绝对真理。你认为这是一个混乱的局面,可这只是一种生发于怀疑的联合。人很难避免矛盾,他一遇到矛盾和对抗就会感到悲伤、绝望和迷茫。无法接受矛盾的加剧的话,我们就只好回到争论本身,回到暂停的时刻,回到没有个性的、中立的、只有数字的时刻。所有的能量都耗尽了。一个人没有能量就会感到忧伤,忧伤又会带走人对生活的满足。就是这么一个状态,曾经灌满了的,如今还要再次灌满。活力消失了,那就等它重新装满。"弗罗梅尔不再说了,好像有点喘不过气来。

天空开始下起了小雨。

"我们大概走得太远了。"洛韦医生最后说,"我们必须要坐马车回去了,好冷啊。"

弗罗梅尔好像没有听见医生说的话。

"你对我说的是怎么想的。"

"一个有趣的理论,悲哀是一个发展阶段正常和健康的表现,好了……我们应该回去了。"

他们在一座桥上停了下来,这一座桥又长又大。

"我们在什么地方?"弗罗梅尔问道,"这大概是通往冯德斯费尔德的那座桥。"

过了一会儿他们叫住了一辆马车。真的开始下雨了,阵阵寒风刮过现在空无一人的街道。

弗罗梅尔先下了马车,他在告别的时候,发现这个老医生全身发抖,这让他充满愧疚。空气变了,变得新鲜和纯净。好多东西都变了,一切都跟以前不一样了。

弗罗梅尔从未这么集中精力,开始拟定他第二天的计划。

阿尔杜尔·莎茨曼的笔记

描写女病人个性的尝试

这位女病人的个性有很强的不稳定性和不确定性,就像一个变色龙。当然,可以把这种变化归结于到了青春期,但是这样大的变化,是不是可以提出一个假设,就是爱尔娜·爱尔茨内尔的心理存在一些病理学的因素。思维紊乱和习惯幻想还会加重歇斯底里的恶习。

歇斯底里的表现就像布罗伊尔和弗洛伊德在他们的《癔病的研究》①中说的那样,是一种不自觉的转化到身体上的性幻想。不过,这种歇斯底里的症状同时也可能是受到了性伤害,不愿记住而发泄性的表现。

在受检查的爱尔娜·爱尔茨内尔那里,可以很明显地区分歇斯底里症状发作的样子,和作为病人不太典型的行为表现。

---

① 原文是德文。

我们要对这些进行仔细的研究，尽一切可能进行诊断。我们将分以下三个方面记录下来：

一、意识状态，二、梦的状态，三、神志恍惚的状态。

一、 意识状态

和爱尔娜·爱尔茨内尔直接接触的第一个印象就是，她遇事都是那么心不在焉，好像"她根本不在"。问什么问题，她总要过一阵才做出回答，或者她只是无意识地听了一下，只听见了问话中的个别语词，同周围情况完全联系不起来。但有时候，她又会表现得很有活力。这时候的她很健谈，头脑也非常清醒。她的这种变化没有规律，时好时坏。

让我觉得很有趣的就是这种缺席状态。这种情况的出现是因为对她用了雅奈的歇斯底里麻醉药，这种药可以使一个人对什么都不能集中注意力，就像是一种感知障碍，她的注意力脱离了感知领域，跑到别的地方去了，比如说进入了想象领域。这样的人白天也做梦，我们称为白日梦，和夜晚的睡梦不一样。这种情况的出现和歇斯底里也有关系。这种不能集中注意力就表现在，当爱尔娜·爱尔茨内尔进行日常谈话的时候，她所说的总是脱离了她在此前要表达的内容，而且她根本就没有意识到这一点，这是最有趣的。我们在这里的时候，有过两次这样的情况。一次是我们在不带感情偏向地聊着我们读过的书的时候,爱尔娜莫名其妙地说了一个"僻静的树林";另一次是大家都在谈如何给一间房配置家具时,她却说了一句"我的女儿"。从其他人那里,我们还知道像这样的情况还有几次,而且每一次她说这些话的声音比平常说话的声音都要更大、更清晰。从心理学的角度可以做如下说明:她在说话时不能集中注意力,往往想些别的东西去了,有了其他的联想和幻想。而且她这些话往往是脱口而出,她自己并没有意识到。因为有一种刺激性的东西会自动进入到一个人的语言中枢神经,在那里被吸收,然后刺激他正常说话。如果以生理学的观点来看,被激活了的人脑的相邻各部分互相干扰,对这种刺激产生的反应导致了混乱。

上面这个例子说明了歇斯底里的典型特征是:一、注意力与自发出现的行为脱节,二、意识和无意识之间的界线不明显,这种情况弗洛伊德做过进一步的说明。

爱尔娜·爱尔茨内尔的意识范围很狭窄,既表现在以上对别人话语的错误理解上,也表现在对什么都心不在焉上。她有一半生活在现实世界,另一半在幻想中。这种情况在文学上可以说是半梦游状态,她的意识保留了她内心的整体,但是在这之外的地方给它做了复杂的手术,她却毫无感觉,也一无所知。看上去这里好像出现了另外一个人,在活着、思考和渴望,可

"她"对此没有任何概念。这种现象我们在谈到神志恍惚的状态时还要进一步说明。

二、梦的状态

对爱尔娜·爱尔茨内尔这种情况的研究方法中，梦中的幻想的意义很有价值，值得研究。来自亚里士多德的一个非常古老的观点认为，梦是感知的持续，这些感知之间相互联系，互相融合，会以一种新的形式出现。今天在科学世界里，人们都认为梦是一个睡着了的人心理活动的产物。

有一种理论对于梦的意义很明显做了很高的评价，它将梦抬高到更高的"精神"层面。梦中的幻想是精神要摆脱外部力量的控制。但是有很多医生认为，梦中的幻想是一种完全没有价值的心理现象。所有图像的出现都是人脑中特定部分被激活所造成的混乱，是偶然的结果（见宾兹的论述）。最近这些年，利用心理分析的方法，弗洛伊德发现，通过某个钥匙，幻想的内容可以取代心理内容，它具有象征意义。这个方法可以将在生命中出现的各种印象和问题加以比较，也可以将病理学和梦境的象征加以比较。

根据我们所说的爱尔娜·爱尔茨内尔的情况，可以说，梦的状态对她的心理生活而言非常重要。从她亲人的话里可知，从她童年时代早期，到"幻影"和其他症状出现之前，她一直都做梦。我们认为，她会理所当然地认定自己在梦中的想象是真实的，她会以为，她的梦境就是现实。在这种情况下，可以认为，梦幻就是梦中的幻想和感受。

因为我这篇论文并不会确定治疗方向，只是试图说明一下歇斯底里个性的表征，所以我们也没有对收集的有关爱尔娜·爱尔茨内尔做梦内容的材料进行深入的研究和分析（病人的41条做梦记录也随附在了论文后）。

三、 神志恍惚的状态

神志恍惚有许多不同的表现，主要表现在意识范围紧缩，对外来的刺激不够敏感，和现实交流弱化。

爱尔娜·爱尔茨内尔患了僵直症和夜游症，这两种症状可能会在同一天内一起出现。在使用招魂术的聚会上，她最常进入夜游状态。当她在通灵活动或者聚会上做出灵媒那样自我暗示的行为或者对暗示性的情形作反应时，最容易激发她这些症状。可以说，参加聚会的别的也很重要的人，比如她的母亲，也会受到这种自我暗示的影响。

爱尔娜·爱尔茨内尔陷入神志恍惚的状态的表现如下：
在浅层的身体僵直阶段，对他人的触碰反应强烈，在梦游阶段，全身像被麻醉了一样，一动不动。

脉搏跳动缓慢（一分钟 0~50 次）；

感官系统对外部刺激不敏感；

体温略略下降；

呼吸很浅，也很缓慢；

肤色苍白，瞳孔变大；

视觉和听觉方面产生幻觉。

应当注意的是，神志恍惚的状态并不是在"招灵会"开始后马上就出现，这个女病人是装成那个样子的。

在招灵会上，爱尔娜·爱尔茨内尔在神志恍惚的状态期间，最不寻常的特点就是，无意识人格突然被激活，并脱口而出一些话。在这里我们有这样一个离经叛道的例子，即从存在的人格，在联想、信息和回忆上构建的这么一个形象的角度来解释她的情况。很难说，这能不能同弗洛伊德关于梦中的幻想的研究相比（见弗洛伊德的《梦的解析》，Leipzig und Wien 出版社，1900），因为我们不知道，这些内容是不是已经被"更新"了。但应指出的是，这些内容仍很重要，她以强大的力量和强度向外冲破，创造了"说话的幽灵"。

在结束神志恍惚的状态后，爱尔娜·爱尔茨内尔总是要说她见到了什么。可是对于在聚会上出现的那些不平常的现象，我们要进一步说明一下，因为这样对在大白天见到"幽灵"出现能有进一步的认识。

由于陷入神志恍惚的状态,感知的能力就变成了自然的幻想,通过幻想可以创造出人物形象。在有光斑、若隐若现的色彩和一半有影子一半无影子的地方,就会出现鲜明的人物形象的轮廓。这种图像——被称为是催眠幻觉——就和梦幻中出现的形象一样或者超越那个形象。拉德通过实验证明,每一个梦幻都从视网膜的光照中获得了形象元素(见拉德·乔治·图姆布尔①的《对视觉梦幻心理学研究的贡献》,1892)。爱尔娜·爱尔茨内尔的幻觉从来没有出现在白天,她的意识十分清醒的时候,而是出现在她某种程度上失去了意识和知觉的时候,因此可以认为,一个躯体在突然变得僵直的同时,更能以某种独特的方式感觉到来自外部和内部的随机刺激。

至于那些物体移动的现象……

---

① 拉德·乔治·图姆布尔(Ladd George Tumbull,1842—1921)美国哲学家、心理学家和教育家。

阿尔杜尔·莎茨曼

所有的人都对洛韦医生的病感到不安,在他这个年纪患肺炎是很危险的。有一次,爱尔茨内尔夫人来到他这里,极力要他去医院里就诊,但是医生不愿谈论这件事。泰蕾莎·弗罗梅尔每天都到他这里来,给他做肉汤和熬药,只有她被允许照顾他。她还给他换了被他汗湿了的被褥,给他铺好了枕头。有一天下午,阿尔杜尔来了,他坐在洛韦的床边说起话来,说得太多而且声音也很吵。那天他告诉医生:

"妈妈后天就会回来,她很担心你病了,担心你没办法帮助其他人了。与此同时世界上出了很多事,有个年轻人乘飞机飞过了英吉利海峡,这是不是一个新的时代已经开始?"

医生呼吸很困难,没法集中注意力去看阿尔杜尔那动来动去的身体。

"你到过爱尔茨内尔的家里吗?"他小声地问道。

"没有,我没有机会到那里去。"

"你的论文写得怎么样?"

"提纲已经写好了……但是因为最近发生的这一切,我要稍微改一下我的概念。我有责任详细记述这一切,并且找到科学的解释。总的来说,我这里还干得不错。"阿尔杜尔继续说,"但我并不想对这些做很复杂的分析,只把所有的一切都简单地说明一下。"

"简单地……"医生重复了一下。

"我要把存在于大脑说话功能中心附近的那种无意识人格也写一下。歇斯底里人格的出现,会让大脑皮层兴奋度过高,造成极大地影响和干扰。"阿尔杜尔伸出了两条腿,去拿他的一个皮包。"这里有我的测试结果,你想看吗?"

医生力气不足地摇了摇头,但能够看出,他很注意地听着他说的话。

"另一方面,你是不是认为我说的这些都有些莫名其妙?"阿尔杜尔继续说,"像人格这样不具体的东西,又怎么能和像作为大脑一部分的脑中心这种能够触摸得到的东西为邻呢?这里首先要回答一个问题,什么是人格?什么是大脑中心?但这是以后的事,你看,还有很多事要做。"

医生对阿尔杜尔笑了一下。

"我很高兴,你的生活是这么充实,你也没有感到焦躁不安……"他很厉害地咳嗽起来。

"她蒙骗了我们,很好,歇斯底里就是一种无意识的欺骗。

你知道,我不认为她是有意识地欺骗我们。是弗罗梅尔和她的母亲在驱使她,然后她的姊妹也帮助她。对我来说,她如果不欺骗反而不好。"阿尔杜尔笑了,他站起来,要告别了。"下次我和母亲一起来,希望你能恢复健康,你总不能睡在床上来接待她吧!"

当阿尔杜尔走到门边上后,医生从枕头上稍微爬了起来,拉住了他。

"阿尔杜尔,我可能知道,她一个又一个说的那些单词,你记下来的那些,还有大家都听到的那些词是什么……这是《魔王》①里的话:

小男孩,当你走进这片寂寥无声的林子里时,
你会看见我的女儿们都在星光的近旁,
我的女儿都在一片青苔上跳舞,边哼着小调,
我的每个女儿都比梦幻中的幽灵更加美丽。"

阿尔杜尔拉着门把手。

"这完全可能,是的,可能就是这样。"他说完就走了。

---

① 《魔王》是德国诗人歌德于1782年发表的一首歌谣,写一个孩子如何死于魔王的幽灵之手。

洛韦医生

洛韦医生知道他自己的状况在不断地恶化。每一次呼吸的时候他的胸和后背都让他疼痛不已，咳嗽也让他抑制不住地难受。发烧使他处于半死半梦的状态，好像他已准备离开这个世界了。

医生知道自己要死了，他要感谢他自己的身躯，因为它在每天枯燥的生活仪式、内心痛苦、悲哀和冬天骨头里的酸痛下坚持了下来。他第一次真正感受到了他的身躯，除了这些之外，就没别的了。他安安静静仰面躺着，想到了一些不重要的往事，他注意地听着自己沉重的呼吸，看着房里的天花板和墙壁，纵和横连在一起的地方，他看见那里有一个很大的蜘蛛，它就是死神，不可能是别的。

他的一切都只想死去，好像这是对他的一种赏赐。他想到了死，就准备去死，他看着那个蜘蛛就像看见了一个标志。当沃盖尔教授和阿尔杜尔到他这里来的时候，他偶尔也要说起这些，但他们都不作声，只是眼里充满了对他的谴责。他们总是向他不断地讲生命的力量,讲自我暗示,最后还讲了旅游和什么是生活。医生想到,他过去对一些将要死去的人也说过这些,因此他感到很羞愧。

洛韦并不想去旅游,也不想改变,进入另一种状态,既不入地狱,也不进天堂,他希望自己就不存在。他很疲倦,全身都很疼痛,处于绝望的境地。他希望自己不再存在,彻底消失,像火一样地熄灭,把眼睛闭上,再也不睁开,到另外一个躯体,另外一个世界里去。眼皮底下的黑暗在吸引他,一想到他在什么地方还会醒过来,就让他感到疲倦。"没有别的地方,没有!"他不断地这么说,用这些话催眠自己,虽然他自己也不完全相信。他感到在自己身上有一块区域,不是在身体外面,而是在他的体内,也许它会永远存在,这对他来说很陌生,可怕,很不人道。他想让它和自己一体化,因此他闭上了眼睛,想着这块区域到底是个什么样子,在当时出现的记忆模糊的图像中寻找着。有时候,他觉得他找到了本质存在,但是这种时刻总是一闪而过,十分短暂,无法理解。

到了晚上,他烧得更厉害了,他已无法控制地坠入了他那内心的空间。在他的这个空间里,有无数的大世界,但是他又突然清醒过来,他要看看莎茨曼夫人那张难过的脸,现在白天她都和泰蕾莎轮番来照顾他。

"如果能让自己彻底地死去,躯体和灵魂都死去。"他这么想,一边等待着死亡,在这间憋闷的房间里,死亡离他越来越近。但他也很害怕,死神会不会欺骗他,让他永远不死,让他永远流浪,无休无尽。如果他越过了一条界线,他就会到另外一个地方,他就不得不再做出决定,期盼着什么,惦记着什么。

在医生的床周围的一切都好像在等着死的来临。墙上的那个蜘蛛、大街上路灯的灯光、奥得河上汽笛的哀鸣,整个世界都和洛韦医生,这个出生在克罗列维茨,徘徊在富有的德国病人家里的犹太老人一起,等待着死亡的来临。

他以前想错了,以为人们并不想死,而是想永远活下去,他很不是滋味地想起了这些自我安慰的蠢话,这些话他过去对着垂死的人说过好几十次。他越来越感到害怕,如果死了,就什么也不懂得,什么也学不到了,救世主并没有来。如果洛韦认定,这一切马上就要结束,然后什么都没有了,那他就会很安静地死去。但他还是很害怕,因此他想,上帝究竟是谁,他对死亡的要求比所有的一切都强烈,只有上帝才是全能的。但是他知道,上帝最初在一次大爆炸中就被毁灭了,时间说明了他被毁灭的过程,我们所有的人都是他躯体中的一小块,就像他周围的一些,仍在不断地死亡。我们根本不可能得到救赎。

阿尔杜尔·莎茨曼

结　语

1914年8月初，阿尔杜尔·莎茨曼已经穿上了制服，他乘坐电车向着内乌马尔克特区出发，他听说爱尔娜·爱尔茨内尔在那里开了一家裁缝店。

他的口袋里有一封召唤他上前线的信，在最后时刻，和亲人的坟墓告完别，和朋友们饮酒，和熟人们饮茶告了别，他就想到了小爱尔娜。近年来，他一直在想着她，爱尔娜就像他想出来的一个象征性的人物主体，他对她的情况进行了科学研究。离最后一次见到她已经过了五年多了，现在她一定是一个成熟的女人了。他总是平心静气地想着过去那些日日夜夜，那些招灵会的夜晚，读书和无休止的讨论。他还想再见一次爱尔娜·爱尔茨内尔。洛韦医生死后，阿尔杜尔失去了和爱尔茨内尔一家的联系，对她们也不感兴趣了。后来他的母亲死了，他开始给人看病，但当一切慢慢走了下坡路，阿尔杜尔感觉自己就是个精神病大夫时,他接到了参军的召令,他要到比利时的前线上去了。

城里因为天气炎热变得灰蒙蒙的。从电车里的窗子往外看,阿尔杜尔感觉,好像整个世界都困倦了,也苍老了,它在等待着变化,就像过了酷暑后,就会迎来潮湿的秋天一样。但是现在的生活就像那些疏懒的溪水一样,只是在缓缓地流动。女人们穿着夏天穿的连衣裙,戴着各种颜色的宽边帽子,手里牵着同样穿上了色彩明亮的衣服的孩子在街上走来走去。摊位上摆满了一堆堆的水果和蔬菜,还有许多篮筐,里面装满了用李子做的果酱。

他在内乌马尔克特下了车,买了一束粉红色的玫瑰花。没过多久,他就在一个药铺旁边看见了一扇玻璃门,上面写着"帽子。优雅的剪裁。爱尔娜·爱尔茨内尔"。阿尔杜尔站在那里想,从外面看,他肯定看上去像来求婚的人。

还没有等爱尔娜·爱尔茨内尔转过脸来,他立马就认出了她,因为她几乎没什么变化,也许现在更丰满了一些,更有女人味儿,也更活泼一些。浅灰色的头发在头顶扎成了一个髻,耳朵上带着两个小耳环,里面映照出了两个小太阳,她的两眼好奇地看着他,没有那种他想象中的,属于她的那种不确定的眼神。

"先生你好,有什么需求?"她开口问道,阿尔杜尔这就知道了,她没有认出他来。可能是因为他穿了这件制服,于是他取下了头上的帽子,走到柜台的近旁,在柜台上的支架上,支着各种不同式样的帽子。

"有什么我能为您效劳的?"爱尔娜·爱尔茨内尔又问了一遍,是她,还是过去的她。她眼中的玩味让阿尔杜尔感到很可笑。

"我叫阿尔杜尔·莎茨曼,女士你是爱尔娜·爱尔茨内尔,对吗?"

"对!"她证实了他的问话,然后把脑袋偏到了一边,像一只很有趣的小鸟。

"夫人你不认识我?"

"不认识。"

"四年前,也可能是五年前,我来过你父母的家里,给你做过检查……"

"先生你是医生?"

"现在是医生,可那时候,我还是个大学生,夫人你不可能不记得我。"

"很遗憾,我不认识你。"

"阿尔杜尔·莎茨曼,五年前……"

她否认得那么自然,以至于阿尔杜尔抛开了她在假装不认识他的怀疑。

"我以前住在乌尔苏利内翁斯特拉斯街,但现在别人住在那里了。"

"父母给我买了房子。"

他们面对面地站着,被大宽边帽子团团包围,两个人交换着目光。

"你不记得那些招灵会了?"阿尔杜尔最后不可置信地问道。

在这个女人的脸上有什么颤抖了一下,她把视线转过来了。
"对不起,先生!我很忙。"她说。

阿尔杜尔·莎茨曼往前走了一步,好像他相信,只要两人面对面,离得更近些,把过去所有的事都告诉她,她就不得不承认。可是这个女人却后退一步,她的目光冰冷而陌生。阿尔杜尔又站了一会儿,紧紧地抓着手里的那顶军帽和那一束花,他犹疑不决,想要说点什么,可是那个女人只是冷漠地整理好了一顶帽子。阿尔杜尔向她鞠了一躬,然后离开了。在他的背后,门铃响了一下。

他走过城市,感觉这座城市越来越空了,看起来也越来越奇怪了,就像一个剧院原来的布景有人把它撤换了,现在换成了另一个完全陌生的布景。这里既没有他的母亲,也没有他那嘴里叼着烟斗的父亲,他曾经以为,这是永远不会消失的。还有老洛韦医生和他那散发着石炭酸气味的药箱也不在了,那个疯狂、凶恶的弗罗梅尔和他那个驼背的姐姐也不见了。爱尔茨内尔一家的住宅,脸色苍白的爱尔娜,带着紫罗兰图案的玻璃杯,也都不见了。所有这一切背后的悲哀也是转瞬即逝的,阿尔杜尔坚信,"昨天"听起来就和"一百年前"一样,它的意义也是一样的:那就是都不存在了。

他把那束玫瑰花放在市政厅近旁的一条长椅上,然后就去追赶那辆开出了站的电车了。

译后记

　　2018年诺贝尔文学奖获得者，波兰女作家奥尔加·托卡尔丘克的小说，一贯以富于神秘的想象而闻名于世，这种想象跨越生命，不仅进入宗教和神话世界，而且涉及多种科学，如心理学、物理学、化学、医学以及整个人类和宇宙世界的起源和发展的趋向，的确是一种包罗万象和百科全书式的想象。这种想象也充分地表现了作者对于她所见到和想象中的一切喜怒哀乐的思想情怀，她于1995年创作和出版的《爱尔娜·爱尔茨内尔》（波兰语简称《E.E.》）就是她在这方面最生动的表现。小说描写的故事情节主要以西方十九世纪末和二十世纪初的社会为背景，因为那个时候，在西方一些国家流行一种实施通灵术，也就是招魂术的习俗，在社会上有很大的影响，一些科学家和医生对于人死后灵魂的出现和复活甚至想要进行心理学、生理学、病理学和物理学的研究和论证，但是也有人认为这是一些通灵术士在人们中制造的骗局，是不足信的。小说《爱尔娜·爱尔茨内尔》就是通过一个热衷于实施通灵术的"神秘主义者"

瓦尔特·弗罗梅尔对一个有精神病的少女爱尔娜·爱尔茨内尔实施通灵术的情节展开，充分发挥了作者的想象。

小说中描写的这种通灵术的实施，一般是由女主人公爱尔娜·爱尔茨内尔的母亲爱尔茨内尔夫人召集一些友人，在她家里举行聚会，这也是当时西方国家一些相信这种通灵术的人为实施通灵术和进行精神分析普遍采用的一个办法。小说中所描写的爱尔茨内尔夫人家里在举行这种聚会时，要事先准备好画了各种图像的笔记本和玻璃杯放在桌子上。在实施通灵术的时候，正如作者在小说中描写的那样，"周围一片寂静，在这种静寂中"，弗罗梅尔"将一个手掌突然盖在一个玻璃酒杯上，他的手指在玻璃酒杯上合在一起了。阿尔杜尔这时很惊奇地看见玻璃酒杯动起来了，开始摇摇摆摆地活动，就在它所在的桌面上画出了一些小的圆圈，但它没有往前移动。后来它的这种活动越来越迅急，又画出了一些棱角，就像是那种复杂的几何图形一样。在这些棱角之间的空当上写了一些字母。泰蕾莎·弗罗梅尔开始小声地读着这些字母，这些字母合起来便成了一些语词，还构成了一些语句，但这里有的语词和语句都写错了。弗罗梅尔先生问这是为什么？阿尔杜尔也不知道这是怎么回事，他想一定是有人把这个玻璃酒杯不断地往前推去，但是他在另一边并没有感到有什么把它使劲地推过来。这里出现的一些语句的意思说明了对亲近的人要宽容，要有爱心，泰蕾莎·弗罗梅尔觉得这些道理都很普通,就好像是从一本初浅的道德说教的书中摘下来的"。随后,因为幽灵被召唤来了,便出现了这样的场面:"房里一些东西,如花盆、瓷器、有框边的画、书籍、没有盛上可可的玻璃杯等等全都掉在了地上,还有一块玻璃噼啪一声被打碎了,像是有一只看不见的手不怀好意地把它甩到了地上。一些每天都要用的小东西都在大量地自我销毁,看起来就像一些神志不清的兔尾鼠,从崖壁上往水里跳。柜门也自动地打开了,在不断地摇晃。小莉娜看到这个非常害怕,马上捂着自己的耳朵,像疯了似的大叫起来。两个双胞胎姐妹有一阵好像失去了知觉,然后她们又爬到床上,在上面乱蹦乱跳,还撕毁了那些缝制得非常精美的被褥,她们还不断地发出尖叫的声音,给这里造成了更大的混乱。爱尔茨内尔夫人这时来到了房里,还戴着帽子,穿了大衣,还有格列塔跟在她的后面,她们在这里看到的是一片混乱,到处都遭到了破坏。"

在这种通灵的聚会上,不仅到处都是一片混乱,有时还会出现幽灵的对话:

"你是谁?"

"我是。"

"你叫什么名字?"

没有回答。

"你要不要我们给你取个名字?"

"要。"

"你是男人还是女人?"

"女人。"(沉默了很久后,才回答。)

"我们就叫你波娜,你在哪里?"

"在这里。"

"这里是什么地方?"

"什么地方都不是。"

"你还活在这片土地上吗?"

"没有。"

"你会生还吗?"

"不会。"

"你是谁?"

"我是。"

另外,小说对于女主人公爱尔娜·爱尔茨内尔家里的一些生活场景和她的感受都有非常细致的描写:"母亲住的那间房只有外面街上一点微弱的灯光照在里面,显得很暗,看起来,就像里面撒了许多扑粉。房中间有一张又宽又大的床铺,躺在床中间的爱尔娜看见房顶上的天花板有很多裂开和破损的痕迹。她睡在那里一动也不动,听到厅里钟摆的响声,把房里的静寂也很均匀地分成了一块一块的独立存在。爱尔娜想起了面包师的那些架子上,总是摆满了小圆面包,很整齐地一个挨着一个地摆放着。

后来她又稍微掉过头来,很仔细地看着妈妈这间房的四周围。她看见了一张很大的衣柜,还有一个块状的东西,不很清晰地多次显现在厕所里的一面三棱镜上,它很大,但爱尔娜感到陌生,猜不出这是什么东西。她觉得好像看见了一个什么动作,有个影子在一块玻璃上移动。她感到很不安,想在床上坐起来,但马上又觉得这样不好。她这时又好像听到了有几个人在很兴奋地聊天,但是这些话声是从远处来的,听不清楚,不知道他们在讲些什么。开始她以为这声音是从饭厅里来的,但是已经很晚了,那里没有人。她很注意地听着这些话声,但她越是注意地听,这些声音就越是到一边去了,变成了一片喧哗和嘈杂的响声。经过几次尝试想要听懂这些话中说出的每一个字是什么,她听到的这些字虽都认得,但这里说的不是这些字的意思。爱尔娜不费劲地想了一下,知道自己还没有从昏迷中醒来,或者又睡着了。她知道,那些像大合唱样的声音不是从饭厅里,也不是从这个住宅里的任何地方传过来的,它们就在她自己的身边,虽然来自一些广大的空间,但她是在喝鱼汤的时候,看见在饭桌的另一边有个男人在使劲地盯着她的时候听到的。"

爱尔娜·爱尔茨内尔因为有精神病,在这种聚会上总是处于失魂落魄和梦幻的状态,而且在有的通灵聚会上,她还表现出对人世十分悲观的看法,如小说另一个主人公阿尔杜尔·莎茨曼在他的一个笔记中说:"在二月和三月,有过两次聚会,爱尔娜·爱尔茨内尔都参加了，但我没有参加。从参加过这两次聚会的人的介绍来看，爱尔娜这个女病人的病情都表现出来了，她说了这个世界的未来会怎么样，会出现一个毁灭的景象，世界末日到了，反基督的魔鬼就要来了。最不寻常的是会出现大量房屋的倒塌、火灾、废墟和大量的人死亡，可以想象，就像报纸上说的几个月前在意大利的墨西拿发生的大地震那样，爱尔娜·爱尔茨内尔非常激动地对我说过。应当指出的是，她所见到的这种景象是很普遍的，大家都认为，爱尔娜·爱尔茨内尔在四月的这次聚会之前，就说过在意大利南部的这个地方会有大地震，所以在四月的这次聚会上，竟有多达十个人来参加，说明了爱尔娜·爱尔茨内尔有预见和超凡的智慧。"

那个对通灵术着了迷的瓦尔特·弗罗梅尔说的通灵当然具有明显的宗教色彩，他对爱尔娜·爱尔茨内尔说："通灵术是跟'灵魂的本质'而不是'灵魂'通灵，这种本质既是死者的灵魂，也是那些还没有出生的人的灵魂。活着的人体只是一个木排，能够游过人生的大河。一个人在他一生的流浪中，可以充实和净化他的灵魂，最后要到上帝那里去。有洁净的灵魂、高度发展的灵魂、近于上帝之灵光的灵魂，这些灵魂乐于帮助和教育别的灵魂。但是有的灵魂因为陷入了贪欲的泥塘，它有可能用心邪毒。"他还说："一个人死后，他的不死的灵魂离开了躯体，但它有一段时期，还留在另一些非物质体中，例如留在以太中，留在一个灵体中,躯体死后不久,就没有形体了,但它会成为一个灵体,在一段时期,还会表现出它的感情的冲动,表现出它的愿望和依恋,这个时期有长有短,要看是什么人死了,他生前做了什么,是怎么想的,怎么生活的。我们把这称为灵体的'净化时间'。一个人的这个灵体也消失了后,他就只有一个思想和理智的躯体,它再经过长时期的过渡,又会创造一个有物质的生命。而且他的灵魂总是要找到能够获得更多的新的生活经验的生存环境,当他找到了自己未来母亲的时候,他就要进入到她的体内,然后出生,又来到了这个世界上,成为一个新的人,过去的那个他已经不存在,他现在的这个物质躯体、以太躯体和灵体完全是新的,他对过去的记忆只留在他过去的灵体中,他已经不记得他以前是个什么人了。"

这就是说,人死后是有灵魂存在的,他的属于物质的躯体死去了,但他还有一个非物质的灵魂,这个灵魂有它的思想的表达,感情的冲动,还有它所表现的愿望和依恋,我们也可以理解为一个人在世的时候,由于他的个人经历、思想状况、道德品质、事业成就和社会影响都不一样,所以主人公瓦尔特·弗罗梅尔认为,这个人死后,他的灵魂对他生前的依恋和想望是不一样的,如果他生前思想进步,品德高尚,事业有成,他对过去的依恋和想望会更大,他的这个"净化时期"也会更长,而且他死后的这个灵魂也会是一个"洁净的灵魂、高度发展的灵魂、近于上帝之灵光的灵魂",如果这个人生前在各方面都表现得十分平庸,甚至由于贪欲、用心邪毒而作恶多端,那么他对他生前就不应有更多的思恋,他的这个"净化时期"就不会很长,而且他死后的灵魂也会是一个"陷入了贪欲的泥塘"和"用心邪毒"的灵魂。作者通过她的想象,认为一个人死后,他的灵魂总是希望获得更多的新的生活经验,找到新的生存环境,因此他会有一个较长的过渡时期,然后照我们的佛教和道教的说法,再来投胎出生,成为一个新人,来到这个世界上,这可以理解为作者想象中的从生到死和从死到生的一个发展的过程。

此外,瓦尔特·弗罗梅尔也认为一种理论的提出也有一个发展的过程,但是他的这个发展观点也带有悲观的情调,他说:"一个人在他成长的过程中,对什么都要表示自己的态度,他有他的思想,对现实的看法——也就是他自己得出的结论,如果我们对它表示赞同,并经过大家的论证,那它就会成为一种被普遍认可而且涵盖一切的理论。但是这样我们对世界的视野也会受到限制,对什么都表示怀疑,这是一个很奇怪的发展过程。如果把这种自信,这种涵盖一切的理论加以鼓吹,其中就会出现裂缝,在这种裂缝中会出现新的种子,它和老的对抗,要消灭老的,但是过了一段时期,这种新和老的存在和发展又会处于平衡的状态,真理既表现在对它的肯定也表现在对它的否定中。""到这个时候,'是'就是'不是',黑的很像白的,谎骗等于说真话,矛盾和对抗的东西可以联在一起,人们开始怀疑,究竟有没有绝对真理。你认为这是一个混乱的局面,可这只是一个对抗,由于这种对抗,就会产生怀疑,一个人是经受不了这种对抗的,他一遇到这种矛盾和对抗就会感到悲伤、绝望,不知道该怎么办。对于这种矛盾的加剧因为接受不了,我们就只好避开这种矛盾,或者加以掩饰,没有自己的东西,对什么都没有定论,只有一个统计数字,所有的能量都消失了。一个人没有能量就会感到忧伤,忧伤就会失去对生活的乐趣,这就是已经灌满了的还要再次灌满,活力消失了,要等待它的重现。"

小说另一个主人公阿尔杜尔·莎茨曼是一个生理学家,他对招魂术和爱尔娜在这种聚会上的表现也很感兴趣,而且他还对爱尔娜的病态进行了自称为心理学和生理学的检查,说对什么都"要有一种科学的态度"。但他在和弗罗梅尔的谈话中,又说:"你一定听说过在美国很著名的对于招魂术的研究。虽然许多研究家开始对这都表示怀疑,但是其中的大部分后来都信服了。几年前,他们中有个叫哈德格圣的人死了,你听说过这个名字吗?他就是这些对招魂术起先怀疑后来相信了的人中的一个,还有一个这样的研究家,他曾以一个幽灵的身份参加过许多次这样的聚会,作为一个幽灵,他对招魂术很有条理地做了科学的说明,有一个叫皮佩尔的女士就是他曾施展这样的法术的对象。我有这方面的材料。"他一方面强调要有科学的态度，但是另一方面他又要利用弗罗梅尔使通灵术这方面的材料，并且声称要对这个进行深入的研究，写一篇博士论文，最后当然毫无结果。

此外，作品中还提到了一个关于"意识"和"无意识"的观点："沃盖尔认为意识（阿尔杜尔认为它是一个不变的现实的存在）是在一个人的生长的过程中的脆弱的表现，对他来说，只有无意识才是他的本性，意识是一种新的东西，它产生于几千年前，那个时候，人开始用语言和文字描绘世界，意识可以说'它首先是用文字表达出来的'。但是无意识比这早得多，有生命的存在就有无意识，没有文字的表达。但每个人都有一种伟大的记忆，像脉搏一样在他的理智中跳动，有的人很早就感觉到了。在有关人的思想史的书中记载了各种各样的名称，它们要说明的主要是那些有病的人和做梦的人的思想状况。意识在生命的不断变化中，就像它的一层能够保护它的外壳一样，使它能够存在于敌对的环境中，这个外壳因为是刚刚形成，有的地方还很脆弱，容易将它捅破，如果把它捅破了，就会出现无意识，使我们看到那里的血染，看到我们原来是个什么样子。"

其实，这里说的物质的躯体和非物质的灵魂也就是身和心是分不开的，这个问题法国哲学家笛卡尔早在十七世纪就提出来了。那么，心和身究竟是两个截然不同的独立实体，还是同一个实体或者同一个实在？后来就有了所谓"心身一元论"和"心身二元论"这两种不同的看法，这个问题当然可以根据心理学和物理学的观点来对它进行研究。其实，那种把身和心，即这里说的物质的躯体和非物质的灵魂截然分开，认为它们是两个独立的实体的看法是错误的，因为心和身、物质和意识不是两个完全独立的存在，它们之间有某种对立和统一的关系，在这里，身和物质是第一性的，心和意识是第二性的，意识是物质高度发展的产物，它是在物质世界发展到一定阶段上的产物，也就是在我们这个地球上出现了动物特别是人类之后才产生的。可是作者在这里又通过她的主人公沃盖尔教授表示，人的意识最早是通过语言文字的记载，也就是人类在发明了文字后，在它最早的文字记载中表现出来的，在没有文字记载的那个时候，就只有无意识。这当然也不符事实，其实在我们地球上开始有生物的存在就有意识，因为不仅是人而且还有动物，对于他们或它们面临的外部环境的改变都会有意识和感觉，人类出现在这个地球上一开始就有比其他生物更高级的意识，根据中外的考古发现，人类早在有文字记载的历史以前，就有各种艺术品和金属制品以及其他的智慧结晶，它们一直被保存到了今天。

作品中，作者除了以想象，大量描写了当时西方一些国家的社会上存在的这种表现了宗教思想倾向的通灵术的实施之外，也反映有人对这表示怀疑和反对，比如主人公洛韦医生，作者认为"他的医学世界是一个新时代的真正的科学世界，那里没有什么幽灵",他认为爱尔娜·爱尔茨内尔的病应当从心理学和生理学的观点来进行研究和诊治,她平日有很多睡梦和幻想的表现,洛韦医生觉得她给他留下的印象是"害怕、迷信、幻想,永远摆脱不了",认为这可能是她的一种"歇斯底里"即精神病的表现,因此"他警告过爱尔茨内尔夫人,不要搞这种无聊的聚会,他认为在这种聚会上如果发生了什么,是对爱尔娜的健康有威胁的",他也表示"希望她打起精神"。

作者丰富的想象除了反映当时在西方一些国家社会上出现的这种习俗之外,也在对女主人公爱尔娜的心理描写中,充分表现了奥地利著名精神病学和心理学家弗洛伊德①的一个观点,被意识所压抑的心理问题转换为躯体的症状表现为一种癔病,也就是精神病,可用精神分析的方法治疗,让患者想起什么就说什么,这就是以自由联想来发现隐藏的病因。下面就是小说中所描写的女主人公爱尔娜在睡梦中的各种感受和自由联想:"爱尔娜现在和她母亲的感受一样,虽然谁都没有接近她,她却感到非常温暖和舒服。她甚至憋住了呼吸,以免驱散这一时的欢乐的感受。她全身的骨头架子都有一种松散的感觉,这

---

① 弗洛伊德(Sigmund Freud, 1856—1939),奥地利心理学家,精神病医师,精神分析学派创立人。生于摩拉维亚省弗赖堡的犹太中产阶级家庭。他把人的心理分为意识和潜意识两个对立部分,认为存在于潜意识中的所谓性本能是人的心理的基本动力,是摆布个人命运、决定社会发展的永恒力量。

时她又突然看见在那个空无一人的走廊里,在它那拐弯的地方有一个人影闪了一下,又消失了。她再往近处看,桌子上的飞蛾手已经没有了,周围一片昏暗,但有几双眼睛正瞄着她,有的睁得很大,有的表现出不怀好意,有的是对她感兴趣,但都表现出了对她的期盼。她的身子太虚弱了,只能顾她自己,没法和别的人交往。她虽闭上了眼睛,但依然看得见各种颜色的闪光。'是谁?'一个很急促的声音问道。马上就有许多声音形成了一个大合唱,很杂乱地对这做了回答。她也不知道他们在说些什么,而且她对这也并不很在意,她只知道她在做一个美妙的梦。她的身子现在抬高了一点,不时发出了嘶嘶的响声,还可听到她好像松了口气,在她的肚皮上,不知为什么波动起来,好像是为了防止昏眩。爱尔娜想有更多的察觉,她感到有什么东西压在她的身上,她往下一看,是一些大的蝴蝶,便说了声:'滚开!'这些蝴蝶好像没有听见,她想要再说,这时蝴蝶放松了对她的挤压,飞走了,可她马上听到了有人在说话:'不要让它们走!'另外还有一个不知从哪里来的人又对她说:'把它们找回来!'她问道:'你是谁?'这时有人说出了一些颜色和数目,可爱尔娜并没有记住,她马上就忘了。从像一群人的合唱中突出了一个女人的非常响亮的声音:'我,我!'爱尔娜这时没有张嘴,只说了一句:'这是一件紫红色的短上衣。'但她听到一个男人低沉但很响亮的声音向她提出要求:'马上离开!'爱尔娜马上来到了走廊里,她想,这条走廊没有尽头,走过去要花很多时间,于是她转过身来往后看,她看见有几个人坐在一张圆形的桌子旁,他们手拉着手。她看见了他们的头顶上都有一撮毛发,那个圆形的桌子变成了一个聪明伶俐的瞳孔。然后她又看见一个少女睡在一个长沙发上,她身上的那件连衣裙她好像也很熟悉,'这是我的连衣裙。'爱尔娜这么想,也这么说。那个睡在沙发上的少女的苍白的嘴紧紧地闭上了,一动也不动,爱尔娜打了一个冷噤,她很害怕,她以为那个少女已经死了或者正要死去。她想要靠近她,但是她看见有一块很厚但很透明的玻璃把她们隔开了。沙发上的少女的嘴在动,她开始说话了,奇怪的是,爱尔娜一点也听不懂她说的是什么,她感到不耐烦了,于是又来到了那个没有尽头的走廊里,在这里她又听到了有人在大声地喊话,这喊声传过来,就当她根本不在似的。但它毕竟透过了她的躯体和神经,在她那里表现了某种意思,还展示了某些画面,但她对这却依然感到陌生,她听不懂也弄不明白,于是就把它们都当成是一闪而过的东西。但是这喊声冲洗了她的身子,甚至和她合为一体了,爱尔娜已经不是那种有感觉,能够思考和观察的人,她是永远存在的,她不会死,因为她已经超出了生命的存在,超出了死亡,也超出了时间的存在。由于这种超出,和一切分离,她感到非常平静,但她又感到她是在一个童话世界中,有一种意识使她感到痛苦,'这是痛苦。'爱尔娜这么说,或者这么想,这就完了。

爱尔娜突然醒来,但仍有些神志不清,她躺在沙发上,穿着那条被汗水湿透了的连衣裙。她看见了跪在母亲旁边的洛韦医生,将一个手掌从他那青铜色的手套里伸出来,她也看见弗罗梅尔一双闪亮的眼睛和他的姐姐的一张表现很紧张的脸。她想,这里一定发生了什么,她马上就心慌了。"一个少女不管是有病还是没有病,也不管是在清醒还是在睡梦中,一时有这么多的幻想或者说胡思乱想,几乎都是不可能的。这大概也是一个女作家描写细致的艺术风格的表现。但不论是小说主人公弗罗梅尔还是主人公阿尔杜尔·莎茨曼都想在爱尔娜的这种梦幻中了解她生病的性质和原因,这也表现了弗洛伊德对于精神病和医治这种病的看法。

另外,我在翻译这部波兰现代文学名著的时候,也深感它不仅是一部具有独特风格的艺术作品,而且也是一部西方现代的理论著作,一部可以说是形象化和艺术化的理论著作,我在翻译它的过程中遇到疑难之处,曾多次请教我的波兰友人芭尔芭娜·赫兰科夫斯卡(Barbara Hrankowska)夫人,得到过她的许多帮助,在此对她表示深深的感谢。为了便于读者对作品的了解,对其中提到的一些西方国家知名的心理家家、哲学家、医生、物理学和化学家等,我也作了许多注释,这样我们也能更清楚地看到西方现代文学创作和理论研究的一种发展的趋向。

E.E.
Copyright © Olga Tokarczuk 2005
This edition arranged with Olga Tokarczuk c/o Rogers, Coleridge and White Ltd.
Through BIG APPLE AGENCY, INC., LABUAN, MALAYSIA.
All rights reserved.
本书中文简体字版版权，浙江文艺出版社独家所有。
版权合同登记号：图字：11-2020-155 号

图书在版编目（CIP）数据

爱尔娜 /（波）奥尔加·托卡尔丘克著；张振辉译. —杭州：浙江文艺出版社，2023.3
ISBN 978-7-5339-6905-9

Ⅰ.①爱… Ⅱ.①奥… ②张… Ⅲ.①长篇小说-波兰-现代 Ⅳ.①I513.45

中国版本图书馆 CIP 数据核字（2022）第 114473 号

统　　筹	曹元勇
策划编辑	李　灿
责任编辑	周　思
特约编辑	毕　巍
营销编辑	耿德加　胡凤凡
责任印制	吴春娟
装帧设计	汐和 at compus studio
数字编辑	姜梦冉　诸婧琦

爱尔娜

[波兰] 奥尔加·托卡尔丘克　著
张振辉　译

出版发行	浙江文艺出版社
地　　址	杭州市体育场路 347 号
邮　　编	310006
电　　话	0571-85176953（总编办）
	0571-85152727（市场部）
印　　刷	上海盛通时代印刷有限公司
开　　本	889 毫米×1240 毫米　1/32
字　　数	170 千字
印　　张	9.875
插　　页	1
版　　次	2023 年 3 月第 1 版
印　　次	2023 年 3 月第 1 次印刷
书　　号	ISBN 978-7-5339-6905-9
定　　价	59.00 元

版权所有　侵权必究

一本书打开一个世界

欢迎订购、合作

订购电话：0571-85153371

服务热线：0571-85152727

| KEY-可以文化 | 浙江文艺出版社 | 京东自营店 |

关注KEY-可以文化、浙江文艺出版社公众号，及浙江文艺出版社京东自营店，随时获取最新图书资讯，享受最优购书福利以及意想不到的作家惊喜